袁世凱的龍袍

民國趣史

民初報人小說家李定夷筆下的

李定夷 原著・蔡登山 主編

【導讀】李定夷和《民國趣史》

蔡登山

清代末年至民國初年，江蘇常州出了一批小說家。以李伯元為首，有張春帆、許指嚴、李定夷、吳綺緣等。清末民初的這一批常州籍小說家，都活躍在上海，成功成名於上海。當時的上海，是半封建、半殖民地中國的國際大都市，十里洋場，魚龍混雜，各色人等，在此登臺表演，改革與改良、革命與保皇、新與舊、中與西，各種思潮，在此亮相爭鬥。李伯元率先拿起手中之筆，利用小說，譴責舊社會的弊病，揭露舊社會的黑暗。而被稱為鴛鴦蝴蝶派的作家也加入了這個行列，創作了一大批好作品。

李定夷（一八九二～一九六四），近現代小說家。字健卿，一字健青，別署定夷、墨隱廬主等，江蘇常州（武進）人。出生於書香世家，自幼聰穎過人，學齡之年入有常州洋學堂之稱的溪山小學讀書。一九〇三年考入上海南洋小學學習，一九〇七年秋，入南洋公學中學，為名小說家許指嚴之高足。一九一二年中學畢業，在這之前，由於他向《民權報》投稿和發表作品，受到主編周浩之聘，任該報編輯，發表白著長篇小說《霣玉怨》和翻譯長篇小說《紅粉劫》，一鳴驚人，躋身於小說家行列。《民權報》於一九一三年被迫停刊後，歷任《小說叢報》、《銷閒鐘》等雜誌的編輯或主編，並大量寫作小說。

《小說新報》於一九一五年三月創刊，國華書局主人沈仲華邀請李定夷任編輯主任，時間長達近五年，直到一九一九年八月辭職。李定夷共在《小說新報》上發表長篇小說六部，短篇小說六十三篇，《墨隱廬漫墨》、《野居漫識》、《戊午隨筆》、《己未隨筆》、《願月長圓樓諧墨》等欄目的筆記雜感三百零六則。

一九一九年上半年，李定夷的一位朋友劉哲廬大規模函授招生，收了許多學費，卻鴻飛冥冥，溜之大吉。李定夷受了他的欺騙，在函授部掛名主任，於是成了眾人索款的替罪羔羊，引起很多麻煩，後來雖然辯白清楚，但李定夷以上海濁地，不可久居，於是離開他學習、生活十五年的上海，離開老母、愛人和五個小孩，憤然一度北上京師，仍向報界尋生活，但並不順利。一九二〇年，李定夷任上海《大公報》駐京記者，此後歷任北京《中報》、《大陸》、《正陽》、《中華》、《順天》等報及平民、大陸等通訊社編輯，直至一九二五年。期間絕少再有創作。

一九二五年在北洋政府財政部充任顧問，後調僉事上任事，在會計司第五科供職，一九二八年入南京國民政府財政部，充任視察。一九二八年十一月一日調任新成立的中央銀行，先後任發行局秘書、文書科主任、襄理等職，直至退休。一九五七年由黃炎培推薦任上海文史館員。一九六四年十一月二十三日病逝上海。

李定夷是鴛鴦蝴蝶派的代表作家之一，所作長篇小說近四十種，其中寫情小說過半。主要作品除上述者外，有《美人福》、《伉儷福》、《千金骨》、《曇花影》、《雙縊記》、《同命鳥》、《鴛湖潮》、《茜窗淚影》等。其中部分作品曾輯為《李著十種》和《定夷小說叢書》。其短篇小說則輯為《定夷叢刊》、《定夷說集》、《定夷小說精華》。另有雜著《明清軼聞大觀》等。

李定夷的筆記小說《民國趣史》第一輯初版於一九一五年三月，分有壽星集、遺老傳、官場瑣細、裙釵韻語、社會雜談等大類，第二輯初版於一九一七年五月，分有慶頌聲、宋哀錄、神怪談、續情史、新黑幕、博物院等大類，而每大類中還有許多小題目，包羅萬象。兩冊均為上海國華書局出版。

《民國趣史》在談到袁世凱的龍袍說，袁世凱要做皇帝，「虎威將軍」上將曹錕，便花五百塊大洋，替袁某人在上海定製了一襲「龍袍」，準備在閱兵時給袁大總統來個「龍袍加身」。萬沒料到，馬屁拍在了馬腳上，這個方案被袁世凱斷然否決：不行，這種方式太草率了，怎能充分展現咱洪憲帝國之強盛，怎能充分體現俺袁皇帝之赫赫威儀？何況當年趙某人是搞兵變、奪政權，今天我袁某人可是功德無量、深受全國人民衷心擁戴，才不得不勉為其難地位登大寶哪！那件龍袍怎麼辦？就由你虎威將軍「暫行收存」吧。為了表示慎重，袁世凱授意組建「大典籌備處」，改總統府為「新華宮」，又毫不吝惜地花四十萬塊大洋，在北京著名的瑞蚨祥綢布店定製了一襲綴滿珍珠寶石、光彩奪目的新龍袍。於是，身披新龍袍，步入新皇宮，登上新龍床，過起皇帝癮，老袁把一生的輝煌發揮到了極致。可惜物極必反、樂極生悲，轉眼之間，帝制被迫取消；轉眼之間，老袁嗚呼哀哉；轉眼之間，那襲新龍袍上的珍珠、寶石等也被拆卸變賣，「不知歸於何處」。可以想像，即使去除珠寶，那袍子本身的質地，加上金縷銀線，也必然相當昂貴，人們怎肯輕易放過它？它的結局，只能是四分五裂、「屍骨」無存了。

那麼，「舊龍袍」的命運又如何？它雖然遠不能與「新龍袍」相比，可也價格不菲、讓人望而生羨哪。謝天謝地，它可比新龍袍幸運多了。某日，京劇名旦王蕙芳借赴天津演戲的機會，對曹錕說：「這件龍袍，現在已經棄置無用了，多可惜呀。不如將它賞賜給劉鴻聲，讓他演戲的時候穿。這樣，人們只要看到劉鴻聲登臺，就會想起此袍為大帥所賜，就會想起大帥的凜凜之威啊。」曹錕一想有理，便欣然允諾。劉鴻聲也是京劇著名演員，《斬黃袍》一劇中的趙匡胤，常常由他扮演。於是，每當劉鴻聲披袍登臺時，人們往往頓生感慨：袁某人的皇帝夢可也夠慘的，就拿龍袍來說吧，昂貴的「新龍袍」固然早已屍骨無存，就連價值數百大洋的「舊龍袍」，袁世凱沒有福氣穿，卻讓劉鴻聲穿上了。

《民國趣史》中，有一篇〈長老賭壽之佳話〉，記載了中美日三個老人賭賽誰的壽命更長的故事。美國社會學泰斗、市俄古大學教授司達博士，經常赴日本旅遊，與日本首相大隈伯（大隈重信）關係相當密切。有一天，大隈重信對司達說：「我看你身體非常健康，應該能享有高壽。」司達頗為豪邁地說：「不錯，我自信能夠活到一百二十歲。」大隈重信哈哈大笑說：「可是，我卻自信能夠活到一百二十五歲呢！」司達不服氣地說：「然而我與閣下究竟誰的壽命更長一些，今天尚屬於未知之數，咱們就用此事來賭一賭，怎麼樣？」大隈重信怎肯示弱，爽快地一口應允。

曾任南京臨時政府司法總長的民國元老、廣東新會人伍廷芳先生，其時正在當「衛生之實行家」，即做一些宣導國人講究衛生的具體工作，他與司達博士也是老朋友了，司達就寫信給他，希望他也加入這場賭壽比賽。伍廷芳回信道：「聽說閣下與大隈伯賭賽誰更長壽，這實在是一件雅人趣事。以閣下與大隈伯如此健康之體魄，又很注意衛生，理所當然地都能享有高壽。不過，我伍某身體之健康，又遠在你們兩位之上了，其壽命也必然比你們兩位要長得多，他日必能從閣下與大隈伯的子孫手上領取賭金。請你們兩位早作準備，在遺囑中予以注明，伍某不勝欣幸。」《民國趣史》書中說：「聞大隈伯今年七十八歲，伍廷芳今年七十二歲，司達博士年最少，才五十七歲云。」後來大隈重信病逝於一九二二年一月十日，享年八十三歲。而伍廷芳則病逝於一九二二年六月二十三日，只有七十九歲。「司達博士」究竟是誰，則不知何許人也。

《民國趣史》一書中有〈嗚呼王治馨〉一文，談到王治馨伏誅前後之事。一九一四年六月二十七日，剛剛卸任順天府尹的軍警高官王治馨，被大總統袁世凱明令逮捕。十月二十三日，袁世凱又核准了大理院對王治馨判處死刑立即執行的判決。著名記者黃遠生以〈王治馨〉為標題寫下一篇新聞報導，翔實記錄了王治馨出賣官位、貪賄枉法的相關事實及坊間傳聞。早在王治馨被關押期間，黃遠生已談到他的雙重身分：辛亥革命期間，王治馨回到山東家鄉，企圖聯絡革命人謀求新一輪的高官厚祿。趙秉鈞想盡辦法才把王治馨召回北京，此時的王治馨已經加入國民黨，並且利用國民黨報紙，極力排斥時任外城巡警廳廳長的治格，從而達到取而代之的目的。《民國趣史》也談到了王治馨的黨派身分：「王君老同盟會會員，宋教仁被刺後，王於國民黨開會時，在會場上證明係趙所主使。又王為總監時，二次革命事起，曾發護照兩張，運送軍火，接濟民黨，政府已得其證據。此事最為袁總統所疾首痛心。此次拿問，其真因實在於是。」一九一四年二月二十七日，趙秉鈞突然死亡。此時王治馨靠山已失，被拿下也是遲早的事。果然，四個月之後，已經從順天府尹的位置上升任正藍旗漢軍副都統的王治馨，終於被袁世凱下令抓捕歸案。

序

今夫史何物也。王陽明曰：「以道言謂之經，以事言謂之史。」中國之史，有正史焉，有別史、雜史焉。有編年，有紀事本末。其為史，舉足以鑒治亂、考興亡，殆我國民之明鏡、愛國心之源泉乎？雖然試一翻我國乙部叢書，有大端而無小節，有法語而無諓言，煌煌巨冊，大都類書之性質，複雜而非單純，無純言社會之體例也。

民國建立，四載於茲。朝野事實之足觀感者固夥，社會狀態之可供嘔噱者尤不尠。吾友李定夷出其著述緒餘，爰有《民國趣史》之輯。凡邇年來之奇聞諧鐸，上自元老，下逮市井，旁及巾幗，靡不爬羅剔抉，收藥籠而蔚為巨觀。西爪東鱗，蓋幾費良工心苦矣。

讀是書者，固匪特藉以破愁城資談助已也。嗟乎！溫嶠然犀，百怪無遁形餘地；元規揮塵，一編供捧腹諧談。今之志怪錄異遊戲三昧，如引人入琳琅之室者，猶破天荒之攝影箱耳。他日社團變相層出靡窮，凡足以快心目而遣睡魔者，吾知定夷。且再輯三輯之不暇，尚復烏有限量哉！是為序。

民國五年三月鎮海軼池倪承燦撰於春江寄廬

目次

【導讀】　李定夷和《民國趣史》／蔡登山　003
序／倪承燦　009

壽星集
總統壽辰祝嘏記　021
國史館長介壽之小啟　023
馮上將軍雙壽紀　024
長老賭壽之佳話　025
粵巡按署慶壽志　026
江西之三星獻壽圖　029

遺老傳
陶然亭雅集之儷啟　033
章一山卻聘記　034
葉德輝之文藝談　035
辜鴻銘之憤慨　036
創議復辟之健將　037
王埣與譚貝勒齊名　037
斯文又弱一個　038
宋育仁軼事　040
三湘耆舊傳　046

官場瑣細
無獨有偶之假官　051
戚揚遇瘋記　053

願作鴛鴦不羨官 054
劉文嘉第二 056
吳營長之威風 056
使君淚滴牡丹江 057
法曹不法 058
何苦嘔氣呢 058
張大帥晉京紀 059
孫總長流血 060
王湘綺與史館 060
張彪重入鄂州城 065
嗚呼王治馨 066
死矣劉鼎錫 070
試院現形 071

裙釵韻語

公府新式結婚記 081
梁令嫻于歸記 082
獄中韻事 084
敦誼會之西曲 086
妓界助賑之韻啟 088
鳳冠霞帔之光榮 089
巡按夫人之威風 089
女傑豔史 090
瀟湘風流案 094
女劇界唯一之人物 103

社會雜談

奇奇怪怪之紙人 107
法政學生之奇呈 108
異想天開之掘金談 109
江西之斯巴達 109
妒殺趣聞 112
當年雄風何在 113
岳父之重婚罪 113

木偶結縭記 114
冷飛天之殺身禍 114
驚絕梅蘭芳 115
割乳奇案 115
風雨話金陵 116
毛丫頭殞命記 118
天然戲 119
迷藥謀財 122
均是賊也 123
留學界之趣聞 124
奇怪之姦案 127
苦女兒 128
臘八粥 129
迷信歟哀悼歟 130
快婿變老夫 131
胎產誌異 131
男女混雜之修道 132
舊新年之廠甸熱 133
北京第一舞臺開幕記 134
北京第一舞臺遭刦記 136
民國之新諱辨 140
警犬 141
餘杭瑣記 143
封臺戲之特色 149
東三省之馬賊 150
特赦聲中之捐客 151
日曆新景 152
我佛無靈 153
新舞臺重整旗鼓 153
依然歌舞昇平 154
中學萬年 155
賽會之慘劇 157

慶頌聲

北京之真國慶 161
慶賀共和復活記 164
上海之真國慶 165
擁護共和紀念會 171
慶祝會之活劇 172

榮哀錄

蔡上將之國葬儀 177
黃上將之國葬儀 180
黃上將逝世記 181
黃上將開喪記 182
黃靈離滬記 184
蔡上將逝世記 187
蔡靈回國記 188
蔡靈離滬記 190
北京追悼黃、蔡記 192
成都悼蔡記 195
長沙悼黃記 197
黃花崗上哭英雄 198
追悼海珠烈士記 200
記湘綺老人之喪 201

縉紳傳

李軍長之榮譽 205
東施效顰 206
有清遺民 208
周公末路 208
狂奴故態 209
官場真是戲場 210
重婚之法官 211
運動家之如夫人 212
知事施非刑 213
知事棄髮妻 214

知事討沒趣 214
知事拿妖怪 215
知事袒小竊 216
知事鬧新房 216
知事鬧笑話 217
知事拍馬屁 218
袁公子碰碑 218
省長困於群小 219
盛氏之闊綽 220
鎮守使延師條件 220
洪憲遺臣 221
稟牘笑柄 221
勞乃宣碰釘子 222
總長宴客趣聞 223
免官僚 223

神怪談

總統府鬧鬼 227
雍和宮打鬼 227
信江中學之鬼 227
鐵算盤 228
狎邪鬼 229
瓦石紛飛 229
肉金剛 230
東嶽大帝之後 230
宅怪 231
濁水治病 231
舊人魂附新人體 232
活鬼 233
范郎屢赴天臺約 233
談狐一 234
談狐二 235
談狐三 236

死而復活 238
借屍還魂 238
留美學校鬧鬼 239
地藏會 240
父入女胎 240

續情史

盧江烈婦 245
馬議員之豔史 245
孝姻緣 246
李郎妙計 247
雀屏新例 248
宣南姦殺案 249
催妝詩 250
白髮紅妝 250
殺姦奇計 251
小學生宿娼 252
黑龍江之風流案 253
歡喜禪 256
自由結婚之稾 256
自由結婚之函 257
鬮妓離婚案 258
多夫之奇論 260
手足幾成伉儷 260
不嫁主義 261
懲悍術 262
教員戀愛自由 263
懦夫快舉 263
不良之婦 264
經理與女工 266
淫婦自斃 267
劉玉鳳之哀史 267
僉事韻事 269
牡丹花下風流鬼 271

小兒女之憨情 271
捉姦案之豔判 272

新黑幕

南海監獄之黑幕 277
王局賭之黑幕 278
和尚行醫之黑幕 279
賭徒騙錢之黑幕 281
黃天黨之黑幕 282
謀財害命之黑幕 282
搶匪之黑幕 286
拐犯之黑幕 287
惡家庭之黑幕 288
頑民械鬥之黑幕 289
翻戲黨之黑幕 291

博物院

訃聞大觀 295
古墓中之寶玉 296
塔頂之寶 296
明代鈔票 297
古窯 298
金香爐 298
三十萬金之石棺 299
棺中小魚 299
鯿魚與苔菜 300
獸性人 300
公雞生卵 301
腹中花蛇 301
金匱石室 302
袁帝之龍袍 303
洪憲家臣之墨寶 303
國旗繡鞋 304

大牡丹 304
男子之尾 305
人妖 305
造像石幢 306
古錢銅印 307
篆書墓磚 307
洪憲皇子之真蹟 308

雜貨店

梅郎慘死之記載 311
名伶之壽險費 312
翰墨姻緣 313
圓光奇聞 313
新舞臺之名角 314
議會門前新綳兒 315
泰伯之榮典 316
女生之悲劇 319
長醉不醒之學生 320
投海請願之異聞 321
麻袋中之女屍 323
大風凍死新嫁娘 324
聞所未聞之死法 325
假瘋子飽嘗異味 326
林黛玉之劫運 326

壽星集

總統壽辰祝嘏記

民國三年九月十六日為中華民國第一任正式大總統袁世凱壽辰。袁大總統自就任正式總統以來，此其第一次壽辰也。大總統本誕生於前清咸豐九年八月二十日。此次以九月十六日為壽辰，蓋以清時用陰曆，民國用陽曆，月日時有參差。當六月間總統府禮官處，曾查陰陽曆對照表，是年八月二十日適為陽曆之九月十六日。又查英皇誕日，其國際覲見在六月三日，而家人慶賀則在六月二十二日。遂援外國分兩期祝嘏之例，擬定陽曆九月十六日為中外覲賀之期，陰曆八月二十日為家庭慶祝之日。適東西列強兵戎相見，大總統以各國元首方枕戈待旦，豈可因壽辰過事鋪張？諭令停止筵宴及覲賀與外交上之茶會，以為憂時勤政之表示。於是吾人欲紀其盛以伸慶祝之忱者，忽減少若干材料。然躬逢慶典，不能不搜羅各種事實，以為臚歡之助焉。

各國君主及總統之壽辰，多親自出外舉行閱兵禮。其初亦擬援例舉行，閱兵地點擬在天安門外。其司令官將於段祺瑞、王士珍、雷震春三人中擇其一。惟天安門外兩旁均係前清所設朝房，日前市政公所將此朝房拆毀，成一空地，塵土堆積，頗不平坦。十五日，令兵士多人鏟平，用輕便鐵路搬運以免障礙。然為時太促，盡一日之力，仍不能平。統率辦事處乃傳知改為十月。一場熱鬧，徒令人望眼欲穿耳。

祝壽典禮雖已停止，並由外交部告知駐京各國公使，然恐外賓仍有情殷入覲者，若無人接待，未免酬酢有疏。特派內史二人在典謁室招待，並照料簽名事宜。而英、比等國並送有祝賀國書，由外交部轉呈至於清皇室。本與各國情形不同，仍派親貴至總統府覲賀，並致駢四儷六之祝詞。其手筆則出自前清南書房行走，至今猶戴假辮子之袁勵準也。

一切禮儀雖均從簡，然國民慶祝情殷，內外城之大街小巷無不高懸五色國旗，各衙署各學校均放假一日，以誌慶祝。而出入總統府之新華門，亦紮青結彩以為點綴。十六日上午六時，軍事顧問及侍從武官為一班入內覲賀，大總統仍衣便服出見。其後統率辦事處各員為一班，國務卿左右丞各部總次長內史處及政事堂諸人又為一班，其入府覲賀者如是而已。此外簡薦任各官，僅遞名柬者居多。約法會議及各部中且有開一名單，派人送往掛號者。

政事堂接到各省來電，詢問對於大總統祝賀公文，應用何種程式者不一而足。政事堂以此項公文程式未曾規定，復電以電賀為宜，以故所到賀電頗多。又有派員來京貢獻方物者，貢獻之物，內有織花夏布四匹者，疑係江西之長官所獻；大理石屏風一座，疑係來自雲南或雲南人者。然大總統恐其踵事增華，多已辭卻不受。

有人以大總統手創民國，其功績在人耳目，不可不譜諸樂歌以垂不朽，而頌無疆。雖其所纂樂歌並不見佳，然歌功頌德之忱，亦自不可埋沒。其歌曰：智周八表，惟我公目明耳聰；德沾五族，惟我公嵩高嶽崇。手挽狂瀾兮，障百川而之東；巍巍蕩蕩兮，不私天下於己躬。祝三多與九如兮，堯天舜民，民罔常懷。懷有仁，敬祝我大總統萬萬春。

國史館長介壽之小啟

湖南靖武將軍湯薌銘以國史館長王湘綺氏為一代儒宗，特援優禮三老之義，仿登堂介壽之儀，特具通啟遍告同人，假定楠木廳為介壽地點。其啟文曰：

敬啟者陰曆十一月念九日為國史館長王湘綺先生八秩晉四壽辰。北海清尊東溟景福輟蘭臺之史，簡還通德之珂鄉，遂駐襜帷，更通賓客，評松頌柏，吐故納新，望嶽雲而輝映冠裳，挹澧蘭而芬生几席，茂叔見光風之度，魏公居晝錦之堂。千叟呼儔，九老在座。昔者虞夏憲言聿尊，齒德晚近岡陵稱頌，共挈壺觴矧薌銘宦遊鄭公之鄉，久濡經師之澤。蒲輪就道，欽聆德音，青兕度關，早迎紫氣。謹援優老引年之義，並仿登堂介壽之儀，稟經致虔崇賢美，俗鹿鳴，麌麌樂，鄉飲之。大賓兕觥油油侑公堂之春酒。夫惟大雅式，伸北斗之尊，敢告同人競獻南山之什，賓主輝乎三絕，賢俊萃於一堂，如翁蘇齋為東坡作生辰，依袁漚□代南皮書，壽啟傳為盛事。佐此歡呼，統希公鑒。

馮上將軍雙壽紀

朔風凜烈，寒氣逼人，無衣無食之小民蹀躞於道。欷噓盈耳，淒涼滿目，凍餓而死者寧垣以內當以數十計，荒村野縣不可得而知矣。兼以天時乾旱，人心惶恐，米珠薪桂，百業凋零，欲述一二歡喜事，迄無可道者。恰值宣武馮上將軍華甫與其夫人周女士道如百歲雙壽，堂皇富麗，炫耀一時，視彼道路餓莩奚啻天上神仙也。

馮上將軍年近六旬，其生辰為陰曆十二月初四日，初十日乃周夫人四十大慶，巧合百歲雙壽，為古來名臣大將罕有之盛事，故大開東閣，廣宴來賓，以為一時佳話。惟禮節既隆重，職務遂繁多，特委將軍府軍需長張調臣、副官長何紹賢為承辦正副主任，一切收禮會計指揮庶務由各課長、課員分配擔任，招待外賓為交涉員馮國勳、軍械所長高孔時，政界為金陵道尹王舍棠、財政廳長蔣懋熙，軍界為憲兵司令陳調元、金陵鎮守使王廷楨，商學兩界為員警廳長王桂林、臺營官地局長孔慶塘、將軍府衛隊司令馬溶軒、江寧縣知事樊溥霖，條理井然。

府門以外高紮松柏牌樓一座，中以電燈編成匾額一方，文曰：「共慶升平」。東轅門為「國恩家慶」，西轅門為「人壽年豐」，照壁牆上亦用電燈編成五色國旗兩方。周圍牆緣安設電燈千餘盞，遙遙望之如火山銀樹，光照數里。由大門以至大堂亦沿屋設電燈彩棚，二門電燈匾額係「壽山福海」四字。大堂以內所懸大紅緞子摹本壽幛約三百幅，二堂即為壽堂，中懸彩繡男女壽星，案上陳列之八仙獻壽，蠟燭約三尺高，兩邊所掛之泥金壽屏光彩煥發，目為之迷，其他鋪陳之華美，燈燭之輝煌，幾疑非人間所有。筆難盡述矣。

府內由大堂以至大門，皆有衛隊兩行鵠立。大門以至轅門悉員警分班守衛，道中則車水馬龍，往來如織，路人只可遙立而望，稍近轅門一步，輒遭驅逐。府內有職務辦事之人，均掛紅花一朵於胸前，以為符號，否則難近雷池一步也。

初十日（即陽曆二十四號）清晨九句鐘，由承辦正副主任率領本府全體員司，著常禮服至壽堂前，向上行三鞠躬禮。馮上將軍西向立，亦還三鞠躬禮，然後依次而退。外來本城文武各官與商學兩界，均由各招待員率領至壽堂前行禮。設筵款待，山珍異味羅列滿几，軍樂新戲各奏其長。賓主歡呼，屬僚欽仰，奢華富麗，為前代疆臣所未有。若非馮上將軍功蓋寰宇，名垂民國，盍克臻此？雖然若以今日之壽禮壽筵，移賑求一粥而不可得之哀鴻，則江蘇省內不致有因凍餓而填溝壑者，上將軍之功德更無量矣。

長老賭壽之佳話

美國社會學泰斗市俄古大學教授司達博士常遊日本，與大隈伯交情甚密。一日，大隈語博士曰：

「觀君身體甚健，或當為長壽者。」博士曰：「然吾自信可活至百二十歲。」大隈大笑曰：「吾確自信能活至百二十五歲。」博士曰：「然則吾與閣下誰為長命，今尚在不可知之數，即以此事為賭，何如？」大隈快諾。中華民國之長老伍廷芳者，最近衛生之實行家，而司達博士之故交也。博士因遺書伍氏，勸其加入此賭壽之團體。伍氏覆書博士云：「聞君與大隈伯共以長命為賭，實為雅人趣事，以閣下及大隈伯之身體健康，衛生得宜，當能各得高壽。然僕之健康遠在兩君之上，其壽命必較兩君為尤長（按伍氏常自言能活至二百歲以外者），他日必能領取賭金於閣下及大隈伯子孫之手，請早準備遺囑為幸。」此書一出，美、日新聞均視此為一極有趣味之賭博。但未知最後之勝利終歸何入耳。聞大隈伯今年七十八歲，伍廷芳今年七十二歲，司達博士年最少，才五十七歲云。

粵巡按署慶壽志

民國三年六月十一日，為粵巡按使李開侁太夫人雷氏八秩壽辰，即於署內設筵稱觴。自東西轅門起，均擺列生花盆景，滿掛日本燈籠。入轅門百餘步，即至頭門，門前懸掛彩紅，各柱繞以榕樹葉，沿路有生花盆景點綴，並有用花砌成大「福」字五個。大堂口則有生花橫額一面，題曰：「仁壽同登。」二門則有五色綢紗結成蝠鼠啣一壽字，滿布電燈，其壽帳壽屏等則觸目皆是，極其金碧輝煌。是處左便為四司辦公所，右便為巡按使住眷，各來賓到署道賀即在此處行禮。再進為新建洋花廳，正中高掛鄧警廳之壽帳，精緻絕倫。其右邊壽帳則滿繡嘉禾，係四司所送者，款式亦佳，又實業司辦公廳之戲臺，除裝配種種景致外，棚面復以生花砌成各種故事，香氣四溢，撲人鼻觀。來賓觀劇均登樓上，樓中羅列籐椅數百張，極為齊整。而巡按使以是日來賓均屬重要人物，特令該署副營官馬為驤加派濟軍巡邏，故兩便迴廊軍隊滿布，並發出襟章，給與辦公人員佩帶，以便稽查。各文武官員之到署道賀者，車水馬龍，尤極一時之盛。女賓之到署道喜者，亦絡繹不絕也。

署中人員，是日並准給假一天，以誌慶典。惟署前一帶地方，恐有閒人溷跡，故正南街華寧里南頭，及衛邊街華寧里北頭兩處鐵閘，均加派軍士駐守。東西兩轅門，不准閒人來往。署內則由警廳派撥一區員警廿名，二區員警廿名，並由金庫撥來特務員警十六名到署服務。所有出入人等，均歸員警盤詰，非佩帶襟章者，不能闖進。國中興戲班上場，搬入大小戲箱時，亦搜查一次，始行放進。旋指定二門內東便過路，為該班伶人往來之地。每人給以一票，俾作出入憑證。九日三時，戲經開演，先演《香山大賀壽》，續演「男女加官」，聞因有人愛閱《小生聰拉車受辱》、《千里胸演說警夫》二劇，故特先演此二齣也。

搭棚燒放之大串炮，係由東莞購回者，長共十二丈，因煙花棚吹跌，不能高掛，分為十二截，分次燃放，厥聲甚響，紙色尤佳，滿布地上，燦爛如堆錦。是日，巡按使委財政司長嚴夢繁、教育司長李守一在二堂充招待員。內務實業兩司長則在戲臺下招待一切來賓。女界招待員，則派某司長夫人為領袖。入夜後，萬燈如雪，鼓樂齊鳴，尤為熱鬧。據熟悉官場者言，謂在該署演戲祝壽者，除前清瑞麟及李翰章二人外，此實為第三次之盛會。

此次所用筵席除在廣府前玉醪春酒樓及衛邊街貴聯升定製外，並在本署廚房預備壽筵，連夜添築爐灶，俾臨時得以烹飪。此次各官均有禮物饋送，巡按使最注重之品，則為屏幛，一時以此為太夫人壽者以千計。鄧廳長所送之壽幛殊稱貴重，價值六百餘金，係以縐紗製成，繡出花草人物，其闊一丈六尺，高一丈三尺，其餘紗羅綢縐不能枚舉。由二門直至後堂，大有錦帳四十里之象云。

此次李太夫人慶壽，有一事頗為美中不足。九日未刻，老城地面遙望天際，忽起烏雲，以為大雨將臨，不料忽起狂風，繼以細雨。頃刻，是時，公署照牆內新搭之煙花棚尚未竣工，各棚匠正在支搭，致被旋風吹倒，各棚匠當場跌死四名，重傷四名。公署立電召消防隊及救傷隊，馳至，將竹木鉤開傷者，舁送醫院醫治，屍身四具，立傳衛邊街某壽板店備棺收殮。查該棚廠係番禺直街黃財合所承接，由築橫沙燦記代搭，原定高度十二丈，因在署內洋樓可以觀望煙花，故必如此之高方適於用，惟此等高棚原應掘深地腳，今只從地面起搭，兩旁僅挖起一磚，故遇風即倒，釀出人命也。聞死者四人，係梁厚、黃燦、黃錦、梁蘇，重傷者四人，曾七、倪忠、夏華、石華，內有一人因傷過重，抬至半路而死。事後李太夫人聞報，飭將死者每名給恤費二百元，傷者給醫費數十元云。

江西之三星獻壽圖

江西豫章道尹何剛德，於民國四年一月三十一號，為六旬大慶。早由政務廳長陳嘉善、高等審判廳長朱獻文及道署人員發起祝壽聯屏，以致一般屬僚，聞信紛往。簽名附份者，頗不乏人。何以恐遭物議，不願舉動。是日黎明時，即乘肩輿赴南新兩縣粥廠巡視，藉以躲避。似此以觀，尚屬廉吏也。

富紳鄒滙川，經商起家，富至二百多萬，毫無做官思想，現仍在吉安故里，行止舉動，頗為樸實。其子鄒日煃，係存記道尹，現奉財政部委充陝西清理官產處處長，尚未赴差，即在贛垣借用江南會館，以為其父滙川七旬晉一其母羅氏六旬晉一慶雙壽，請託某重要人物介紹李昌武將軍戚巡按使及各官長致送壽屏壽聯，為數頗多。自四年一月二十九日起，大開壽宇三天，召集梨園子弟，晝夜設席唱戲以娛來賓賀客，滿堂極為熱鬧。聞鄒子擬將此項重要人物所送聯屏，不日寄回吉安，懸掛家廳，以光門楣云。

巨紳歐陽霖，現年八旬，其子歐陽熙，其婿李盛鐸及各親友均自己或派人來贛贈禮祝壽，召集梨園子弟設席唱戲，大開壽宇。李將軍戚巡按使均登堂慶祝，賀客盈門，頗為熱鬧。事後，收拾壽場，檢點物品，詎大廳內陳設之瓷器麻姑一尊忽然不見，此麻姑前在巴拿馬賽會，有人出價數百元尚未允買。歐陽君殊歎可惜。函員警署及兩懸查緝，以期合浦珠還云。

遺老傳

陶然亭雅集之儷啟

王壬秋為清末欽賜檢討，年逾八秩，精神矍鑠，在吾國文學界素著英聲。民國三年，由湘入京，就國史館長之任。由袁勵準發起，遍邀前清翰苑中人，萃集北京城南陶然亭，為文酒之會。王賦五古一篇，傳觀索和，韻押十灰，蠅頭小字書成楷法。與會者計五十餘人。陳弢庵於在京翰林中，科分最老，而為清室師傅。日須入宮，至鐘鳴三下始到。此次約集同人，先發出一公啟。啟云：「自頃風塵傾洞，盍簪漂歇，金閨秘闥，俱成天上。每尋仙蝶之衙，尚識棲息之樹。雖故宮落葉，悵隔前朝而春苑煙花，宛然舊影，金鑾深掩疇問殘鐙芸閣淒清，淪為廢廡。槐半凋而未死，夢已全非，蘭在紉而自芳，佩寧改度，攄凋舊之蓄念歎嘉會之難。常哀豔百重頑感。千壘幸茲城闉清晏，花事方滋，正值湘綺先生翩其來遊。軒車戾止，群方歡竦，吾黨詠歌，先生以伏生九十之年丁遜國。百六之季未躡鴻博之軌，而除目遙符恥為金馬之待，而弓招屢賦近殊竹垞侶，屈宋於衙官，遠軼蘭陵理周秦之墜，學名山自閟荃茝彌馨三館。邈其清塵眾芳，欷其歲晚，孤桐乍，御欣接瑤徽。萬柳雖湮，聊尋故事，江亭隱樹，南窪之碧葦，初芽春甸覆花西山之白雲在望，跂遲巾屨來共，山樽召蕩寇以監廚。呼步兵而具酒麴水。三月禊事，方闌山陰一觴。詠言靡歇，既續唐賢大羅之夢，且試海外寫真之術，天涯接幾明鏡流年影事。成圖詩歌盈路，庶幾靈光佇景，長在人間，焦尾安弦，毋忘爨下。秀山李稷勳撰。」

章一山卻聘記

章梫不受禮聘，京華人士傳為美談。當時政事堂聘章書曰：

「一山先生道席五月二十七日奉大總統諭，章梫由政事堂優禮函聘等因，伏維先生亮節夷沖，靈修醇粹，然龍燭以照，海雲夢胸，呑建翠於以翳霄天風，背負在昔，提衡譯學，陶育英髦，飲人以和，其心皆醉，說士不置，此肉尤甘變化。瘠醨材欣，呈驥鏟阮，凡偽鏡世照神，導古今治亂之淵源。目如流電，發文武張弛之樞要，口瀉懸河，固已識賅三，微學貫，九變貴遊。畏其折角，儒修重其昭朦矣。茲者元黃初奠，蒼赤未蘇。應變解紛披，艱攡穢切，旁求於俊乂，應褘候於貞元宏景山中。本殷懷於濟物，鄴侯架上儲秘笈以醫時，禮有重於元纁漫擬到門凡鳥音實企夫金玉不徒空谷維駒貯盼巾車敬飭館驛元龍，非餘子可及，論心無間，形骸孝章，有天下大名抵掌，自舒肝膽，宣風烈而調穆羽底於平成，滋雲液而飫醴泉，起茲尫羸。誠斯世之大幸，亦千秋之嘉會也。謹肅敦聘祇頌道綏，大總統府政事堂啟。」

章氏答書曰：「政事堂鈞鑒：日前浙江巡按使署寄來鈞械，過采虛聲，加以藻飾，優禮來聘，不勝惶愧。少習經史，長官京朝，頗亦歷練當世之務，特自辛亥一病，至今從前所學都不記憶，頃惟杜門養息以終餘年。敦聘之禮，萬不敢承。敬謝敬謝，維祈亮察，只頌鈞安，章梫頓首。」

葉德輝之文藝談

近有日人某君往訪湖南名士葉德輝，談及文學戲曲之事。葉君云：「說文為一種東漢人實學，不可以鐘鼎銅器篆籀目之。研究此書，最要之門戶，前清乾隆時儒者似猶未知，日本人亦罕有精造者，然其學甚難，鄙人於此，已研究三十年矣。頃如劇曲，亦極難學，恐不能輸入日本。蓋中國人情風俗，方言皆與日本不同，不能僅如詩文之同文也，王國維有曲考十得六七，然在日本人，則恐難洞曉其源流，現今戲曲之腳色，還不如二十年以前，此等歌舞之事，亦隨文治為盛衰。近十年以來，政府不注重文學，故此等戲曲現時知音者甚稀也。目今第一唱工為譚鑫培，第二則劉鴻升。譚本老腳，喉音清轉，尚有先正典型；劉則自作聰明，不知停頓、開合之妙。每聽其音，輒為之心急生懼，以其唱時忽高忽長，恒恐其不能落韻合拍也。此種弊病，致使聽者衷曲不暢。至於秦腔，則其音躁急，令人聽之心煩矣。」

辜鴻銘之憤慨

辜鴻銘精通十數國文字，於西洋史學詩歌，尤研究不遺餘力。在歐西各國，頗著文名，所譯之四書，亦傳誦一時。前為張文襄幕僚，以剛直為張所器重。所著《尊皇篇》一書，盛稱慈禧太后之才能，可比英后維多利亞，見者無不奇之。前清宣統初年，南洋公學校長唐慰芝先生，聘為教務長。武昌起義時，嘗著論刊登字《林報》，力詆革命，當時人皆非之，因受南洋學生之排擠，即字《林報》之記者，亦謂其讀書太多，神志不免淆亂。前年入京為奧國使館及五國銀行團翻譯，旋充英文《京報》記者，著作雖不多，覯而精美異常，讀之殊為有味。其後因中國婦女問題，辜深以中國新流行之風俗為不佳，致與《京報》記者陳友琴大起辯論，嘗見其刊登英文《北京日報》，詩中有「千古傷明妃，都因夏降夷，如何漢臣女，亦欲作胡姬」之句，亦足見其痛恨切齒於女界新人物之一班矣。近聞清幼帝擬聘一英文教師，此項教師頗難得人，緣所定資格極嚴，必為中國人曾為前清官僚，富有舊思想，學問又深邃者，方為合格。辜有被聘之望，然彼雖精於各國語言，文字往往以舊腦筋發新議論，總覺不合時宜，而辮子至今未剪，亦為一般。學者所詑異，今民國極有名望之人未剪辮子者，大約不過上將張勳及國史館長王闓運耳。辜之不剪辮子與若輩大老同一觀念，誠可異也。

創議復辟之健將

勞乃宣自青島戰事發生後，原擬前遊曲阜，謁聖廟，拜孔林，再往泰山讀書高隱。嗣以山居雖佳終嫌荒涼，漱石枕流之風言之似易，行之實難。況又身歷宦途，飽嘗繁華之滋味者乎！故不得已暫居濟南，緣勞之快婿孔幼雲氏，亦聖裔也，方由曲阜移家歷下。其子孔祥柯亦嶄然露頭角者（前省議會議長，現財政部參事處行走），乃於公園之東南角，闢地鳩工，築西式樓十餘間，為勞讀書之所。其地雖近塵市，而前臨青山，北俯黃河，桃李成蹊，楊柳垂蔭，每至天清氣朗，園內遊人來往如鯽，見紅瓦鱗鱗，無不知為勞先生之高臥處也。勞之性情，尚崛強如故，除終日三餐外，即執筆作書，皆痛斥時局，恭頌先皇聖明之文字也。所著有《正續》、《共和解》二書，其後即根本此書，謬議而倡復辟之說也。

王垿與譚貝勒齊名

王爵生，萊陽人，清法部侍郎。雖非清流，而頗奉公守法。任京曹十餘年，無所表見而以善書之名洋溢於京城之中。凡銀號、錢莊、酒樓、茶館、綢緞布店、洋廣雜貨之牌匾、對聯幾無一非王之筆跡。有滑稽者為作一對語云：「有匾皆書垿，無腔不學譚」。垿即王名，譚謂譚鑫培，即大名鼎鼎之小叫天也。語雖近謔，亦係實錄。然考王之書法，骨格低下，實無可取，力摹翁覃溪，亦僅得其跡象而失其精神。其同鄉徐仁甫太史嘗謂之曰：「子非善書，乃好寫耳。」又云：「爵生之字好似街頭崗警植立，如木偶神筆索然矣。」曹竹銘殿撰亦謂之云：「汝終日在綢緞裡頭作生涯。」蓋謂王善寫綢緞、銀錢福祿喜壽等字樣，且日與商賈來往也。聞者皆傳為笑柄，足以代表王之生平。光復後，王移家天津，旋至青島居焉。年餘以來，更大寫而特寫。前之牌匾大字僅見於京城者，今則流傳於青島矣。性極頑固，於時事不甚通悉。其所親有勸以入仕途者，王漫應之曰：「今尚可為國乎？直騙局耳！」黃縣淳于君與王有戚誼，其子肄業法政學校。一日謁王，王瞿然曰：「爾亦至此乎？」謂其剪髮也。其頑腐如此。日德戰事發生，王攜眷到濟南，寓於城內葛貝巷。日軍到濟，王又將眷屬送至天津，己則留於濟南，棲棲遑遑徒自苦耳。

斯文又弱一個

參議院參政楊惺吾先生守敬於民國三年逝世，茲特將先生事蹟詳志之。先生湖北宜都縣人，同治壬戌科舉人，曾任黃岡縣學及黃岡府學教授，選授安徽霍山縣知縣，由張文襄改保內閣中書，歷充禮部禮學館顧問、出使日本大臣隨員、湖北勤成學堂、存古學堂、總教兩湖書院、分教通志局編纂等職。民國成立，充參政院參政。卒後，追贈少卿。生於道光乙亥年，卒於舊曆乙卯年，享年七十有六。

先生二十三歲即舉於鄉，往來南北，所與遊皆當代名人。生平著述甚富，經其考訂刻行及題跋之碑帖不下數百十種，就中如《日本訪書志》、《續補寰宇訪碑錄》、《隋書·地理志》，考證《水經注》，考證諸書，尤為精心之作。此外就所見宋元板本，古書刻有留真譜若干卷，題跋碑板考證文字及詩文雜稿有晦明軒稿若干卷。而尤以《水經注》疏稿本數百卷，補正全謝山、戴東原諸家之糾誤，為先生生平用力最勤考證極精之書，徒以卷帙繁多，無力刊刻。新會梁先生任司法總長，時曾將先生著述數種代呈總統，總統許以由公家出資刻布。先生亦自言，若親見此書出版，即死亦瞑目也。

先生於光緒初元隨侍讀學士何如璋出使日本，使事之暇，搜求舊籍。凡彼都所藏古代先秦佚書，靡所不訪，《日本訪書志》之作蓋成於是時。及遵義黎庶昌蒓齋，代為出使大臣，尤重先生。黎氏搜刻古佚叢書，所收舊本二十六種，均足以裨益多聞。顧先生自言謂所收之書不盡如原意，因黎氏自負通識，好自主張也。日本詩人如森槐南，經學家竹添進一，書家中村不折等均與先生往復論學。中村善書兼喜作書，亦嘗問執筆法於先生。故日人至今言彼中六朝書派，自先生倡之也。

先生知名甚早，少時刻苦獨學，家貧授徒自給，中歲授霍山知縣，亦未到官。書名重於海內，富商海賈或奉幣請書，先生亦頗資之以自養。所見碑帖甚富。康有為著《廣藝舟雙》、《楫評書》、《論字士》多宗之先生，在上海見之即席為糾正十數條，見者服其精博。張文襄興學兩湖以先生為鄂中老宿，甚禮重之。端忠敏尤服其碑板之學，舉所藏古今名人字畫、碑帖盡委先生考正題跋。與長沙王益吾、閣學先謙為同年至好，論學之書往來不絕。先生卒後一日，閣學猶以書抵先生京寓，考論《水經注》凡數百言，蓋不知先生已易簀也。卒時孫光棐隨侍在側，長君道存已前卒，次君只仲、三君秋浦聞訃後，均由湖北上海先後來京。先生家中食指眾多，常憂貧乏，惟藏書甚富，分存於上海北京者尚有數十萬卷。諸子亦頗能世其家學，總統恤令謂其學術湛深，著述甚富，碩德耆獻，海內知名，總括平生庶幾盡之。蓋自先生逝後，不獨湖北少一老輩，即東南耆舊亦凋零略盡矣。先生晚年，自號鄰蘇老人。

先生之病，實係中風。蓋與前此督辦浦口商埠事宜之沈秉堃同一病症。沈病終之前一夕，猶與友人宴談甚歡，翌日，乃不起。楊則於夜間出室便溺，溺已入室，遽爾長逝，亦可異也。按前清光宣之際，大臣壽終，多以中風。當時都中某報有插畫一幅，其圖狀已不可想像，第憶其所題字為「古大臣風」四字，以風字解，作中風之風，亦殊俊妙。今以沈楊兩公觀之，則此風猶被於民國也。

宋育仁軼事

宋育仁因主張復辟謬議，由江統領會同京兆尹，派人監護出京，直回四川本籍，茲有京師人士述宋育仁歷史者，詞頗右宋。然於老悖身世頗詳，茲特錄之，以質諸海內外之留心公是公非者。自復辟發生以來，外間知為勞乃宣、劉廷琛所主張，勞有各種函件，新近發見，並有呈送國務卿請轉呈大總統之事。劉則於數月前辭謝禮制館時，曾洋洋灑灑，倡為復辟之先聲。至近日則此兩人者，皆不知其蹤跡所在，時適有大名鼎鼎之宋育仁，以嫌疑之風說，被逮於步軍統領衙門。以致全國人士，將此驚天動地之復辟案，移其眼光於宋氏，初則疑其與該案不無關係，繼則知其因事論事，不過因勞而發，初無何等之關係也，然於宋之為人，尚不得而悉，茲經詳細調查，分述如下：

幼年時代

宋育仁，四川富順縣人。少孤，育於伯叔，性沉靜，強記誦，終日手不釋卷。然於世俗人情及生產事業，殊不經意，以故人多以書笥目之。

科舉時代

宋既通籍得翰林，文名鵲起，值清光緒帝大婚，西太后還政，宋作《三大禮賦》，裔皇典贍，比於《三都》、《兩京》，見者歎為有清二百餘年，得未曾有。其時潘翁諸名流，皆以王佐期之，清相李鴻章見之曰：「後生可畏。」因自指其座曰：「虛此待子矣。」然宋少年氣盛，凡有譽之者，皆無謝詞，以故人皆愛其才而又惡其傲也。

出洋時代

宋以國家辦理外交，輒不得端倪。自請於李鴻章，願為副使，得充英法義比大使駐英參贊。出都過津，李謂之曰：「子當得出使大臣，何苦屈就參贊耶？」既駐英，會中日甲午之役，中師大衄，清廷電駐英欽使購船於英，久不成，適宋與駐俄大使王之春遇於倫敦，宋商之王，立訂英師船若干，而以英宿將琅威爾統之。嗣以和議成，購船不用，借兵議亦遂罷。而宋已與王及二三同志剪辮入船。至是乃歎曰：「清必亡矣。」乃逕棄使職，歸既至京師，時賢謀為強學會，浼宋為章程。強學會者，即後之大學堂所自發軔，而今所稱戊戌清流所自出也。

商礦時代

宋既歸國，以所著《采風記》及《時務論》，凡數萬言上之清德宗，力言變法自強，德宗甚激賞之。然奪於廷議，以宋言為誇誕不用，旋有旨令宋赴四川辦理商礦事宜。宋歎曰：「我策時數萬言，折衷於西，可以救貧起弱，而以商礦委我，是遠我也，豈知我適得所欲，正可借此振興吾鄉實業，開未有之利源也。」遂回蜀，以商本商辦，而官為之提倡，號於實業界中。當是時海內言實業者，皆迂其言，然所經營實開風氣之先。當宋之未回蜀也，適清廷有寇宮人者，名連材，曾上書西后，言及國事，並諫後勿徒事奢侈。太后初悅之，嗣為人所讒，遂交刑部，未鞫而殺之。宋偶赴同人招飲於司坊，聞耗大哭曰：「清亡無日矣，余不忍見銅駝臥荊棘中也。」遂決計回蜀，云在蜀時兼主蜀之尊經書院創為蜀學，會為各省學會之先聲，並為蜀學報倡復古維新之說。海內多驚疑其言。方宋之出都回蜀也，於時京師有作者七人之歎。蓋是時與宋同時棄官者，有某君等皆素號清流也。

拳亂時代

宋在蜀辦商礦既有端倪，會廣東巡撫譚繼洵保使才，以宋入薦，清廷有旨令來京召見。宋不欲再出仕，值廷旨已令蜀紳李徵庸代宋，宋門生故舊多勸北行。甫入都，值拳亂起，諸京秩皆逃，清兩宮西狩。宋曰：「吾既來，不可以棄去。」乃趨行。在條陳圜法四策，其施行者僅鼓鑄銅元一事而已。宋既召見，以忤旨，卒鬱鬱改道員而出。每語及親貴誤國，輒大罵不已。

外官時代

宋之改外官也，以道員用。湖北總督張之洞素器之，調往督辦宜昌土稅局。蓋往時道員之所謂優差也，得是差者，皆升官發財而去。而宋盡提中飽入官，又改良稅法，令後繼者不得從中舞弊。以故鄂官場盡愚駿目之，且讒於張督而媒蘖之。張乃已經濟特科保之入都，比就試，得第三名。今稅務處長梁士詒君為第一名，然卒以所言觸忌諱，遂與梁俱匿去，不敢出覆試也。

旅滬時代

宋既棄官，為江南南菁學堂監督兼總教習，始為分科教授之法。會清廷派五大臣出洋考查憲政，委以編譯事宜，並許其以譯局自隨。南菁故在江陰，宋乃以高足兼教授，而自寓滬上。博稽各國憲法，成《憲法比例徵》一卷，書中兼及三代，善法以實，其復古即維新之說。又別著《經世政學》，《經術公理學》，洋洋數百萬言，力辟革命改革之危險恐至亡國，於時清議多韙之。當道亦以保存國粹為意，而留學海外言革命者，則視宋如仇讎矣。

旅贛時代

宋又嘗應江西巡撫吳重熹之徵，為銅元局總辦。清釐弊竇，得贏餘百餘萬，而歷屆皆虧累，聞以此贛當道（藩臺沈瑜慶前居之總辦也），忌宋尤甚，宋遂辭吳而行。

禮館時代

清廷立憲，欲兼採輿論，並保存先代之法，特開禮學館於禮部，召繆荃孫、宋育仁等為纂修。宋常倡古聖明，王維持人倫教。以明尊卑長幼之義，及男女之防、父子之道也。

歸農時代

宋在禮館以當道因循，不能卒用其言，嘗為京師大學教授以自給。革命軍起，乃就金壇之茅山營農業（宋在滬時曾於茅山置有荒地數百頃，為墾牧計）。方返京，擬挈眷南歸，而道阻不可行。民國元年，眷甫欲南下，而門人施愚，受大總統之意，致詞挽留。因宋眷屬先已首途，施意亦未置可否，宋遂南歸，為茅山道士。

史館時代

宋在茅山為道士裝，絕口不談時事。會二次革命事起，以宋在前清時曾著書主張君主立憲，民黨痛惡之，宋殊自危，適張上將勳奉命南下，聞宋名，遣人存問並給贍其家，宋乃往依張，實隱圖自保也。比事定，茅山已為兵燹瓦礫之場，牲畜桑麻，悉付焚如，宋尤狼狽遷於常州府學。舊署依門人某以居比國史館王館長既就職，以師生之誼，寓書於宋曰：吾為史館長，子不自給，曷來為我作抄書傭耶？子苟願之，吾當為子言於總統，仍以史官官子矣。宋得書報王曰：「傭不敢辭命官，則精力銷耗殆盡，且習於野不任復作也。」王覆書諧笑之曰：「傭吾弟，吾不忍也，吾當敬禮而聘之。為我幫忙耳，可速來，可速來。」宋迫於困滯，門人知交，多以為言，遂至京為國史館顧問。

協修時代

宋之初至京師也，甫下車，適有史館協修之命。宋謁王，謝其意，且言：先生果薦我為協修耶？王驚曰：「吾固允聘子，惡得為協修哉？」宋以有總統之新命對，王初不知也，乃呼秘書至，始知秘書某因王招致諸人均已位置，疑宋來必予以協修，遂逕呈總統，請以宋為協修，得准。王至是殊自忸怩，因對宋笑曰：「協修太小，不如仍為纂修。」宋因力辭，言本為自給，任先生分以一差，即書傭亦可耳。王曰：「子姑暫屈，吾自當優以位置。」遂以宋為顧問，由館長聘請云。

三湘耆舊傳

湘中老輩雕零略盡，文儒則湘潭王先生，武將則邵陽魏午莊，最為耆宿湘綺遊京師。魏公已閉門不出矣，王葵園閣學先謙，於國變以來，避居平江鄉中，湯督到後，曾一入城省視葵園故宅。仍攜書遷居東鄉山中，著述不輟，此老年逾七十，精力不衰，生平纂集之作，除《續皇清經解》，《續古文辭類纂》及《十朝東華錄》諸書久已流布藝林外，十年近著則有《莊子集解》、《五洲地理志》，《日本源流考駢文類纂》並校刻《虛受堂詩文集》。諸書惟自革命以後，曾文正祠內思賢書局所存，書板多為兵卒所毀亂，後無人修補，葵園又老謝，令人有風流銷歇之感。湘潭葉煥彬德輝，原籍吳中，校刻書籍甚夥，近方銳意搜集汾湖家集，並擬擇尤刻布藝林。葉氏好容接少年，門下諸流並進，日本漢學家鹽谷時敏（鹽谷巖陰之子，為古文效文正頗有義法，現充東京第一高等學校漢文教授，講授《左傳》，尤善擊劍）遣其子從學《說文》，然葉氏自京師歸後，於時事頗有感觸，現亦擬擁書入山，不問世事云。湯督到任以後，以舊提督學院衙門為官書報局，意在禮羅湘中文儒耆老，興起教化，用意甚善。惟因湘綺老人既已入京領國史館事，該局總辦曾重伯來充秘書，其餘程子大、易由甫（實甫之弟）諸人，或以事他去，因之局中事務現甚散漫，湯督對於諸老先生，雖敬禮不衰，然續編《沅湘耆舊集》之舉，現尚未見進行云。

官場瑣細

無獨有偶之假官

近來世風日下，偵探敲詐之不已，於是有偽偵探；官吏受賄之不已，於是有假官吏。最近江西天福棧之借官招搖案，又其術之彌工者，卜潮潤。浙江人，曾充錢幕，僑寓饒州，其子名萱庭，年方弱冠，衣服麗都，大似闊少，寓居西大街天福棧，自稱其舅父俞省三，現充考試知事閱卷委員，凡分發來省之新知事，彼多認識。適有住居德勝門外之熊某，南昌人，曾在鄱陽縣署充過傳達吏，認識潤父子，現因賦閒家居，生計甚窘，因屢聞萱庭吹牛，遂託其為介紹。萱庭答以此事不難，有新知事徐某將署鄱陽縣，不日即可發表，惟旅費告罄，如能先借百金，到任時必位置優差。熊聞之，怦怦欲動，惟仍未敢堅信，答以籌款不甚難，須請先見徐知事一面。萱庭似有難色，後請出上饒人黃菊圃為保。黃因事寓帶子巷滙源客棧，熊常與之往來，故信而不疑。初次付萱庭洋二十五元，二次付票錢四十千，三次二十四千，共計付過百二十千。熊以款已交足，滿望即日到差，詎事與願違。巡按使牌示懸出，則任鄱陽者為陳宗楷，而非徐姓。熊大詫異，始知被騙，急向黃菊圃索還原款。黃謂我雖為保，然亦不知此中有異，且錢係你親手交付卜氏父子，我安能負責？嗣熊昌言要稟官，卜氏父子始允交還。熊因既受卜騙，不肯稍緩，遂由黃請出滙源棧主人作保，限日交清，事已了矣。

詎次日，忽有多數巡警至滙源客棧傳黃，索閱傳票，知此案發覺，有黃本家黃發來、黃友生兩人代黃緩頰巡警告，以須將卜父子交出對質。二黃即往外尋找，行至西大街適遇卜潮潤，詐以黃菊圃有事相商，請速同去，卜知有異，形色倉皇，乃曰：「我現就新任鄱陽知事陳宗楷之聘，即須動身，不暇前往。」兩人無如之何，迨回棧而菊圃已拘赴警廳矣。於是二黃愈急，乃於次晨在廣外煤炭坡饒州李某船上將卜潤潮扭送第四區，解送警廳，訊供不諱，其子已先聞風遠揚。此案之發覺，有謂新知事徐某確有其人，與卜同寓天福棧，因聞卜在外招搖，函請警廳拿辦者；有謂係熊不甘受騙，稟請追究者，蓋當日熊索還錢後曾言爾等須遷棧房，似預知有人來捕者。惟就警廳之傳票觀之，其上又有熊之名姓，且同被拘押，似以前說為確耳。

雖然若此事者，僅施騙術耳，更有飾盜為官者，尤可詫也。數日前濟寧州某鎮忽有騶從疾趨過市，一時見者雖奇，然亦尋常之事，從者十八人，悉御戎服，擁一罪犯，已受桎梏，似經凌踐，狀極困憊，官轎即殿其後。其地駐兵立加盤詰並勸略行稅，駕以盡東道之誼。此輩婉詞卻之，謂須將要犯解赴萊州。語次匆匆，前行駐軍將校以該員行色匆促，深致疑訝，遂遣人陰尾其後，一覘虛實，尋見罪犯中道遽釋，更衣執槍，宛然一兵，雜入隊中，進向濟寧州西北二十里之王坊子市。邏者馳報濟寧官署，即時遣眾出城，潛往該地，及抵市門，盜探棄械脫走。官兵察知其奸，隨將偽官等之寓所包圍，蓋實係飾盜為官，方其抵市已捕得一富戶，勒贖二千元，富者僅能辦及四分之一，官兵即乘彼輩議價時，忽入掩捕，盜眾抵拒，立斃二盜並三盜探餘眾就縛，悉送濟寧，明正典刑矣。

戚揚遇瘋記

江西巡按使戚揚，當代理江西民政長時，每日規定見客兩班。其經驗及才學優長者，擇要筆記，以備擇用。某號早晨，見客八人，內有陸軍小學堂學生劉九榮，派在末座，當即分別延至內廳，按照排定次序坐定。戚省長即由第一座之高姓者發言，詢問出身履歷，以及辦事經驗，高方誾誾陳述，即有末座之劉九榮（萍鄉縣人）以手擊省長衣袖者再，省長方除眼鏡回顧，正欲斥其輕妄，不料劉即以拳向戚省長迎面擊來，戚省長大怒，立飭警備隊將劉拿下，遍搜衣袖，並無夾帶違禁物品，並傳新委彭澤縣知事劉洪瀾至署，詢問劉某是否向有神經病。該知事答以僅止同縣同姓，並不認識。戚省長當對眾宣言：劉某之對於長官荒謬若此，本應立處重刑，本代民政長，向以忠厚待人於心，實有未忍，遂命發交員警廳薄懲云。事後戚代省長通函各機關云：「行政公署為全省民政總匯之機關，簿書鱗集，本代民政長雞鳴而起，披載案牘，日昃弗遑，愧無穆之對客批答之才，竊慕中郎倒屣迎賓之雅，諸君子投刺晉謁，有懷欲陳，自非地方要公，苦難隨時接見，前曾啟告屬候序傳，本代民政長於每晨依次延請，博詢諮周，藉覘才識。乃今晨見客之際，有前陸軍小學堂學長劉九榮者，位次第八，本代民政長甫與首座接談，該員遽攙言罵坐，振袖奮拳，類灌夫之使酒，似淮安之攘臂。以其狂妄，本擬重懲，同坐者僉稱其夙有神經病，姑發警廳察訊，果心疾頓作。則情尚可原，若有意肆橫，當按律擬辦云云。」

前清江西實缺廣信知府關榕祚（翰林出身），於光復時卸篆晉省，賦閒多時，嗣因陳鎮守使廷訓在警視總監任內，委其充當秘書。為時不久，解職赴潯。現關君不知因為何事，晉贛謁見戚省長，當經戚氏延見同座者十人中，多新委知事，關坐第八。戚氏挨次問語。關亦侃侃而談，迨關談畢，戚氏乃與第九座者接談，關忽勃然曰：「吾尚有言。」戚氏以聲口異常，遂回顧叩以何事，關大聲曰：「此次汝等是怎樣來的？」戚氏唯唯。關又曰：「江西打仗時汝等在那裡，今日太平了就一個一個做省長、做知事，都來擺這臭架子，所有從前在省城維持地方的，反貶退閒居，豈不可恨？」戚氏曰：「足下想是打仗有功，可自向都督府陳說。」關作哼聲曰：「若要向都督府陳說，那待今日言已。」拂袖而出，戚氏照例送諸門首。

願作鴛鴦不羨官

財政部僉事劉文嘉，因妓女小翠喜與有婚約，曾屢次託人與鴇母議身價。鴇母一意作梗，並聞有某君者，亦與小翠喜有密切關係，從中大生阻力。劉見事已決裂，乃以叫局為名，叫至香爐營本宅，並束約至友十餘人，大張筵席，以資賀喜。及鴇母知事不妙，聞風奔至，劉已堅囑僕人揮之門外。鴇母無法可施，哭罵大作，並聲言必須拚命，當由崗警勸令回去，依法控訴。鴇於次日即至檢察廳控劉霸佔伊女，檢察廳即依法飭令司法巡警往傳。劉以現任財政部僉事，公事甚忙，無暇到堂對質，竟未前往。檢察廳以劉恃勢抵抗，乃用公函致財政部總次長，言劉現被人控訴霸佔婦女之案，劉自稱部中薦任僉事並係科長，是否實有其事。財政總長以為部員被人控告，已失體統，復關係於娼妓，尤屬不成事體，當已據情呈明總統，將劉免去本官，並奉總統批令，歸案訊辦。聞劉因此事已成騎虎，官職已奉令免去，殊無可戀，乃攜小翠喜出京。翠喜，河間人，李其姓，小名小申兒，又名蘭芳，唱戲於京津一帶，頗負盛名，擅長二簧鬚生，有時反唱旦花武生，無不妙肖。幼時尤其母質於賈仲三學戲，原定期限八年，逾期已二稔。近日兩造在天津地方審判廳涉訟，回復自由之身。其時翠喜雖脫離羈絆，而猶負有一種條件，只准擇配不許唱戲。故翠喜在京輟演且三閱月，顧歌舞場中事既罷。一時無所歸，因與劉訂婚約。其母亦曾在劉宅居住數月，劉娶小翠喜為妾，本得其母同意，後不知故何，其母竟反悔也。

檢察廳查劉執有字據，非屬私誘行為，在刑法上不成罪，而小翠喜之母必欲將女領回，刑事上既經解決，又提起民事訴訟。

地方廳為此案，在民事第二庭開言詞辯論。李王氏以禿頭翳眼，而戴一絨編花帽，往來於廳廊之下，肆口謾罵，一種悍婦行動，豁然曝露。至其女蘭芳之言論風度，毫無瑕疵可議，述其意見，聲情俱烈，在旁聽者無不讚美有加。幾經審訊，判決劉文嘉、小翠喜俱無罪，李王氏當面謝過。有情人居然成眷屬矣。

劉文嘉第二

蒙藏院僉事馬為瓏，江蘇人，向在京八大胡同逛遊，因與春豔院小班妓女陳桂卿相識，時常過往，一夕無間。陳桂卿聞馬為瓏當蒙藏院差，每月薪俸有數百洋之多，家中亦係豪富，乃於去年春間隨馬為瓏過度。言妻則未立有婚書，言妾則未立有契約。伊母彭氏，住居天津，並不知情，每月得伊女月錢以濟家用，仍以為係班內所分之帳頭也。而陳桂卿隨馬為瓏過度，淫蕩性成，仍與各小班花姊妹往來。馬為瓏為愛情所繫，不加約束，且揮金如土，入不敷出，負債如山，而陳桂卿亦絕不顧也。馬母在籍聞知此事，星夜奔至京中，勒令其子將陳桂卿退出。馬為瓏不但不履行，並聽陳桂卿教唆，不認其母。其母因之大為憤懣，向地方檢察廳告訴。地方檢察廳當派司法巡警拿辦，不料馬為瓏棄官而挾陳桂卿潛逃。陳桂卿之母彭氏，知伊女與馬為瓏姘識，異常憤懣，欲赴京向檢察廳控馬為瓏誘拐。事與財政部僉事劉文嘉適成一正比例也。

吳營長之威風

四年二月初四夜，廣東石龍警衛軍八十六營兵士李葵、盧浩、黃有、蔡昌四人，偕同該處湧篙妓院詠仙樓妓女王杏嬌、何桂好挖開牆壁逃走。次日為石龍行營訪聞，飭令該營長吳貔泰查拿送辦。吳營長當將截回逃兵李葵、盧浩二名並妓女二口槍斃，旋具呈都督，略謂訪聞本營兵士李葵、盧浩、黃有、蔡昌等串同石龍湧篤詠仙樓妓女杏嬌、桂好私逃，除黃有、蔡昌在逃外，已將該犯兵李葵、盧浩二名及妓女杏嬌、桂好一併槍斃云云。都督批令云查兵士犯案，該管官長固應予以懲辦，以肅軍律，惟遽加槍斃，辦理實屬乖方，至妓女杏嬌、桂好二名，應送交地方官吏懲治，方為正當辦法，乃忽一併槍斃，辦理尤為荒謬，合行令仰該管長遵照。此後辦事務宜謹慎審度，毋再顢頇，致干議處云。

使君淚滴牡丹江

吉林牡丹江，以上游大雨，一日間竟陡漲五六尺，纏綿數日，仍不退潮。經該管員警率領人民，以麻袋囊沙，禦之。那知愈禦愈漲。忽然漲越江壩，泛溢街市。一時通衢小巷，水流成河。據該處父老云，為數十年來所不經見也。江水氾濫時，各界人等皆爭先搬運高阜，一時人心惶惶，莫知所歸。依蘭縣知事楊錫九擬修西南隅未畢，而水勢益急不可遏，乃親先奔往該處，率領人士掘土禦防，而水勢仍漲。不得已，藉神樹廟地點祭江，向水鞠躬，並許重修龍王廟，然水漲仍不已，又遣兵丁將三江龍江吉蘭等處輪船留下，不准他往，以備載民避災。楊知事不啻親演戲劇中《孫夫人祭江》一齣也。

法曹不法

司法部技正馬某，係留美學生，近在天津與某道尹之女公子結婚。聞馬於結婚前，擇偶定有二條件：（一）晰白，（二）豐腴。此外均所不計。道尹女公子貌不揚，且適與馬所期者相反，馬知為媒妁所紿，結婚後，即不與新人同衾席，逼女歸去，否則將向法庭為離婚之起訴。女不得已，即歸某道尹署，氣憤交集，當即服毒自盡。某道尹謂係馬逼斃，擬向地方廳控訴也。

何苦嘔氣呢

當參政院未開議以前，有一絕大笑話，即為約法會議之廚頭與政治會議之廚頭衝突，至激怒李議長不作搬家之想，遂牽掣約法會議不能迅速騰出參議院，而參政院乃無地開會。吾人初聞此事，即疑廚頭一小鰍，不能興若大風浪，即李議長亦未必即輕信一廚頭之言。黑幕中必尚含有其他離奇古怪之人物，為傀儡牽絲者果也，又發生一某秘書長事，某秘書長者，歷掌各種重要立法機關事務，此次本擬並參政院之秘書長，歸其一手包辦。乃忽來一前國務院之秘書長張國淦，張氏辭職，又來一歷充參議院眾議院秘書長之林長民。某秘書長大為憤懣，暗中作梗，於是前有廚子，後有秘書，政治會議既不肯讓團城與約法會議，約法會議即不肯讓參議院於參政院，雙方相持，煞是好看。參政院未開議而先演劇矣。

張大帥晉京紀

民國三年，張上將應大總統之召，入京覲見。有人途中與之相見，值彼儼然坐於馬車之中，垂辮之護兵，各挾毛瑟槍，攀附於兩旁足踏之上，高聲吆喝，風馳電掣而過，奔走喘汗之人力車夫，瑟縮道周。若有不敢仰視之勢。兵士之辮子，奇妙已極，較之去年在南京殺人不眨眼之行動，尤足惹人注意。中華民國之軍人，戴此虬結如蝟之裝飾品者，久已絕跡於首都。今復睹此清朝之紀念物，在見者直不啻瀏覽小說，別闢一蹊徑。聞人言張氏入宮叩謁清帝，拜跪間，髮辮向兩旁披拂。清帝左右之人，語以辮子與時世不適，尤與民國之尊嚴相戾，似以去之為便。張氏大恚，遂起而為辮子之辯護。其詞曰：我之兵士，皆有辮子者也。兵之所以應有辮子於軍事上關係綦重。一切兵皆應有辮子，有辮子則可識為兵，而無奸宄可混入其間，奸宄苟欲混入，非自有辮子不可。若今日之亂黨奸徒，大概皆無辮子者也。聞其言者，無不大聲拍掌以歡迎之，遂無復有勸其作時髦裝束者矣。張現在是否自視為滿人之救主，不能斷言。然料彼參列革命紀念日之閱兵儀式時，暗中必為滿人發無數同情之誓詞也。

孫總長流血

近者梁士詒於華石橋本宅，延請諸要人筵宴，一時冠蓋盈門，極形熱鬧。外交部孫寶琦適因部中有要事，至七鐘後始到梁宅。其時天雨已久，梁士詒宴客地點，為其東偏院之花園，園內花木紛披，山石夾道，曲徑迂迴，寬不及尺半。雨後青石如鏡，滑不留步。孫總長因晚到，匆促入園，一時不慎，滑跌於地。侍從者急趨相扶，乃孫總長之鼻尖，已為尖形之山石所傷，血流滿面。座客均驚起相視，遍施手法，血流不止，痛極而暈。當即以電話延西醫診視敷藥，梁士詒並以汽車送其回宅，並時用電話詢其安否，終宵為之不眠。座客亦因此不能盡歡而散。說者謂孫總長因外交棘手，精神步履，已遜常時。此次梁士詒之招飲，雅不欲有拂盛意，下車後不覺以匆遽之狀，代表其抱歉之忱，以致演成此流血之慘劇云。

王湘綺與史館

湘潭王壬秋先生，耆年宿學，久為當道所佩仰。民國二年，奉大總統電召赴京擔任國史館館長。因病未能啟程。三年，又奉大總統電。其文曰：「王壬秋先生鑒：前以史職奉屈高賢。企望來儀為日久矣。安蒲稽程，遂經寒暑。頃聞旌從頗快，遨遊所望，翩然准踐前約，敬當虛席以俟。勿令擁彗為勞，並盼速復。袁世凱巧叩。」王君當即覆電，其文曰：「北京大總統鈞鑒，承諭敬悉，即日首途，闓運叩皓。」先生奉電後，即日乘輪赴長沙，所帶行李，僅小箱一口，唯書籍古玩字畫等件共約二百數十箱。連日划船挑夫輾轉駁運，竭數日之力，尚未竣事。其長公子代懿、三公子代功，均隨侍，此外尚有男僕一人、女僕一人。抵省時，湯督即派員迎接，暫住府內，先生不允，乃改寓官書報局。日與湯跛公、易豫、程頌萬諸人作詩鐘為戲，往謁者不見，亦不復答。

次日，先生乘竹椅小轎至都督府，湯督出迎於門外。先生著開汽袍大袖對衿馬褂，方領馬蹄袖，緞靴荷包俱全，腦後垂小辮一條，長約一尺餘。先生本係禿頂，其髮辮早已無復存在，此次所垂之辮，乃用紅繩拈成兩股，形式與繩無異。有人戲問其故，先生笑曰：「我之裝束，亦西裝也，難道他人可以著西裝，我獨不能著西裝乎？」其詼諧有如此者。

湯督設宴於府內，為先生餞別，嘉賓滿座，多至四十餘人。每桌酒席，費用約需銀一百五十餘兩，係仿西餐辦法。凡中外嘉珍，如白燕、熊掌、鹿筋、玉面狸鱘、鰉山鱗之類，凡屬著名珍貴之品，靡不羅列。是日，觥籌交錯，賓主盡歡，軍樂迭奏，竟日不輟，可謂極一時之盛云。

先生旋起程，同行者為約法會議議員舒禮鑒、夏壽田。是日絕早，城外河干一帶，軍樂之聲，不絕於耳。湯督暨各界送行者絡繹於道，湯督特派華盛輪船為之護送，行至嶽州，又奉大總統電令，派第三師長曹琨酌帶軍隊，親自護送到京，俾沿途一帶妥為照料，先生於是安抵京中。居京數月。一日，參政院開大會，湘綺亦出席，人疑其以是日行閉會禮。故惠然肯來，有以之詢諸湘綺者，湘綺曰：「我今天到會，乃是為與諸君話別而來。」聞之者亦初不介意，旋與其媳之兄遇，告以須回湘。其媳之兄為誰？授勳四位之楊度也。楊即詢以幾時動身，王答以明日早車。楊曰：「屆時我到車站送行。」當時彼此固無他話也。

迨次日楊到車站，王忽曰：「我有一件事託你。」楊問何事。王曰：「國史館的印，擬請你替我收存，我已辦了諮文，送到你公館裡去。」楊愕然曰：「別的事還可，印信我怎麼能夠收存？」王曰：「某某要我將印交與他們，我不放心，故爾託你。」楊見王說不明白，而車又將開，無可奈何，只得承認。及回至寓所，果然見有公文一角，私函一通，及國史館印信一顆，置在几上。楊以此事豈能私相授受，躊躇久之，乃想到呈明大總統請示辦法。其最有趣者，王之諮文中，有諮請貴京堂右諮楊京堂之語，蓋楊在前清末年曾賞過候補四品京堂，而王但知其前清之官銜，而忘其民國之官銜也。

楊請示總統之呈文，除首尾加一二例語外，中間即照抄王之原諮，一字不易。呈上後，總統批令亦不好怎樣著筆，只令楊代理國史館長。楊奉批後，以為此明是叫我代王看守印信而已，館中諸事，遂亦毫不過問。未幾有某事發生須用印，楊不肯負責，乃特添一副館長，而楊遂以代理國史館長一變而為國史館副館長矣。此關於湘綺棄印潛歸之趣談也。然而湘綺在國史館之趣談，猶不止此。

王所下之館飭，與各官署不同。無論有幾件事，皆接連寫去，並不分開，其對於館員之館飭，動曰：「某事請曾老前輩辦理，某事請宋老前輩辦理。」蓋前清翰林院舊制，科分在後者，對於在前者均稱老前輩。而湘綺之得欽賜翰林科分最晚，故國史館員幾無一非王之前輩。館飭如此稱呼可謂恭敬至極，亦荒謬之極，時人咸傳為笑柄。

王之文學，雖世不多覯，然公牘體例，則所未諳。然又喜親動筆墨，前因財政部庫款支絀，國史館經費，未能按期照發，曾由該館向財政部催發一二次，財政部仍未照給。湘綺文興勃發，乃親擬一諮文，前述欠發經費若干，及疊次催領情形，固不足為奇。惟中有「有類索逋，殊傷雅道」二語，人多傳誦。在湘綺是否以近日公文書中多用駢體，因特揣摩風氣，冀合時流，則非余之所敢知也。

先生之南下，外間傳聞謂因北方乾燥，回鄉避暑。據史館中人云，王先生此行，實有不得已之苦衷，因館中某君與王先生之女侍周媽少有衝突，王先生左右為難，故攜周南下，以為解鈴之計。蓋史館內外之綱紀，皆王先生從龍舊臣，視秘書協纂諸君，直若無物。而某君每欲以太史公之資格，驅策王先生，奔走疏附之人，積不相能。一日，因微故，館役與某君破口對罵。某君盛怒之下，爰呼巡士縶之而去。詎該役為周之親眷，當事亟時，老婆逕奔至先生前，氣恨恨指王曰：「汝尚為國史館長乎？何物巡士，竟敢縶汝之僕，汝之顏面何存？」先生矍然而起，以名刺索某僕回，以謝周媽。館中人聞之大嘩，群欲興晉陽之甲。先生內服閫威，外慚清議，於是中途南下。

先生素負海內名宿之目，以學問論，淹貫經術，以能力論，文章資格，殆與曾左相頡頏。此次奉令來京，其事業之成就者，只民國之國史館總裁而已。卒之放縱磊落，仍不脫名士風流，書生臭味，飄然返去。輿論界議論紛紜，茲彙錄之如下：

《日知報》云：「王湘綺自膺特聘纂修國史到京，開館以後，老趣頹唐，全持玩世主義，對於史事，擱置腦後。正如為混沌畫眉，不知何時始有端緒。」各報所傳王氏對於國史，主張採用通史體裁，及楊皙子條陳各節，均屬風影之談，並無其事。館中一切庶務，湘綺懵不顧問，悉操於周媽之手。視史館之公共機關，無異其家政。館中僕御人等，多係周媽所推薦，恃有奧援，遇事懶散。館員某見此情形，大為憤恚，因驅逐某劣僕事，與周媽衝突。湘綺老人內迫閫威，外慚清議，一時調停無術，遂託避暑為名踉蹌出京。名士風流，不能辦事，於此可見一斑。

《黃鐘報》云：「壬秋先生天真爛漫，不衫不履，脫然形骸，不受職事上之拘策，自是一種特性。去年議及史館，曾有將國史館移入湖南之說。近日到館，又復雪中白鶴。去留自如，瀟灑出塵，不當以尋常規模拘之。」尤令人捧腹者，前日抵鄂，攜帶其晚年多情之周媽，泛舟武昌，謁段都督。至督轅，則以王闓運刺夾周媽刺授閽者，閽者以達，段曰：「余聞王先生之名久矣，彼周媽何人斯？」閽者曰：「客與一村嫗來。」段曰其周媽矣。延客東序，執役惟謹，閽者唯唯。老人則挾周媽姍姍來遲，既相見，乃為周媽介紹於段曰：「此吾之侍者，周其姓，彼欲望見都督顏色也。」段唯唯，不知所云，既命之坐，王語周媽曰：「都督待汝不薄，汝其勿違都督雅意。」是日，盡歡而罷。

《國華報》云：「當王先生未來京之先，大總統親賢禮士，延聘之典，異常隆重，及先生來京，第一件事則與財政部較量薪俸之發給期限，第二件事製造概算書向財政部領款（每年十二萬有餘），第三件事則呈請任命總纂協修，第四件事則頒佈館令派辦事員。政府公報所載國史館令由第二號至第十四號，皆關於派人支薪之事，第五件事則王先生返鄉矣。至於一部「廿一史」，從何處說起，至今未嘗議及，只見派人用錢而已。曾聞某政界人曰，前日晤湘綺老人，詢以國史館近狀，王先生曰：「無事可辦，吃飯而已。」吃飯而已！嗚呼！今日之政界，皆吃飯問題耳。特無人敢說出，王先生可謂一語破的矣。

張彪重入鄂州城

前清湖北提督兼第八鎮統制張彪，自共和後，即避居天津。其在武漢所置財產，約值百餘萬，均為民國沒收。其後黎黃陂為張已呈懇大總統，批准發還。因特南下清理，以便按冊收回。抵漢住於金臺旅館，渡江入城。鄂軍界之舊屬，至江干歡迎者甚夥。張著常服緞靴，盤辮於頂，戴小草帽，乘馬至都督府拜會。銜帖為前清湖北軍門張彪字樣。段督原與有舊，極為優待，留宴早餐，旋同幫辦軍務王占元師長並轡至二師司令部（即兩湖書院），與鄂軍北軍諸將校茶會，又赴蛇山抱冰堂舊日部屬之歡迎會，即在該處晚宴。至夕陽西下，始整歸鞭，聞舊部將校到會者有二百餘人，現在罷職退伍閒居者，約十之八九。張含淚周視畢，言曰：「彪棄諸君三年，於茲矣！諸君子改造新國，功業莫與比倫。今日得復聚首一堂，幾若大夢，何幸如之！」僅此數語，已不勝欷歔。舊將校中由曾廣大少將代表致歡迎詞，大致在稱頌其教練鄂軍之功，且謂鄂軍起義，建立民國，皆由張平日培植人才之力。措詞極為阿諛，惟各歡迎者，聞張功業之言，自以今日之閒散，實有無窮感觸。有一人竟問張曰：「軍門要是那日從了我們，於今未必在黎副總統之下呢。」張瞪目視之，不作一語。

嗚呼王治馨

嗚呼！納賄貪贓之王治馨，由大理院開庭判決，竟宣告死刑。判決之死刑犯，從未有不過二十四點鐘者，此次辦理之迅速，殊令人大吃一驚，而近日貪贓枉法者，實不止王治馨。余不知見大總統對於舊部之王治馨犯法不赦，其亦不寒而慄否耶。茲將王治馨伏誅前後各種之消息，彙誌之。

王治馨為趙秉鈞一手提拔之人，假使趙秉鈞不死，王或猶可倖免，又使王上年在國民黨演說時，不說宋教仁之被刺，趙秉鈞實知其情，則王之換帖弟兄中，必努力為王設法解免也。王平日既無刎頸之交，一旦遇患難，雖有為之援手者，亦不肯為出死力矣。

日前王之夫人曾泣求張某向總統求情，張以王與之換帖，曾面謁大總統，迨有人告張，王已伏誅。張雖愀然傷之，然使果同心腹，張就請註銷勳位，以贖其一死，以觀其後效，亦無不可。無奈不過因曾有拜把子的一回事，僅為之一盡心而已。

然而王之運動力，不可謂不大也。趙秉鈞之夫人，並親自為入府求請。段芝貴亦有電同鄉某君，託其代向大總統說情。段與王亦係換帖弟兄，惟某君平日守正不阿，以王向非好人，且此次案情重大，不肯冒險去碰釘子，而王最後之手段，遂竟不能達其目的。

當大理院開庭判決時，王係坐馬車前往，人皆語王曰：「你不過處一徒刑。」然王一入門，即已面無人色，庭中設有兩木櫃，高約三尺，審判長入席後，其在左邊之木櫃，令王立其中。在右者則令潘毓湝、岳魁立其內，各圍以巡警四名，庭丁二名。看護律師趕到，一看情形，便知不妙，鄧熔律師與王素有交情，其時一種惻隱之心，遂流露於不覺，但將小手巾紐在手中，審判長宣告潘毓湝詐欺取財，應處徒刑十二年，褫奪公權全部終身，岳魁行求賄賂，處徒刑五年零六個月，褫奪公權全部八年。此時審判長聲浪不甚高，然注意傾聽，猶可得其彷彿。惟判決王治馨處死刑，審判長起立，手持判決文讀，其聲低小，不但旁聽人無人聽得明白，即王治馨亦未聽清。閉庭後，王猶問鄧熔曰：「到底我是處的九年徒刑，還是七年？」鄧不忍以實告，但云我未聽清，大約是那個樣子。出庭後，仍乘馬車回步軍衙門，人問如何判決，王猶曰：「九年徒刑。」不知生命已在旦夕之間，噫可恨也，亦可憐也。

判決後，司法部即趕辦呈文。當日下午五點鐘即送到總統府，八點多鐘就批下來，送到司法部。章總長已回公館，又隨即往章總長之私寓，章總長拆閱一看，不待辦公文行知總檢察廳，遂打電話告知總檢察長羅文榦。羅以為時不早，檢察官無處可覓，遂親往步軍統領衙門，會同江朝宗將王提出，驗明正身。其時王已睡著，乃從被中拖起來。王此時乃魂飛天外，親在堂上寫下遺囑，後即綁赴德勝門外行刑場槍斃，始將其行李送還安定門肅寧府胡同王之宅中。斯時，王之妻孥乃聞凶耗，而江朝宗袁得亮等以與王有舊交，監視行刑後，亦趕至其家慰其妻孥。其家人遂往收殮，暫停於德勝門外極樂林廟中。民國之懲辦大員，屍諸市曹，遂自王治馨開其端矣。

或謂從前秋審處決之案，固無如此迅速者，即民國法庭判決之死刑犯，其執行亦向無如此之速。霸縣知事劉鼎錫因貪贓槍斃，亦俟大總統之批令公布後，方始執行，王治馨已於公布之前槍斃。其所以必如此者，因欲以迅雷不及掩耳之手段，免生他種枝節也。蓋王治馨若不拚命運動，或猶可多活幾天。乃每日皆有人向總統說情，總統以賞罰不明，官方何由整飭。一面對於說情者，答以俟判決後再斟酌核辦，一面諭司法總長轉飭大理院從速判決。既判決矣，若不趕快執行，則說情者必接踵而至，且今日貪贓之大吏不止王治馨一人，大總統對於舊部王治馨之不赦者，亦懲一儆百之辦法也。然大總統一方為國執法，不能不置王於死地，一方乃又顧念私情，仿諸葛孔明斬馬謖之成法，特賞王犯治喪銀一千兩，並賞食副都統全俸，以撫恤其遺族，其亦可謂恩威並用矣。

王本一鹵莽貪鄙之人，籍隸山東萊陽縣。當袁總統巡撫山東時，曾派王赴東三省辦理某事，王即有不法舉動。事竣返濟南為袁公所知，立即吩咐捆綁出去斫了。當有人為之緩頰，始免做無頭之鬼，其後攀附趙秉鈞，為趙所信用。其時袁公督北洋，銳意舉行新政，命趙創辦巡警，王因得投身警界，與楊以德同事而成為今日老警務之人物。其得袁公之信用者，實趙一手提拔之力也。故有人謂王治馨那能夠得上做袁總統的兒子，不過做做孫子而已，語雖近於滑稽，卻不遠於事情也。

此次被肅政史彈劾，人人皆知其任順天府府尹時，該府所轄二十四縣，除袁知事係袁勵準之本家，有最有力之奧援，王無如之何，其餘二十三縣無一非納賄者，其贓款達五萬以上。而在輦轂之下，敢於如此貪贓，前清二百餘年中之，順天府尹，至少亦易數十人實未之聞也。王獨敢於為之者，彼蓋自以為有所恃也，而不知上年由巡警總監升內務次長旋轉順天府尹即暗奪員警權也。迨由順天府府尹遷轉為正藍旗漢軍副都統，照前清官制府尹三品，副都統二品，雖屬升官，實即為官運不見佳妙之朕兆也。

王君老同盟會會員，宋教仁被刺後，王於國民黨開會時，在會場上證明係趙所主使。其時即有人因其以怨報德，謂王只知有黨而不知有人，然因王方為總監，莫敢公然宣布，逢彼之怒，王之去總監之任，而今日更受此奇辱者，此為原因之一。又王為總監時，二次革命事起，曾發護照兩張，運送軍火，接濟民黨，政府已得其證據。此事最為袁總統所疾首痛心。此次拿問，其真因實在於是。

當看管命令未發出之前，因王曾久任巡警廳長官，而警廳中籍隸國民黨者不少，恐其平日有所勾結，若先發命令，不但不能看管，且難保有意外之事發生，故先密令步軍統領江朝宗將其看管，迨江派張樂斌等傳提到該衙門，押在司法科後，方發表命令。是晚警備頗為嚴密，步軍統領衙門所管轄之軍隊，且一一發給子彈。王被步軍統領拘押之後，其初猶能饋送食物，後忽禁止。王素有阿芙蓉之嗜好，饋送飯物時，祕密中即可饋送黑米飯，既禁送食物，煙癮發作時，涕淚交流，不堪其苦。自作孽不可活，其王氏之謂歟！

死矣劉鼎錫

前霸縣知事劉鼎錫，因貪贓枉法俱發案，經大理院判決執行死刑，依官吏犯贓條例槍斃矣。聞槍斃之前數日，劉氏囚於地方看守所，自知不免，屢圖自殺，頻以首觸壁不死，更仰攀電燈之線，又不死，事為典獄者所知，乃進而佯慰之曰：「君罪狀雖判決，仍可請求再審，但得良律師辯護，似亦未盡絕望也。」先是劉氏受鞫法庭，本指定律師鄧熔代為辯護，而劉氏不可，必欲自延之劉東漢出庭，而辯護理由，甚不充分，故典獄者云爾。劉氏乃不果死，日作書寄家，促其叔名蔭棠者，速聘著名律師，金多無吝，而不知人之紿己也。及正法之命下，獄中亦未有以語之者。迨執行前之一小時，始喚之出獄，誑云檢察官尚須問話。既出，遂以命令示之。劉氏已面無人色，尚哀乞曰：「今既無上訴希望，乃並不容要求再審耶！」遂擁之出，置於車中，押赴行刑場，至宣武門，始大哭罵。謂當日此缺固以重金向王治馨市得者，今但求向王一面詰耳，遂呼冤以至於死。

言者多謂劉氏出身微賤，或云係貿易中人，因利心太重，故棄賈而仕云。實則不然，劉氏固德州望族，祖係拔貢，父亦諸生，伯叔之名開榜者，曾舉進士，名蔭棠者，亦以武舉人仕至都司，昆弟在庠序者且二十人。劉氏十九歲入泮，二十一歲出外就幕主於前浙江提督呂文元者最久。初時僅月致十二金，其僕楊福（即楊華甫，現亦經大理院判決於啟鴻恩王玉珍等案內幫助枉法得贓逾貫之所為處無期徒刑，褫奪公權全部），時年尚幼，即為之服役。劉氏甚倚任之，因代其娶婦，劉氏中間歷史不可考，但知其曾充蘆溝橋稅局委員，及某師範學堂教習，又任門頭溝巡檢。其謀干霸縣知事缺，確係出銀六千元，有五人合資，推劉氏為率，及到任，餘四人亦各踞重要位置，朋比為奸，以罹於法。聞劉氏身後僅餘一子，甫三齡。妻馬氏（案內在逃之馬樹亭即劉氏妻黨亦股東之一）甚賢，聞耗誓以身殉，家人以其有身防護甚至，亦可慘矣。又聞開榜當日以知縣辦理黃河工程，亦以吞款甚巨，即在工上正法者，故德州人羞道之。

試院現形

縣知事試驗為中華民國考試士子之第一事前後已舉行三次，舊僚新進，聚集一堂，所演笑柄，不一而足，茲瑣述之，足供茶餘酒後之一粲。當亦讀者所許也。

口試一場，照知事試驗章程，原係詢問地方之人情風俗習慣，乃據應考者之傳述。詢問之時，頗多趣語，足以供為談助。某君履歷紙上原注供職禮部，及詢問之時，乃曰：「汝曾供職學部麼？」或者故錯亂其詞，防其有假冒也。其人答曰：「非學部，乃禮部也。」有某君係宜興人，委員特問曰：「宜興出好陶器，近來陶器銷路如何？」某君乃歷舉陶器情形以對。又有某君係常熟人，委員特問曰：「翁常熟之後人如何？」某君乃歷舉翁叔平之家世及其後裔之狀況以對。此其所謂地方之人情風俗習慣乎！然亦太近滑稽矣。

有某君言縣知事甄錄試云，揭曉之後，有落第某甲，向親知誦其作藝，全用八股體裁。第一藝信賞必罰為行政之大本論云，有大勳位也，嘉禾章也，優給年金也。此賞之所謂信乎？然何解於瘋子之章太炎，槍斃也有期徒刑也，褫奪公權也，此罰之所謂必乎？然何解於袁老爺之張鎮芳。第二藝安靜之吏悃愊無華日計不足月計有餘論有云：「余自信生平未穿西裝，不坐馬車，不打麻雀，不吃花酒，殆所謂悃愊無華者非歟。余苟能僥倖，則考取縣知事之後，更能不奔走政黨，不結納偉人，不提倡民權，不侵吞國稅，殆所謂安靜之吏者非歟。」做到日計不足月計有餘之兩大股，更高據題巔，指陳憲法，出股結語曰：「此總統連任所以一次二次三次而猶未足也。」對股結語曰：「此總統任期所以十年二十年三十年而不嫌多也。」並自謂按切時事以立言，無一字之空泛云。

知事試驗受試者，以著藍色長袍、天青馬褂、青緞官靴、瓜皮小帽者為多，舉動言談，均各能極力模仿舊時官僚之態度，以期必售者也。尤有惹人注目者，眾人均係新理之髮，新刮之臉，大似彩樓配預備接彩時光景，殊可笑也。有某君者，亦試士也。一日，赴試場絕早，以朝暾未出，行人稀少，馬路上猶為嚴霜所敷，白如宿雪，車行其上，礪礪有聲，至議院門前，人已麕集。此時紅日升矣，其光照於議院樓頭之上，光華璀璨，類羅馬皇帝之王冠。然議院鐵門外，則有重笨之車數輛，滿載寢具什物等類，若人家之將喬遷者。詢諸守衛巡警，始知該院本日辦交代，院中舊有人員即於此日搬出云。噫，幸此數日有知事試驗之舉，大足為該院一壯聲色。不然者，其冷落之現象，尚堪入目耶？揭示原定七時點名，然此點名時間，殊難盼到，應試者均各尋相識評論前日之試驗問題。有易之者，有難之者，竊觀各人之面，則憂喜不同。帶喜色者，則盼速速點名，有愁容者，則冀略延晷刻，可以翻閱小抄，以為備敵之用。

忽第一牌引入矣，將近十一時。呼點始畢，題紙久不至，眾皆現無聊之狀，且呵欠連天作倦容，足見皆用功之人也。十一時後，題紙始下，方題紙未下時，有一警官持一白紙揭示至，上書「嚴搜夾袋」四字，字大如斗，蓋試驗委員長之命令也。迨題紙發竟，又有一委員闖然而對眾演說曰：「昨日以搜出夾袋，被扣考至十七人之多，諸君皆為有用之人才，千萬不可再有此等情事，自誤功名。如有夾袋，一經搜出，定行扣考，千萬留神。」語畢，冒然而去，此時眾始伏案構思。忽監場委員大呼曰：「此人有夾袋，速扣其卷，逐出之！」眾皆抬頭愕顧，則一南方老先生，方揀視小抄，不防卻被監場一眼盯上。此老先生初猶微笑，若不解監場所云為何，嗣經警官將其卷子夾袋扣留，掖彼出場，始含淚而去。此後眾有所警畏，遂無再犯者。某君完卷時將近三鐘，出場時已困憊不可支，頭復大暈，以久不作楷書，寫字一行，較作文十篇，苦有萬倍也。某場試驗時，點名已畢，題紙猶未發下，先入者已候至數鐘，不免枯坐難耐，因以閒談解悶，人聲龐雜，中有大聲發言者，意態激昂，聆其言，則致怨報館也，其言曰：「各報連日罵縣知事太挖苦，我們考縣知事，即不值錢，亦不至如各報所言之甚，因此我們考縣知事者，不免大受影響。」方欲言究，題紙已下，人聲忽寂，忽又有數人大出怨言曰：「三道題目，一道比一道難，已可恨，策問中偏說我們考縣知事的經濟素裕，真不可解。

莫非要叫我們捐官麼，須知我們因無錢才考縣知事，若有錢，還願來自討苦吃耶？」喃喃不已。

某次知事口試，應試人入場後，照章均須先謁見主試委員長（即內務總長朱啟鈐）。當有眾議員某君應試，其報名履歷並未書明議員官銜，乃委員長一見即曰：「你是議員罷？」某君答曰：「然。」又問：「你是眾議員，抑係參議員？」某君答曰：「眾議員。」又問：「你辦過行政事務否？」某君答曰：「沒有。」即以筆揮之使去，及到光字型大小試驗場，有委員三人，高坐堂皇，先由首席某委員問曰：「你做過議員罷？」某君曰：「然。」諸委員均搖搖頭，又問：「你從前沒有做過官麼？」某君答曰：「沒有。」諸委員又搖搖頭，又問：「你係何時由東洋畢業，及何時回國的？」某君答曰：「我係宣統三年畢業，當年七月回國的。」又問：「你在東洋共有幾年？」某君答曰：「六年。」又問：「你畢業回來，曾做些甚麼事？」某君答曰：「曾在南京做過參議員。」諸委員等均熟視久之，大搖頭而特搖頭曰：「問完了，請去罷。」某君乃掩鼻而退。

有士子某，屆口試期日，赴試甚早，晨十鐘即至眾議院守候，徘徊門外，閒觀牆上布告，見有數人於卷內，因自署其名均已被擯不錄，蓋試場規則，係用糊名式。暗中摸索，苟於卷內稱名，則疑預通關節，春光洩漏，自貽伊戚，亦可謂弄巧成拙矣。徘徊場外，久不得入。天氣既漸和煦，正午太陽，炙人甚熱，乃詢警吏可入內休息否。警吏以為可，並索卷票為證，乃入，入後有警吏前導，延至休息室。又坐一時許，有招待委員翩然入室，有識之者，多起脫帽為禮。某詢於眾，知為內務部張長植，其人蓋一藹然儒者也。未幾一鐘已過，坐中人三五閒談，幾忘有考試之事。忽聞鈴聲琅琅，處長吳笈孫一手握鈴，一面高聲禁止眾人喧嘩，眾人肅然起立，遂即按牌唱名，魚貫入場。當未入場時，眾人互言謂口試係學識經驗器宇三者並重。一般揣摩風氣之流，似早預聞此語，故有年過七十，鬚髮斑白，此次均效唐紹儀、岑春煊故事，草薙無餘。有年未三十，恐以不及格被擯者，則均預留寸許短髯，作流行洋式，以冀投機。不料試驗資格中三十歲以上五字，竟有如是奇效，是亦民國考試一種趣聞。第一牌點名既畢，眾人均按次入座，朱委員長自外入，應試者聽候唱名，以次至臺前，預備問話。其時間長者約五分鐘，其時間短者約一、二分鐘。大約曾任縣知事及辦過地方公務者，問話較多，若僅有學堂畢業或曾在中央為某官者，則問話甚為寥寥。問話畢，入休息室。約一、二分鐘，再由警吏延入試場，場中有試驗委員數人，問話較多，然亦不甚窮究底蘊也。

考試知事政府注重老成一派，不料某屆二場考試將畢，竟查出黨人二人。迨往逮捕，早已聞風遠揚。有此事實發生，委員長朱啟鈐益為注意，場內加添警兵偵探，嚴為訪察。第一次口試，凡身著華麗衣服，雖答對如流，公事嫻熟，皆不取中。後試者有鑒於斯，均易以寬袍大袖之布衣，做出老成態度，以迎合主試委員之心理，故眾議院門前，又覺生出一種寒酸氣象矣。

第一屆知事試驗之總榜揭曉後，畢業生落第者頗多。有學生六百人，上書朱總長，語甚憤懣，錄其原呈，以見梗概，為呈請刪改應試資格以恤下情事。竊讀民國二年十二月二日，以大總統命令國務員全體副署頒布之知事試驗暫行條例第二條所定應試資格，以三年法政畢業者列諸第一項，皇皇明令，在人耳目，議者均謂政府誠心求才，刷新政治，故學生來應試者獨多。迨經第一試、第二試揭曉，又居然多列前茅，方謂政府未始無誠。孰意一經口試，大反前案，凡錄取者盡是有經驗之老人，學生等均以未曾做過前清十年亡國大夫，年齡未達五十歲，離死期尚遠，竟不能邀口試委員之青睞，而概遭擯斥，或儕於丙等之列，實非意料所及也。政府須知學生等遠道來京，大非易易。其中寒苦之士，十居八九，多係典衣賣地，始得湊集川資，來京應試，詎料盡受其騙。夫政府既抱定人惟求舊力排新進之方針，即不應規定畢業資格，今條例若彼，而考試若此，果何以見信於天下？在政府只圖開玩笑行詐術，而不知天下之士，莫堪其苦矣！為此請求政府大發慈悲，即將第一項資格刪去，以免後來者再受其騙，則寒士幸甚！全國學生幸甚！謹呈。

某屆甄錄試，場規頗不嚴密。試士往往於文思艱窘之際，輒從袖口或大衣內扯出史論及鄉會試闈墨等書，以助靈機。甄錄題目既極普通，而又有種種夾帶以便抄胥，故獲取者甚多。大眾以為上次既如此，下次不妨放膽，及至正試，希望愈切，夾帶亦不得不略為增添，免致枯腸失潤。孰知監試者惡作劇，場中巡視偏又加嚴，因夾帶扣考者二十餘人，內有現任知事二人，即時勒令出場，不得與試。聞有一人當題紙接到後，從腰間取出巨紙一束，細字斜行，密寫殆遍。不知所抄何書，方一展覽，為監場者窺見，遂來搜取，其人始尚強辯，以為並非夾帶，且以兩手按紙，不聽攫去，繼見不免，乃改變顏色，向監試者乞憐，復連連作揖，求其饒恕一次，正當長揖未竟之時，而門外乃有一身著員警制服者入曰：「先生今且去，下次再來罷。」此公乃靈魂若失，身不自主，隨之出院門矣。又曾有一人在廁所閱文稿，被巡警搜獲扣考，可謂潛不畏法矣。

試院門外，所貼招領牌甚多。有遺失墨水匣者，有遺失水筆者，有遺失手巾者，棄甲曳兵，倉皇出走，此均不足為奇。而最奇者，則在遺失卷票，如此者且不止一二人。無卷票則不能入場，不知應考諸先生，何以荒唐至此。

入場後，大家坐定。有人冷眼旁觀，細為鑒別。見有半倨半恭者，望而知為前清府縣，以其曾執手版，且嘗臨民也；有尚帶寒酸氣習者，望而知為前清京官，以其尚未純粹沾染官僚派也；有舉止輕脫得意疾書者，望而知為新畢業之學生，以其未知考試之艱難也；有鷹瞵鶚瞬顧盼自豪者，望而知為兩院議員，以其猶有擲墨水匣打議長之流風餘韻也；有顰蹙構思袖底露出敗絮者，望而知為新聞記者，以其日作數千言，伏案功深，即衣飾間亦不能自掩也。其餘色色形形，疑彼間非試驗場，乃博物院也。

第三屆知事甄錄試第一場，派定者為順天直隸奉天吉林、黑龍江、山東、山西、陝西、甘肅、廣東、廣西、雲南、貴州、河南、安徽旗籍計十六處。晨五鐘餘，考員陸續而來，率乘人力車，至則年歲老少不一，衣服華樸不一，雖南腔北調並為一場，然頗現一種穩健氣象，較諸上二屆則迥別矣。考員等率皆提皮包或皮夾子，憶及前此考先生背考籃頸卷袋者，氣象迥別。六鐘餘入場，八鐘餘封門，題紙下，為劉晏喜用士人論一題，中刻交卷，不准給燭，題目極為明顯。於是抽筆，書題於卷，大家構思，而哼哼嗡嗡，令人思薛大哥蚊子蒼蠅，不禁欲吃吃作鷺鷥笑，聲粗聲細，入耳洋洋，亡何突然中止，則十一鐘餘麵包之給也。麵包半夾以糖，半夾以肉，麵包製法頗乾淨，夾糖者亦甜美，夾肉者則肉僅一片，如紙之薄，較諸飯館冷葷碟中物尤為玲瓏漂亮。不知郢人運斤堊盡而鼻不傷手段，此廚司可與爭奇否耶。食畢，飲茶頗熱，可無腹疾之虞，場中溫度亦合，有大小解者，隨以老警，劍佩瑲然，惟僅許一人落後者內急情形，難以言喻。須臾吟聲又作，及放頭牌二牌，均魚貫而出，至三牌放場，於是皆提包出，至門，有警士收券。此屆閱書者未能盡免，監場者則溫然其容，怡然其詞，絕無前次強硬態度，至考員則所見率皆長衫馬褂似人人皆具有知事資格者也。

三屆試驗第二次甄錄試時，有一士子甫出場，便大嚷曰：「真真苦惱子，坐處也弗寬；麵包也弗夠吃；要吃茶哉，葉子末弗好；要小解哉，偏偏有個巡警跟俔。」旁人聞之，莫不粲然。是場題紙為漢通、西域、宋棄、西夏若得若失論，有年歲略大鬢已頒白而剃面薰衣猶作慘綠少年態者，相與言曰：「是題恰是絕好兩扇格，前分後總，作來頗不費力，兄弟謄寫亦能字字入格，不似新少年之盡作草卷，一字占數格。」當此維新時代，即主試者尚未知見過字學舉隅沒有。吾輩自問頗不弱。其一曰：「俗語云，場中莫論文。吾輩逢場作戲，作得過去便是，何必認真？況且大日本平假片假作字先不能畫一，我們就說看過字學舉隅，也止可得失寸心知罷了。今晚且與兄弟到北林房灌點外國米湯，也省的如此沾滯。」且行且談，直走出宣武門去。

裙釵韻語

公府新式結婚記

三年冬，大總統之四公子，舉行結婚禮。其禮堂禮節，早經擬定，惟總統以歐洲戰事之影響，諭令停止覲賀，由庶務司發出通告，黎副總統、徐相國、各部總次長、平政院長、清史館長、政事堂左右丞、各局長參議參事、參政院參政、約法會議議員，皆前往覲賀，有二百人左右。女賓如孫寶琦、周自齊、章宗祥等之夫人，常出外應酬者，亦有數十人入府覲賀。總統以嘉賓既已蒞止，只好出來答禮。所有禮節，悉如預定之儀，懷仁堂之上面為禮堂，其下為食堂。用立食式，新郎係服西裝，另披紅綢，新婦則穿粉紅色之裙衫。上午九時，新郎由府乘禮車至女家行迎親禮。十時，新人乘彩輿入總統府。所經路線，係由東華門大街，經過東長安街，進東長安門，過天安門新華門，至西單牌樓，北行進西安門，入中海之福華門，遂至總統府。其所用一切之儀仗，係新舊合用。沿途有軍樂前導，彩輿前後有軍隊，扈從所過之地，觀者如堵，至彩輿入福華門後，燃放百子喜鞭，蓋循舊俗也。惟新華至豐澤園之膠皮車，皆到福華門迎送賓客。所有自福華門進府者，均乘船隻云。

梁令嫻于歸記

梁任公女公子令嫻女士，素有文名。前與西洋留學生周希哲君訂婚，現因梁女士隨父在京，周君亦學成歸國，爰在細瓦廠梁任公寓所行結婚禮。一時在京與任公有舊者，皆備有聯幛等物以為祝賀。是日，任公於宅內預備茶話會款待來賓。

周君隸籍粵省，負笈美洲，隨康南海先生周遊十一國，採風問俗，精研西文西語，旁通條貫，言之成章，南海紀遊之洋洋大文，周君與有力焉，因此深受知於南海。辛亥隨南海至日本，由南海介紹與梁任公長女令嫻女士訂婚。去年任《庸言報》編輯之事，肆力於國學者一年，業益大成。至令嫻女士家學淵源，少時由任公親授已經史，繼又從麥孟華、潘博二君習詩古文詞、湯濬君習政治經濟學，《藝蘅館詞選》一篇，即女士十七歲時所手集也。名士名媛，天作之合，信一時佳話也。

周子怡總長為男家主婚，梁任公為女家主婚，馬湘伯為主禮，孫慕韓總理與前總理熊秉三為大賓。禮堂桌上有大副總統贈品，主禮居中，大賓左右立，女賓分立於左右，男賓立於對面，熊秉三夫人代表女賓致詞，馬主禮首先演說，孫大賓次之。熊大賓因其夫人出臺演說，不得不退避三舍，朱總長及其夫人均到，孫總理夫人與周總長夫人亦到，贊禮者為前眾議院副議長陳國祥，延賓者為蔡都督松坡。

是日結婚儀式，新舊參半，由任公手定，亦吾國婚姻史中一段佳話也。節錄如左，良時已至，雲璈三鳴，執事者各執其事，奏樂有間，辟門候客者導客入門，以次就席，奏樂有間，贊者云：「蓋聞三百三千，曲禮戒其不敬，天秩天序，舊典訓以協恭，是以男婚女嫁，人綱於業權輿，天神地祇靈盟於茲憑式，冠裳既集，壇坫有光，嘉禮聿修，無儀有禁，為此肅壇，敢告執事。」

執事者屏息正色悚立，贊者云：「蓋聞歌桃宜室，灼灼者及時，嫁杏當春，郁郁者應節，是以溯觀型之典，闢貳室以館甥，賦束楚之章，望三星而在戶，式維既夕，禮曰孔嘉，祗敬有加，嚴恭將事。」

執事者各敬其事，奏樂有間，執事者肅主禮入席。奏樂有間，肅大賓蒞壇，北面立，致敬，有間，肅大賓就位，奏樂有間，乃肅主婚入席。贊者云：「蓋聞天地始闢，而乾坤以定，水火交感，而陰陽以生，是以二物之經，為道所自起，一齊之義，由禮而後成，大德主盟，有家相愛，遘此良辰，舉茲令典。」

奏樂有間，執事相婚者面壇東西立，致敬，嘉樂初合，主禮致辭，婚者俯伏，敬聽受命，次請大賓致辭，婚者俯伏，敬聽受命畢，嘉樂亞合，婚者東序西面立，西序東面立，執事相婚者交拜，大賓傳換約指，嘉樂三合。贊者云：「蓋聞秦晉有匹，無舛於涇渭，潘楊之睦，重申以婚姻，是以夫妻匹敵，鐘鼓樂其好逑。男女居室，山河頌其偕老，二合已兆，百兩斯成，黽勉同心人天齊慶。」

執事者相婚者向主體致敬，次向大賓致敬（鞠躬），次向男家主婚致敬（三鞠躬），次向女家主婚致敬（三鞠躬），次相男女賓及主贊協贊致敬（鞠躬），男女賓致頌詞。嘉禮既成，嘉樂終合，執事者相婚者退，次肅主婚退，次肅主禮大賓離席。

洞房分東西二屋，西屋中書籍最多，中有藝蘅館令嫻日記兩部，約有二三千頁之多，有康南海之題詞，曾記其末句云：大家風範更能文。禮畢，令嫻偕新婿循例踏紅毯入房。入房後，吃交杯酒，吃麵，吃糖，多係我國舊習慣。惟行禮於禮堂則鞠躬。入房後，新夫婦向寢床仍行拜跪禮，蓋係粵俗，其鏡臺左右，則有紅染花生及紅棗等，與平常家無異。新房男女雜遝，謔戲太甚，新郎遂逃，梁任公夫人老氣橫秋，毅然下逐客令，奈吳宮教戰大有不受其指揮之勢。

梁令嫻女士與周君未結婚以前，周君留學美國，英文程度甚佳，惟苦於不識漢字，前此由康南海介紹任公，貽書云：盡心指導三月，漢文必能通曉。任公頗難之，嗣遂為之主婚，介紹任公女公子為偶，任公欣然從之。說者論此段美滿婚姻，蜜月之中必有無限韻事也。

獄中韻事

贛垣員警廳，拘禁黨人吳木蘭女士，正患經閉之症，以致肚腹膨脹，醫藥無效。有贛南大獄案內黃邦直，係前清拔貢，失偶多年，妙想天開，欲以文字勾引吳木蘭，而冀將來配為夫婦，訂約白頭。詎料警廳管獄極嚴，男女分禁，牆垣疊疊，難通消息，黃氏乃賄託廚役傳書遞簡，致被查獲，茲錄黃邦直致吳木蘭書於下。其一曰：

近日因妹貴恙未癒，抑鬱憂傷，寢食俱廢，淒涼景況，正不減妹五更人靜時也。第僕與妹以患難相逢，兒女英雄，兩情愛慕，結為知己。地隔咫尺，而竟無一面緣，真是奇人奇事。但人生遇合，原難預料，今雖不得親近芳澤，使天假我緣，則異日未必無見面時也。奉讀口供，清辯滔滔，允推女中豪傑。僕愚勸妹下次對待問官，只論法理，不必以激烈言詞對付，為各問官略存顏面，妹以為如何？僕出時必有耽擱，如有行止，必設法遞消息與妹。倘妹遞信與僕，凡有關係之事，切勿寫，第寫個人私交，蓋現今偵探四布，到處皆危機也。現李賊廷玉革職拿問，係僕前曾密致函肅政史，臚列罪狀，請其彈核之效果。當道現時對僕，十分注意，此事妹當代守祕密，聞府上來人看妹甚慰。僕在此間，無須錢用，小兒在外，一切多由外送來。妹可不必錦念，近日心緒煩亂，如醉如癡。

其二云：

作書將竟，聞妹呼痛聲，心腸寸斷矣。一夜搗枕捶床，不能成睡。十二句鐘，聞易狗說，妹胸部積一血塊，月經不行，因妹喜服用冷水所致。僕切勸妹，再勿用冷水，尤不要抑鬱過甚，或者心地稍舒，而病體自癒。僕在此屢欲作詳細書與妹，以表衷曲。因同人過多，每一握筆，即蜂擁而來，誠討厭也。惟妹知我以心可矣。

聞吳曾贈黃以詩曰：「薄命如花不自由，春來春去更增愁。拋荒學業如山積，緊蹙雙眉懶不修。」今黃案已獲昭雪，開釋出獄。吳尚待罪囹圄，有情人不知果能成眷屬否耶。

敦誼會之西曲

前者孫總理夫人與華南圭夫人等，以吾國婦女向鮮家庭教育，特行發起辦一女子敦誼會，俾得不時聚集討論進行。該會成立之期，特假外交部新公所開一茶會，中西婦女到者數百人。午後三時開會，六時散會，會場秩序，異常整飭。除由帛黎福開森等諸女士與波洛山拉嘉甘錫侯等諸夫人迭奏西樂，及勃恩夫人、索洛上校為俄國跳舞外，馬良君之演說，異常動人，而德國醫學博士竇浦氏並演說病之原因及預防方法，演畢由吾國唐夫人（即裕朗西之女公子）譯成華語，意極透澈，聞者無不拍掌。再該會所奏歌曲等，其原本俱屬西文，然譯成漢文，亦殊耐人尋味。

一曲曰〈夢〉，其辭為：金髮蓬蓬，情種愛儂夢中，綠樹陰濃，春暖雲封，秀葩初茁，泉泠泠然，穿林而出入無塵之境，晴漪含笑前迎。余等圍繞於此錦褥，余等游泳於此豔福，此夢境也。而予所遇之真境，有勝於此者，綠樹陰濃，春暖雲封，秀葩初茁，泉泠泠然，穿林而出入無塵之境。晴漪含笑前迎，予握汝手，予不釋汝手。予誓不與汝分手。唯唯唯唯，予誓不與汝分手。春青林隱，我生有幸；汝生有幸，非夢境。焉得有此佳境，此佳境，焉得遇之於真境。然而此乃予之夢境，然而此乃予之真境。此真境恍如夢境，此夢境洵是真境。

二曲曰〈情〉，其辭為：悠然而至，忽然而逝，魂王情網，毒餳惧幾許蒼生，苦劑滴無涯酸淚，魂王來自何方，情網來自何方。汝來自何方，光明傳語破天荒，真耶、偽耶、喜耶、愁耶、抑又夢耶。幸福幸福希望殷，悲怨生。命為豔所積。命不滅豔不滅，魂王情網。汝來自何方，喜耶、愁耶、抑又夢耶。

三曲曰〈飛燕〉，其辭為：天朗氣清，燕飛冥冥，喚日旅行予目逆而送之，予魂馳而係之。顧盼自雄，橫截太空，予焉得為其僕從，吁吁！此神祕之奧區，予焉得循其途而一遊，天朗氣清，燕飛冥冥，喚日旅行。

四曲曰〈播種〉，其辭為：播種播種，天不阻功，地不擇農，在汝之自營。祖國土地非不毛，手足非畏勞，心無所怯，血無所耗，有施必有報。施者人工，報者天工，青青在田野中，賴此藐躬，佳種不多。人壽幾何，汝具此智鋤，一掬新禾秋獲富，誰謂無結果。前行猛進，前行猛進，播此公道播此善道，功元妙。

妓界助賑之韻啟

香港石塘嘴各妓，對於賑災事，極抱熱心。有秀雲等六校書，特捐助局賑一月，並相約當筵演說，力為災民請命，募集尤多。茲將其勸捐小引錄下：

落花有恨，流水無情。春雨殘紅，誰家血淚。蓮方爍火，問灑露以何人。蕉縱有心，已御風而無力，同憂溺己，敢說援人，無如洪水湯湯，懷山蕩蕩，天陰鬼哭，傷心遍地之啼痕；夜冷鴻哀，忍睹載途之枯殍；當筵譜曲，都成變徵之聲；添酒攜燈，怕聽溢江之句。秀雲不敏，無噀酒救民之術。有獻瓔參佛之心，用率同志六人，先捐局賑一月，裙拖湘水，悔談琴操之禪，襪妙凌波，忍作靈妃之步。博紅綃於一曲，莫製長裘唱河滿之三聲，更添淚熱，所願熱心君子，共發慈悲，縱杯水之無裨，亦移山之有志。但使飾花調粉，少節香奩，更期買笑纏頭，旁紓急難。秀雲一身淪落，殊慚棉絮之微勞。諸君萬貫累纏，何惜楊枝之餘瀝。三呼麥麴，似聞腹疾之聲；百拜梅花，敢作發棠之請。是為引，香港石塘嘴詠觴院秀雲瓊妹新得桂喜小姚奇樂院雪梅天一院十妹謹訂。

鳳冠霞帔之光榮

彰武上將軍段香巖之夫人，感受暑熱，偶沾小恙，請醫診治，迄無靈效，日益沉重，竟以逝世。夫人當彌留時，自知不起，執段之手而謂之曰：「兒女俱幼，設予不幸。君其善視之。」後喚其男女公子至前，勉之以自立成人。未逾時，遂含笑而逝。段以喪事須人料理，特委陳君（係將軍署某某科員）主持，諭以一切皆從儉樸，惟棺材須用楠木。價洋三百伍十元，其餘衣服皆如儀。晚間入殮，仍用鳳冠霞帔。因夫人平時信佛，特請龍華寺風神廟八蠟廟之僧人五十七名，府城隍廟道士十八名，本坊道士十六名，入府誦經開路。殮時，齊奏軍樂，升炮十九響。同城文武官員，先後至府弔唁。段將軍以府內辦公之地，不便舉行喪禮，將夫人之靈櫬移入小朝街安徽會館，行開弔禮，並電稟天津段太公，報告一切情形云。

巡按夫人之威風

某巡按使卸篆後，移眷寄寓漢口英租界一碼頭太平街，而自回皖掃墓。其二姨太太王氏，係浙西良家女，前在豫南道任內所納。寵擅專房，與正夫人極不相能。夫人乘某遠離，竟乘隙將王氏大加鞭撻，且與其公子硬作主張，將王氏嫁作商人婦（初因為巡按寵妾，人皆不敢娶夫人，乃以若干金為媵，遂有在洋行執事者領去）。事成之次日，某自皖歸漢，將赴他省履新。賓客如雲，酬應大忙。終夕無暇顧及，迨次日猶不見王氏蹤影，始為動疑，遍詢跟隨婢媼，皆支吾其詞，不敢以實對。某怒詢於夫人，夫人曰：「賤婢已為我遣去，爾其奈我何？」某至是怒不可遏，即與夫人大起口角，拍桌打椅，互決雌雄。無何，夫人中拳傷鼻，血流如注。公子亦大受鞭撲，銜恨甚深，遂為不及黃泉毋相見也之誓。比夜，夫人公子檢點行裝，乘江寬輪船回原籍，隨員人等皆不便勸留。某以寵姬已成覆水，不可收回，頗自歎岑寂，隨員仰承意旨，當夜特召歆生路三分四成各里諸妓，赴寓大開花筵，吹彈歌舞，以資慰藉，並擬選一佳麗為王氏替。某儼然有除卻巫山不是雲之概，飽覽眾花枝，無一當意者。次晨啟節，雖隨從如雲，而親屬僅前已失寵之大姨太某氏偕行而已。

女傑豔史

自稱女子參政同盟，會幹事沈佩貞之女友傅文郁者，曾攜三五女伴，及其男伴趙顯華（趙亦為沈佩貞之男友）到汴，豔幟高張，趨者若鶩，假籌款組織女子參政同盟會支部為名，與一般蠅營狗苟之徒，日相往來。某女校之教員及學生，或直接，或間接，被其吸引者，不一而足。最可駭者，第四巷為開封明妓暗娼薈萃之處，傅竟時時微服往遊，有人偵知傅常入一公館。公館者，即祕密賣淫所也。

內有暗娼三數人，與傅等為莫逆之交，汴人傳為異事。夫男女界限，原不必過於拘守，然狂蕩已甚，逾越範圍，實為道德之賊，況值女學萌芽之際，詎可使社會敗類混跡其間以橫肆破壞耶？余對於傅文郁在汴之行為，不厭苛求，詳加探訪，而得其種種豔史如下。

傅文郁於一月九日到汴，與趙顯華等同棲鼓樓街金臺旅館，即有署名為新劇團、演說團、救蒙會、救國團及女界同志者，於省城通衢，遍貼極大廣告，謂定十二日假李大王廟開歡迎會。屆時到者約二千餘人，座位不敷，甬路上下人為之滿。於是會場之視線，遂生高低遠近之區別。鐘鳴二句，搖鈴開會。首由與傅同來之趙女士，報告傅文郁來汴之原因。俄而有頭作鶉尾年可二九淡妝輕抹之美少女，珊珊登壇，蓋即所謂傅先生文郁者是也。其聲微細，壇低人眾益以會場之種種階級，多恨不能聆彼嬌音，飽己眼福。斯時，遂稍見擁擠矣。招待員睹此情狀，急為整頓，卒以人數太多，終歸無效。傅乃退席，次有戴藍眼鏡之魏女士者，年與傅等，而姿容過之，兀立壇上，良久吐「今天」兩字而止。群為發噱，魏亦兩頰俱赤，其羞慚之狀，莫可形容。傅乃急為掩飾，出席演說曰：「魏先生學問甚好，今非不能言，特以河南人程度低淺，嗜色成性，實不欲與此等野蠻人講話也。」言次，肆口謾罵，詞多不堪入耳。座眾聽至忍不可忍處，遂有悍桀者，厲聲叫囂，哄然而散。無何，秩序漸復，重行開會，乃不轉瞬而人叢內又有大呼者曰：「擲炸彈！擲炸彈！」座眾俱倉皇失色，不知所措，而女席尤不堪其擁擠，遂至多被壓倒。一時秩序又大亂，傅文郁驚怖之下，欲脫身遁去，為眾所阻，窘甚。尋有巡警十餘名，趕來救護，傅始得出重圍。退至廟之後院，而一般色中餓鬼，仍徘徊弗忍遽去，或逾牆垣，或鑽壁隙，爭以一睹顏色為快，久之始鳥獸散。傅俟風波平靜，乃怏然返金臺旅館。

傅文郁與趙顯華之關係，人盡知之。兩人在金臺旅館，住第九第十兩號房屋。趙顯華者，即混名趙小狗，擔糞趙五之子也。曾為汴垣體育專修學校夫役，被逐後，與其姊在麥娘娘胡同作賣淫事業，旋又在山貨店街路東暗娼劉青湘，即綽號小黑驢，在林黛玉之家為拉皮條者。青湘之女小景，與某銀號劉某有終身約。劉欲引小景私逃，事洩。於是趙遂偕劉青湘小景等赴保定開妓館，旋又至北京米市胡同際會店充當野雞。庚戌臘月，被外城總廳偵知，飭右二區巡警前往捕拿，漏網潛逃。民國成立，又到京售小景於韓家潭妓院，得銀三百元，趙竟冒充學界，在京師內城城隍廟街設一女子法政學校，名為「興辦女學」，實則勾引良家婦女，盡為醜業。又借該校名義，在外撞騙，種種劣跡，不勝枚舉。又後同沈佩貞到汴，假開會之名，售票漁利，直以待劉青湘母女之手段待沈佩貞。常對人言，彼為沈之顧問，且已與沈結婚，其名刺上大書女子參政同盟會會長、民權黨幹事員女子維持會會長等頭銜。聞在京騙人銀洋達萬餘元之多。此次又攜劉青湘傅文郁及陸魏諸女子到汴，下榻旅館，惟趙與劉為舊交，較傅尤為密切，傅則妒心頓起，遂至大翻醋甕。某日率其女伴，在該旅館與趙劉大為廝鬥，旋更登報聲明，與趙顯華斷絕關係，質言之，即拆姘之變相而已。詎劉青湘刁狡成性，復以種種手段，牢籠傅文郁，齷風齪雨，播遍太梁，適京師被趙騙之某洋貨店，偵得趙之蹤跡，提起控訴。都督乃飭巡警將趙顯華拿獲。翌日，由南區巡警捕得劉青湘，送交警務公所。於是傅文郁之醜行，盡人皆知矣。有前為某報經理之某君，聞之大憤，致傅一函痛罵之。傅接函後，不待終日，即出旅館。於是，大好金臺，遂不見傅氏之豔幟，而該旅館門前遊娼浪子之蹤影，亦不似前此之翩翩矣。

傅文郁既演豔史於金臺旅館，即從事遷居矣（汴垣祕密賣淫者必月餘或一兩旬遷居一次，蓋恐被巡員警破及遭流氓之欺凌也）。以傅之年少英資，若洗心革面，致力於學，尚不為晚，乃傅尚不悟，於遷出旅館後，竟在《河聲報》登一廣告，大書特書曰：「傅文郁啟事，鄙人已於十六號移至磚橋街東路南，凡我同志，可臨該處為盼，故此聲明。」此廣告出現之後，傅氏所住之地，其繁盛雖遠遜金臺，而生涯亦頗不寂寞。國民黨王某、陳某、凌某、胡某等皆極與之接近。傅特邀其男女同志十餘人，假磚橋街之密室，開談話會，預備組織女子參政同盟會支部，履舄交錯，毫無秩序。最可笑者，傅等已經費無著，擬借新劇團演劇，以所獲看資，作參政會之基金，且必求王某等作贊成人。王等欣然允諾。夫既提倡女權要求參政，固當獨立自尊，堅忍不拔而後有濟，何必仰仗此輩男子為耶？然則此中況味，亦不言而可知矣。

傅文郁擬排編新劇與新劇團合演之意見發表後，新劇團之少年，皆欣喜欲狂。然河南劇場向無女伶，且中州為文明最古之邦，男女合演之事，傷風敗俗，當然不能發現。今突以自詡為女子參政同盟會之人物，而與一般浮蕩之新劇家者沆瀣一氣，則爭風之事，在所難免。李大王廟、金臺旅館，其前車也。故此議一興，汴中各界，咸反對之，而傅文郁與新劇團串演新劇之議，遂被打消，乃傅文郁異想天開，更發起一女子新劇團。某女校教員段某、陸某及諸女生等皆出而贊成，而卑鄙齷齪、善敲竹槓之某報，竟亦隨聲附和。河南女子教育界之前途，從此將生莫大之障礙。有某某諸君特致書於傅文郁，謂如再任意妄為，定下逐客之令，免使中州一片乾淨土，留此污點。傅畏不能容足，乃寢其議。

瀟湘風流案

鄭師道者，素患神經病，前在參議院，以錫箔裹雞卵為炸彈，恐嚇參議員，即其人也。在京時，與唐群英有結婚之說，唐繼以其瘋狂，不願與為偶。及唐到湘，鄭殊無聊，適得湖南調查鹽務委員。抵湘後，即百計謀與唐結婚。唐堅拒之，又託多人與之說合，俱不遂。有醴陵張某者，常與《長沙日報》館來往，素與唐善。鄭在該館見之，即託為媒。張不之諾。鄭遂時常追隨，冀達目的。後及《長沙日報》登一插畫曰：「新人物之面譜，一男面，一女面，女面上題多情學士；男面上題無恥委員。」畫之命意，原無一定之所指。鄭見之，遂謂譏諷彼與唐者。一日，鄭追隨張至《長沙日報》，八門即至發行處登廣告，蓋欲以此洩其怨也。其廣告署鄭與唐名，發行處謂此應負責任，又謂現僅汝一人，唐未來，殊不便登。鄭遂謂唐偕來，已入編輯室，發行處不之疑，遂付印。其實指張為唐也。唐見報後，怒不可遏，遂至該館詰問。數語後，以手擎茶杯擲玻璃窗上，大肆狂鬧。該館不得已，允其更正，始勉強了事。出館後，忿猶未洩，有素與該報宗旨不合者又慫動之，謂該報以公款而辦黨報，理應取消，遂於晚間倡率男女三十餘人，乘其不備，直入印刷室，搗毀一空。該館遂請警員踏看，又請警監逮捕登廣告之鄭師道，當將鄭拘留警廳。該館即在長郡地方審判廳提起訴訟。

另一說曰，《長沙日報》告白部登載鄭師道與唐群英結婚廣告一條。其文云：「道英在京因道義感情，成婚姻之愛，已憑族友一再訂盟於便宜坊。二月四號結婚於天津日本白屋旅館，為國步艱難，故儉禮從事。今偕來湘省，擬重登花燭，以樂慈幃，因誤會而生家人之變動，致啟無人道不根法律插畫之誹議。殊不知兒女英雄，凡事皆出人一等，同志亮諸。」唐見報後，忽至該館大肆咆哮，不由分說，打碎玻璃窗、茶碗、椅子等件，經同坐多人排解，以廣告係營業性質，不歸編輯部經手，自有鄭師道負責，允由該館登報更正。當將更正稿擬出，並由唐群英親筆改稿，毫無異詞。詎是晚唐群英忽統率男女三十餘人到館，將門首招牌二塊取去，直入排字房將已排成之版，及一切架上鉛字鉛件盆燈玻璃窗等，盡行搗碎，不聽勸阻。比報知警署，派遣長警到館，將唐群英等訊明，並將搗碎各件踏勘。該館乃提起訴訟，以待法庭公判。

預審之日，唐群英抗傳不到，有詢之者，則曰：「余並未提起訴訟，故不到案。且謂《長沙日報》係都督府機關報，只須向都督理論，不願與該報在法庭訴訟，偕其同志姊妹七八人，在都督府要求，定要取消該報。」譚都督以一笑置之。唐乃在外聲言，謂該報如再出版，必須再往打毀，非達取消之目的不止。該報聞之，恐其真來打鬧，曾請調員警多人，在館守衛數日，以無動靜而去。然以外間謠言猶未止也，乃令木工製短棍多根，繩索數件，待唐來時與之決一死戰。而於該報出《號外》之前一晚，防衛尤嚴，頭門未晚即落鎖，大有風聲鶴唳、草木皆兵之勢。至該報被群英搗毀字房什物，其損失之數目已抄單呈報各機，關要求賠償。計第一次碎毀客廳玻璃窗茶碗椅子各件，值洋四元；第二次取去《長沙日報》館招牌一件，值洋十元；碎毀排字房鉛字及字架等件，值洋八千元；大盆燈五盞，值洋二十元；玻璃窗一處，值洋十元；排字房鉛件用具，值洋一千元，共計損失洋九千零四十四元，又耽擱出版，每日實屬損失洋二百三十元。其實字架不過推翻兩三架，原物尚存，僅費手工而已，八千元之數，亦太相懸殊矣。事出之後，唐群英曾請各報館主筆。及政學界多人吃酒，乞為調處，旋經議定條件五項，如雙方承認即可解釋。其大要係令唐群英送招牌於《長沙日報》，並致書道歉，一面由《長沙日報》登報聲明取消告白，以全唐群英名譽。至其損失，須經確實調查，如為數無多，由調解人擔任，可謂平正之至。乃唐群英反不遵行，必欲由該館先行賠償名譽損失，始肯賠償該報之損失，其送招牌道歉一事尤不承認，調解人遂中止。

唐群英具呈都督，謂鄭為浙江一無賴之人，頃稱調查鹽政來湘，屢來群英處求見未遂，遂捏造同啟，意圖污蔑，請予通飭各署將鄭嚴拿究辦，而鄭則到處為唐辯護。前預審時，即向法官為唐置辯，旋以《湖南公報》持正論責唐，又致函該報為唐辯護。歷數其革命之功績，宗旨之宏大亦云怪矣。並聞鄭寓金臺旅館，有詢之該館主人者，謂於此事未發現之先，有唐先生者，曾與鄭在該館共宿數宵。彼二人之情事，究竟如何，非外人所能知。惟外人對於此事，其評論分兩派。一責唐群英者；一詆《長沙日報》者。責唐群英者，謂廣告係營業性質，報館不負責任，況該館已允更正，即為格外通融，又從而搗毀之，野蠻極矣；詆《長沙日報》者，謂廣告既有唐群英之名，應得唐群英之允許，或信札圖章以徵信，況鄭之瘋狂，盡人皆知，該館不應聽其污蔑女界，且該報告白，皆用四號字，獨此條告白用二號字，顯係有意污蔑。大概為是說者，以該館不應以公款辦政黨機關報，且平日趾高氣揚，不與各報相聯絡，以致結怨於人，故有此種言論云。

然唐群英與鄭師道確在北京訂有結婚條約，於辛亥歲十二月四日，合歡於天津日本白屋旅館。旋因兩人遇於漢口，大相齟齬。唐遂另有他約，此次鄭至長沙，屢次謁唐，皆拒絕未見。鄭氏情急，故託《長沙日報》為登廣告，意謂一經宣布，則唐必無可推諉，而結婚之約，自不難繼續有效也。乃唐一見廣告，即遷怒《長沙日報》，致有肆行搗毀之事，蓋亦不過欲借此以掩飾其醜行，而預為與他人結婚之地步耳。旋又遍發傳單，謂鄭為無賴而鄭殊無怒容且四處為唐說項，並謂唐之搗毀《長沙日報》，實係酒醉誤事，又告人云：「余與唐結婚之證據甚多。」因於皮包內取出唐之親筆書信及詩詞等類，不下數十起，語極穢褻，不堪入目。說者謂唐之不敢與鄭提起訴訟者，職是之故，又謂鄭與唐結婚之事如不遂，則鄭將以唐之各種證據，呈諸法庭，屆時醜聲四播，必較現時為尤甚。而《長沙日報》總理文斐又遍發歌謠，直指為姦夫淫婦。故女界開全體大會時，唐群英直言此事將以三手槍了之，蓋一以對付鄭師道，一以對付文斐，一則將以自擊。其必先擊鄭者，蓋恐將來證據發現，益將無以自解，故欲先殺之以為滅口計耳。吁可畏哉！

又一說云：唐群英在京，頗利用鄭師道為記室，因是往來至為密切。每至通宵達旦，與鄭同室。鄭因求唐訂婚約，唐允之。據鄭自言曾經請客多人在座證實，事在北京便宜坊。已而唐招鄭至天津日本白屋旅館，一住數宵，雙宿雙飛，儼然夫婦。此元年十二月四日事，而鄭師道即認為婚姻成立之始，特未得唐之母與兄承認耳。初唐在湘省，曾騙取湘督萬金，僅出《亞東叢報》一期。此次唐之回湘，一為再索款項，二為備辦與鄭結婚事，方出京時，鄭欲同行，唐不可，約以待電。及唐至漢，再電京招鄭至湘，匿之小西門外金臺旅館。唐自居城內，以母與兄之監督也。乃日午坐轎往鄭處，日昃乃還，此中妙蘊，蓋不可殫究矣。唐之招鄭來也，同時並招其女友張漢英自南京回湘，以為母與兄雖嚴得張之解說，則婚事必成無疑。無如張行甚遲，至湘時，事已決裂矣。先是鄭同寓諸客，頗窮究其事，鄭謂係夫婦，而客皆嗤之。鄭赧甚，促婚益急。一日，鄭以庚帖詣唐宅，求見唐之兄，適兄送客出，接置案頭，幾忘之。鄭去，始啟帖，大怒，呼群英痛責，且欲自縊。唐母年七旬，亦欲尋死。唐見事變，力辯其誣，且捏稱鄭為瘋子。然母與兄之怒猶未息也，唐既受此大挫，乃令張漢英詣鄭所送白金二十元，囑其回京稍待，不必太急。鄭疑其中變，乃將與唐在京津成婚及來湘一切，擬成廣告，送往《長沙日報》登載，以為唐欲賴婚，則將藉此起訴而證明之，而不圖唐之遷怒報館也。唐見廣告，益無以自解於母與兄，又懼益宣其祕密，遂有凶毀《長沙日報》館之事。

地方檢察廳舉行第二次豫審時，唐群英仍託病未到，請丁雲龍為代理人。鄭師道被唐群英呈控都督府，飭軍警拿辦已先行逃避，亦未到案。丁雲龍所訴之要旨，一則唐群英只毀二版，推翻字架一架；一則廣告中既連署唐名，何以不問而逕登；一則謂該報館係公費所辦，何以不告知都督對付，而竟直接起訴；一則謂打報館時，只有周恩綬廖根雲唐群英三人，並無三十餘人；一則謂賠償損失一節，誓不承認。其最重要之事，則前十八日之豫訊，文斐不應在庭詈鄭唐為姦夫淫婦，所提數事，俱經廳長一一辯駁，並由《長沙日報》告白經理人文敞及印刷人唐綬證明。文斐亦極力駁詰，丁乃無辭以對，惟姦夫淫婦四字，《湖南公報》已經登載，文斐知此語本可授人口實，堅稱當日並無是言。廳長遂謂此係另一問題，不在唐群英搗毀報館範圍之內。審訊至兩點鐘之久，廳長乃宣告此事決定認為訴訟成立，將來開庭審訊，唐群英、張漢英為案中重要人，須親行到案，否則當照法律作為缺席裁判，遂宣告閉庭。廳長之所以如此主持者，以湘省女界，近日勢力異常澎漲。唐群英、張漢英、周恩綬輩遇事干涉，肆行無忌，不挫其鋒，殆有不可收拾之勢。此次之事，唐群英本為無理取鬧，故欲乘此以懲創之，並語人云：「吾願以百五十元一月之廳長，與唐群英一戰。」其痛恨唐氏，亦可見矣。不日《湖南公報》登出文斐請更正姦夫淫婦四字之廣告，蓋深恐唐氏自知理屈，不能致勝，將借此四字，以尋文斐之隙，故先以一更正了之也。

唐群英不自愧悔，反聽信湘中惡少及周恩綬、廖根雲、丁步蘭等之教唆，捏用女界全體名色，遍發傳單，開會對付。乃湘中各女校，如第一師範周南衡粹作德廣育等俱以唐群英辱人賤行，恥與為伍，外間並有將唐劣跡，印刷宣布者，鄭師道又將其與群英結合之事實，逢人說項。唐乃大窘，幾無自全之術，至鄭師道則已於抵嶽州後，遍發書函，致長沙之相知者，略謂自家人變卦，愧憤交集。日昨英妻下令使張蕙姊等將來請謁，既聞渠有欲弟暫避，仍許結婚，否則挑戰之說，弟恐擾害社會治安。故作三舍之讓，最不可解者，行政機關皆畏其鋒，無敢過問，是以請由商埠警士護避，乘太古商船萍發下駛之便為趨吉地步。故匆匆首塗，未克走別，殊深悒然。臨上船時，英妻留有話言，約次午十一打鐘會晤。其辭婉而有味，奈光陰不再，始決此行。此時萬分焦悶，如坐黑暗云云。

又其致譚督一函，尤饒趣味，函云：「組庵先生有道，覿面長沙，情深湘水，不意滿庭佳話，幾釀悲觀。傑妻唐群英素深韜略，慣作風雲，公竟畏其獅威，被逼批呈，不惜人言，枉屈同志，曷勝嗤怫，若為知己洩怒。總須雙方回護，不應只顧一面，逢長其慾，致添日月之食，或謂風流笑史。雖羊杜亦不過詩酒彈棋，宋閨借他人婦。故屈其夫，作為消遣，或君羡慕伊人，弟不妨拱以相讓，忝為同志，抑又何妨。如以彼一時鬱怒，信口栽誣，豈非弟為姦夫。彼為蕩婦，吾黨至性兒女，豈甘蹈此？道德之謂何人獸關頭又何在，其思之，其再思之。我將去矣！軍事、行政、司法、社會、治安，望好維持。一方之幸，即一國之福也。此請偉安，鄭師道頓首，漢元先生希致意為我調停。兩全其美。」

此案出後有人作〈竹枝詞〉二章，其詞如下：

結婚何事太荒唐，海誓山盟枉一場。
省識銷魂滋味苦，從今怕過便宜坊。
（唐與鄭憑族友訂盟於北京便宜坊）。
天津倭館認雙棲，珍重還將密約題。
留得鴛鴦紅印在，任他化水與沾泥。

（元年十二月四日唐招鄭同宿天津日本白屋旅館，鄭至今攜有唐蓋印婚約，不虞反悔也）

又有人為新詩經，題曰〈將鄭子兮三章〉，序曰：將鄭子者，唐群英贈鄭師道作也。一曰淫奔者語其所私之辭。其文如下：

將鄭子兮，無逾我婚，無逼我早成，豈敢悔之。畏我老兄，鄭可懷也。老兄之言，亦可畏也（言唐招鄭來湘，鄭急求重行結婚式，唐之兄欲自縊也）。

將鄭子兮，無丟我恥，無登我報紙。豈敢悔之，畏我寡母，鄭可懷也。寡母之言，亦可畏也（言唐之母亦欲尋死也）。

將鄭子兮，無言我鹽，無露我姻緣。豈敢悔之，畏報之多言，鄭可懷也。報之多言，亦可畏也（言唐囑鄭勿揚於外也）。

唐群英結婚事發生後，王昌國女士因京滬各報載彼與譚人鳳結婚事，大為憤怒，乃遍登廣告，謂與譚人鳳並無關係，並四處告人云：「余誓抱柏舟主義，決不再醮。」蓋王本為寡婦，「柏舟」二字義固有取。乃唐群英亦告人云：「余亦抱柏舟主義。」聞者為之捧腹。於是湘中女界，以為「柏舟」二字為最近之新名詞，競相率以為口頭禪語，一時傳為笑柄者，到處皆是。近日好事者，有男道（鄭師道）女昌（王昌國）、「柏舟主義」之新笑談，流傳各處，以為酒後茶餘之談助。

鄭師道此次出省，並非由譚都督一紙公文，乃係唐群英嗾令張漢英持手槍親至金臺旅館鄭師道寓所，迫令立刻出省，否則即以手槍相對。鄭請俟檢點行裝，明晨即行。張不許，坐逼即行。鄭乃匆匆搭萍發小輪赴嶽州。張直候輪船已開，始返唐處報告。蓋鄭去則證人與證據悉皆消滅，此案自可和平了結。鄭抵嶽州後，即函寄唐群英，有云：「我最親愛之妻唐女士，汝不過因醉後暴動，我二人兩方面愛情，決不因此而稍減也。」

省城女界此時發現一種《女權日報》，並無機器，係附在新湘印刷公司代印。每日僅出兩百份，專為唐群英個人之機關。一般惡少，趨之若鶩，其附張內故意刺取不雅馴之文字，以悅人目，如女子生殖器之字樣。一日凡五見，至令人不堪卒讀，其所以如此者，純欲借此以利用男界，使男子對此一喜一懼，而贊成女子參政權者必多，否則必橫遭謾罵也。湘省報界聯合會，皆不公認為報章，但目之為風流印刷物云。

唐群英既以誤用「柏舟」故事，貽笑於人，乃改稱永抱獨立主義。而鄭師道一面，則恐人疑婚姻之不實，故鄭在湘時，屢言及唐之陰私，並呈出唐氏種種確據，意欲付諸石印，以供眾覽。唐聞之憤甚，故以手槍逼令他去。更有欲槍擊《長沙日報》總理文斐之說，《長沙日報》恐唐再赴該館引凶，特請軍事廳派兵彈壓，《長沙日報》控案，經地方審判廳兩次預審，認為訴訟成立。至唐鄭有無婚姻關係，不在此案範圍內也。

女劇界唯一之人物

民國四年，北京天氣嚴寒。無業人民，凍餒相望。政界諸大老，如朱總長汪參政及京兆尹吳總監諸公，提倡恢復北京各處粥廠，藉蘇窮黎，所惜經費無多，紳商各界均欲募捐以繼其後。然終少大宗收入，不克展厥宏願，詎意散花天女，大發慈悲，欲以舞榭之纏頭，作楊枝之遍灑。如劉喜奎者，固今日女劇界唯一之人物，乃有此熱心毅力之舉動，嗷嗷哀鴻，當亦對女菩薩而傾心膜拜矣。茲將其致京中各報館乞代宣布之函，錄之如左：

伶人自年前到京，在三慶園登臺，至今不足兩月，實蒙各界歡迎，伶人感謝之至，刻因幾日無戲，周天閱報，見有設立粥廠一舉，伶人惜之，偌大京城首都，仍有眾多貧民，愁思嘆惜。今伶人捐發熱心，勸募同伴，並前後臺老闆商定，自陰曆正月起，每月可盡粥廠義務三天。此三天內，除實在用費開銷，下餘之錢，全數助捐。為此上陳貴報，美言贊助，速登欄內聲明。一面通知京師各粥廠青白紳董，來園面商手續。劉喜奎鞠躬。

社會雜談

奇奇怪怪之紙人

北京天壇夾道，忽發現一紙糊婦女，細研究之，確為一種之玩物，由京師員警廳通函云：本月十四日，永定門外發見一紙糊婦女，身高約有五尺，向城內東北騰空飛來，及至天壇夾道，突然墜落於地，查此事甚屬離奇，恐有訛傳，當經分飭區隊派員切實調查。茲據復稱，查得該紙人確係一種玩物。製造方法，係用細鐵絲與竹板紮成，一類似人之骨格，再加以肚腹及頭腦，糊以蠟紙，取其質輕不透空氣，暫不封口，再用顏色指畫四肢。男女隨便，將頭或腹內細鐵絲上所紮之蠟燭或油製棉花燃點後，即用蠟紙糊封其口。俟內部火氣充滿，復用針在已點著蠟紙外皮上刺一小孔，氣隨孔出，即能飛騰空中，隨風飄蕩。何時火氣息盡，即漸漸落下，迨及地時，火燼無存，即有亦不多。惟大風時，不能施放。當時該紙人墜落東後街地方，被人檢拾燒毀，並未看見有何危險物質等情。並據該巷住戶孟玉診言，前在俄使署傭工，曾聽外國人言有此玩物等語，具復到廳，查該紙人確係一種玩物，並無研究之價值。惟內貯火物，外糊蠟紙，萬一落地時餘燼未泯，接觸引火之物，危險堪虞。除飭各區隊隨時禁止施放外，誠恐傳聞失實，以訛傳訛，轉滋附會。用特通知各報館登載，以釋群疑。

法政學生之奇呈

江西新建縣有法政畢業生胡大謙，請祀雷神，將原呈及批示錄下：

法政畢業生胡大謙，為昔訛今正，呈請鑒核立案，布告頒行事。聰明正直為神，豈靈爽無所式憑乎？即迅雷風烈，魯論特志。素王猶崇敬畏，況下此士庶敢存褻瀆耶？此雷神所以自古及今省城鄉鎮，莫不壇廟祀之也。書遭秦焚，亥豕魚魯頗多，《雷經》秦不敢焚，焚則雷乃發聲，故天有顯道，惟雷神最著，顯報無論矣。但不識夫婦之誠字，乃諧字之訛。坊間以訛傳訛，相沿日久，若不更正，懇請鑒定佈告頒行，不足扶風易俗，以昭誠敬，而臻祀禮，畀文明之進步也。生誦《雷經》多年，惟願國泰民安，時和歲稔，心始慰矣。茲奉大總統令，上下各有祀典等因，特與一二同胞，再三析疑。今以誠訛正諧，猶不敢冒昧鼇訂，聊抒管見，不知芻言可採否？為此上呈臺前，鑒核立案。布告頒行，磨玷白圭，琢成完璧，昌文明以期進化，全祀典而倍莊嚴，深為德便。

縣知事批云：爾為法政畢業生，不聞摧滅司法之霹靂，而惟雷神之靈爽是言。爾既畏雷，著即掩耳避匿，終身勿與聞國家之政治法律可也。否則國家今日之雷霆正多，恐並爾所持誦之《雷經》，亦將焚卻矣。慎之毋忽！

異想天開之掘金談

京師有某甲者，稱駐京英國使館地點，向為某親王府第。某甲曾瘞白鏹二十四萬兩於地下，窖藏深固。今其地皮為使館所佔據，其地下窖藏，尚完全為其所有權，要求英使許其在使館中指定地點，自行掘出。英使以其言近荒唐，斷不能即行允准，刻轉飭員警廳派警士偕同某甲赴使館指定地點，必令指出證據，方准發掘云。

江西之斯巴達

江西械鬥之風，以贛南之贛州、南安寧都及贛北之饒州、南康各屬為最盛。值此鼎新之時，尊重人道，此種惡習，萬不可不剔除之。凡械鬥之原因，初不過鼠牙雀角之爭，無如官多漠視，民隱壅蔽。訴訟一起，往往斷結無期，而人民恒性，以為與其屈抑難堪，不若尋毆為快。釁端既開，則死者流血被野，擄者慘毒備極。每一次之鬥死傷恒數十百人，而仇讎相尋尚未有艾其結仇最深。戰局最烈者，尤以贛北樂平之南東鄉王、葉兩姓為著。故其尚勇之風，亦頗不減於當日之斯巴達。此篇即專述樂平械鬥之狀況。

王、葉兩姓之械鬥，由來已久。其仇已不止九世，幾如不共戴天，禍機永伏，一觸即發，往往不數年即有一次大血戰。鬥局既成，雖僑居他邑之人，亦皆黑夜馳歸赴戰。余嘗問之樂人：「既不在家，何必強與危險？」則咸謂：「祖若父為某次陣亡，或謂兄若弟為某次死難，今日鬥局已成，是吾報仇機會，安肯失之耶？」其敵愾之壯，可想見矣。

王、葉兩姓仇讎既深，已無聯姻之事，其習尚亦頗注重勇武。觀其學習拳術，鍛鍊青年，從不稍忽。遇有誕子之家，族人皆以該戶得添一刀之語為最上賀詞。蓋男子滿十五歲，即有荷戈之義務，該戶即當添置一刀，甚至有醵鐵以為賀儀者。苟欲調查該處人口，入門而數其刀，即可得最確之數。以釁端之開，從無一定，即無一日不在戒嚴之中，不得不時時戒備之。

軍器除刀矛外，亦有舊式大炮，以備抵禦衝鋒。每次臨陣，必有一二捨身劫炮之人，於兩軍相近之時，衝入敵陣，以移動其射擊之方向。該陣陡失抵禦之力，而衝鋒掩至，安得不敗耶？故其戰時，往往借一二之生命，以制全勝也。得勝之後，對於敗北者，不徒待之如俘虜，尤必襲入該村，殺其婦孺，毀其廬舍，填塞其井，鏟盡其苗。偶或敗北，則全村為墟，故械鬥之先，非將婦孺子女及動產預遷鄰村不可，其慘無人理，可謂極矣。

戰鬥終局，縣官例應下鄉檢驗，勒交真凶。村人則待判定論抵幾人，乃至祠中招人替罪，替罪人之撫恤，例定三百元。村中無業之人，無不爭先投報，往往有限於定額，不克遂願。而扼腕不置者，蓋該鄉勇武既相習成風，自然輕視生命，謂慷慨替死榮名也。三百元之撫恤，厚利也。泰山歟，鴻毛歟，彼固自有軒輊矣。

歷來戰鬥，往往王勝葉敗，而鄉音讀王如羊，以葉為植物之葉。羊當以葉為食，故葉恒不能勝王，不知王姓實處最險之地。王村周圍，除葉姓人，其他各姓，亦多與王不睦。王姓適居各村之中央，一朝失敗，勢必楚歌四面，適成眾矢之的。不如葉姓地處邊陬，事後尚可行動自由，不假他村為門戶，又可徐圖恢復。故王姓實以必敗之勢，作沉舟之計。勝敗之機，安得謂非天擇耶？

對於陣亡之人，除享有家祠之祀外，尤必謀取各人戰時血衣書記名號及死亡之時日，藏之祠中，俟其遺族或子若孫稍長，於伏臘之際指示之，並說明其致死之慘狀，以鼓勵其報仇之心，故其殺敵之思想，已養之有素，自然一發不能遏抑也。

自光緒三十年間一戰之後，葉村被毀，至今猶結茅為居，元氣大傷，已失反動之能力，故王姓至今亦未能一逞其凶鋒。年內忽遇風災，葉姓茅屋，多被吹坍，觸景傷情，痛定思痛，恨不能背城一雪之。王姓又因大雨屋漏，軍器戰衣，均已潮濕，取曝於曬場。斯時適有徐姓，因竊斫王柴，被獲二人，徐乃間諜於葉，謂王姓戰器，均已排出，以從來戰爭，從未休歇如此其久，故急欲一試之。葉正以倒屋之痛恨未雪，戰志遂決，幸為縣知事所知，即行邀集各鄉正紳馳赴兩姓再四開導，一面電請軍隊來鄉彈壓，始克和平了結。否則一場惡戰，又不知死亡幾許矣。

妒殺趣聞

江蘇興化縣東鄉丁家莊，有某甲者，農人子也。鄰有少女，頗具姿首。甲豔之，相與目成，漸通情好，卿卿我我，互以白首為期。兩姓高堂，莫喻其旨。二人又赧於自達，然以兩心傾許之故，背人私誓，寧死勿渝，如是者非一日矣。近甲為母命所逼，婚於他姓，雖知鄰女不可負，而親命難違，姑曲徇之。受室以來，伉儷甚得。鄰女乃大疏，女愛極生憤，使人傳語於甲，謂苟得最後一面，罄此衷曲，雖死無憾。甲憫其誠，乘間詣女室。女昵與語，纏綿如故。甲乃大惑，更乞為歡。女亦弗拒，方登陽臺，女忽乘甲不意，從枕旁潛出快剪，向甲胯下猛割。甲方覺痛而勢已落，乃知為女所賺，負痛奔歸，仆臥榻上。妻見其狀，大驚，趨問所苦。甲乃泣曰：「鄰女殺我，汝必為我復仇。」妻不解所謂。甲解襠示之，血滿衣褲，妻乃大駭而呼。甲母聞之，疑子與新婦反目，亟趨視之。甲已憊不能語，婦亦吶吶不出口，但指甲下體以示姑。姑意其子為婦所害，遽反身入庖廚，覓得廚刀，向婦猛斫。婦方欲辯，而頸間已受重創，俄而喉斷氣絕。兩屍橫陳於室，血跡濡染殆遍。母亦不知所措，出告鄰舍，謂婦殺吾子，吾已手刃婦矣。鄰舍駭絕，群來探視，僉謂新婦柔順，何遽兇暴至此？方嘖嘖疑詫間，而鄰女挺身至，排眾入室，逕告甲母曰：「殺汝子者我也，奈何殃及新婦？我本辦一死而為此，故來自首，請即捉我官裡去。」眾聞女言，駭怪莫知所云。然女終留弗去。眾意稍定，乃勸甲母縶女詣官，母從之，立逮女至縣城，投請法庭訊鞫。女直認不諱。甲母以誤會而殺其婦，亦於庭中慷慨自承。審訊之日，觀者甚眾，咸謂此女風貌佳絕，固不類農家產，亦不似能操刀殺人者。床頭一剪之威，非戀愛之魔力不至此，愛極而憤，憤極而殺。佛氏之所謂冤孽者，即此類歟。

當年雄風何在

北京某旗人夫婦二人，有子女三人，生計極艱，時常斷炊。童子無知，日夜啼哭，父母不能耐，遂萌短見。向肆中售得毒藥，先受幼子、幼女食，食頃果中毒死，復與長子食，子見弟、妹已死，泣告曰：「兒已勿饑，不願服。」父母不許，強灌之，不久亦死。於是夫婦二人乃雙懸樑自盡。一家五口俱死非命，事極可慘。吾以是知滿清入關之初厚待旗人者，正所以害旗人也，不然何至於斯？

岳父之重婚罪

某邑某甲之女，初嫁於乙，旋再嫁於丙。乙控於審判廳，推事竟判甲以重婚罪，已呈報大理院。現為總檢察廳所發覺，以該推事不解法文，妄事判決，玷辱司法，莫此為甚。若不平反，何以服人心？已向大理院提起非常上訴矣。

木偶結縭記

浦東高橋鄉董孫某，世居王間橋宅之西，左近有土地廟。相傳其夫人因賭，輸於鎮東之土地神。該去春有邊家宅徐姓女，因病身故。地保朱某者，向為孫傭，偶患病失音，服藥無效，因召巫求禱。巫誑說須為土地神聘娶徐女為妻，其病可癒。朱以告孫，孫遂囑朱使巫致意該女父母，誑稱夜夢神告，請伊玉成其事。女父母初則正言拒卻，繼聞孫一片熱誠，卻之恐遭孫憾，勉為允從。孫首送賀儀二十元為倡，附近愚民相繼送賀，且為土地神裝飾，臥房床帳，煥然一新，殺豬宰羊，掌燈結彩，行親迎之禮，人山人海，途為之塞。噫！異矣。

冷飛天之殺身禍

漢口燕喜戲園武小生冷武，亦名冷飛天，技藝頗佳，其力能敵數人。因某偵探帶湖北徵兵多名入園觀劇，不給戲資，且爭坐撕打，毆傷園丁。冷憤怒不服，卸裝與鬥，各兵多被擊傷而去，並有一名因傷重，越日斃命。冷懼潛逃，嗣因案已隱消，復至漢賣藝，忽被軍警捕去，指為黨人，抄搜其宅，並無所獲。經陸軍審判處審訊，竟判死罪，呈奉都督指令。以冷在漢恃強，屢行不法，著押解渡漢處決，遂在漢口後城馬路行刑，觀者極為擁擠。冷時猶著狐裘，昏昏如醉，其妻妾皆臨場痛哭。霎時鋼刀一舉，頭已落地，妻妾爭抱而哭。從此漢調班中少一名角矣。

驚絕梅蘭芳

張上將軍之入都，江西同鄉在順治門外大街新建築之江西會館演劇歡迎。張顧而樂之，酒半，親至後臺覓梅蘭芳等名伶閒話，且看化妝。談次，出紙煙欲吸，而未帶火柴。王蕙芳從身旁摸出一物，豁然一聲，而火發熒熒。張之侍從，拔刀猛斫，蕙芳倒地，驚定大哭，蓋誤會也。

割乳奇案

北京內左四區某巡警，拾得割下婦人大乳，血色甚鮮。警廳以為奇案，通飭各區一體嚴查。後悉此案真相，係手帕胡同內小藥王廟地方住戶王木匠（深州人）之妻，與其徒有染。王木匠頗愛其徒，佯為不知者已久。未幾其妻又與隔壁鐵匠店某掌櫃姘識，王木匠以該婦逢人便姘，將來醋海風波，必鬧大事，不如先發制人，遂將徒弟喚往祕密之處，明言：「你與師母情形，我已全然知道，你如不將直言相告，即要你的命。」其徒駭甚，跪地求饒。王木匠云：「你能將師母乳割下，我便饒你。」其徒應允，旋即直入師母房，出其不意，將一乳割去，拋棄門外而去。該婦痛極，不久斃命。迨王木匠回家，知係其徒所為，即隨便收殮了事。現因警廳切實調查此案，王木匠只得向警廳據實陳明，並云其徒已往他處，請從寬免究。惟該婦人之母家，仍請嚴拿兇犯耳。

風雨話金陵

秦淮妓女，當年繁盛時，至多不滿三百人，近來已有五百七、八十人。從前多屬揚妓，間有蘇幫。近來則大多數為本地人，下關妓女最多時百數十人，近來亦滿四百人。其情形與秦淮同，向來妓女以歌曲擅長，近則以曾在女校肄業稍有程度者為占優勝。現在下關英商和記洋行雞鵪鴨廠招收女工四百人，城內利柞民綢工廠招收女工五百人。說者謂已入火坑之妓女，雖未必盡能將其拔出，而未入火坑者，未始不可博取工資，聊作糊口之計。今日土著新妓女，皆寧亂後迫於饑寒之所致，偶入花叢一詢家世，有不忍聞者。

都督府府門前，禁止行人車馬，民政府則嚴查出入。下關車站，由警廳特分設男女檢查所，各城門則稽查搜檢。在官府為保衛商民起見，而作此嚴密防備之舉市面，因此影響愈形冷落。據南京日行報紙所載，下關檢查所於旅客行囊中檢得臨時政府之偉人現已為黨人者之相片，因即拘其有此相片之人。又西門某婦購豬肉，向人曾作有錢不如食肉，未知時事如何之語，而遂為員警拘執。又造幣廠工人，因放工午膳，聞上工汽笛聲，急行入廠，途中為員警干涉，以其趨行於市，有惑人心。此外有因見槍斃亂黨而謂從前曾識此人致為拘捕者，有住房從前曾租與寧亂前黨人住宅致被嫌疑者。滬寧火車往來旅客中，婦女經女檢查所之官媒婆滿身摸索，流氓從旁調笑者不一而足。人民日處危疑之境，無不痛恨造謠者，致良民無安居樂業之一日。

自創辦公典以來，逐日典質之人，不下數千。其中以能質錢一角之衣物為多，能質一元以上之戶，百不得一。現因擁擠不開，特另分設數櫃，並另擇地開分典。無日無時，無人滿之患。—貸濟處僅有資本四萬元，哀求借款者，不下萬人。上次賑撫局借出之款，現屆還期，無從追款。社會生計艱苦，已達極點。街市中之人力車夫，逐逐途人，強求乘坐，小本貿易者，提籃兜攬生意，寓一種依戀懇切之情，於急迫之中。當年繁盛街市，今則行人寥落，無復有轂擊肩摩之象。商店無本進貨，應有貨物，多不齊備，咸具有盡賣底貨之景況。高大屋宇，多已鎖閉。軍府各級軍官員警廳全體警官巡士，初來自北省，眷屬均未南遷。省公署自省長、司長、科長以至各項人員，俱未移家南京，而寧人中之巨紳富戶，遷出他埠，仍未來歸，以至華屋皆空，市面冷落。元氣既傷，商業難復，加以匪徒煽惑，軍警戒嚴，風聲鶴唳，由於謀生計之貧民加增困難。陰曆新年時，忽然增設髦兒戲電影戲書寓茶園多家，不一月，全行閉歇，只剩慶樂一家。該園雖演戲如故，逐日收入不敷開銷，支持匪易。酒館生意甚旺，蓋軍警政界人員，家不在寧者多，是以假酒館以作宦遊之酬應。茶館座亦常滿，因賦閒人多，家居岑寂，致徵逐於茶寮，亦無聊已極。旅館亦甚興旺，惟一閱其住客日簿，無非政界人物，見都督者，見省長者，見某廳某局某所長者，或圖事，或訪友，比比皆是。而欲求一行商坐賈為貿易而來者，竟不可得。惟有一事為寧亂前所未見，每日下午三時後，滬報入城，各分館門前蜂聚數百人，途為之塞，皆販賣報紙者。一經奪得報紙到手，狂奔於市，高呼當日某報，以圖爭先出售，而博取餘利，以資贍養。不但白叟黃童恃此為生活，且有婦人焉。查詢分館，每日販報者，合計在三百人以上。以一家三口計之，則南京一隅藉以養活者，不下千人也。以上所述，皆二次革命後南京狀況。

毛丫頭殞命記

蘇垣盤門外蘇經絲廠，剝繭女工孔氏，有螟蛉女名毛丫頭者，在車間打盆。毛丫頭素性貪懶，時常不肯上工。故孔氏平日素不滿意，時加毆打，逼令到廠。一日，毛丫頭又不肯做工，三次下樓，被其母孔氏毆打三次，並拖其上工。豈知毛丫頭素來身體薄弱，內部本已成病，今又被母毆打數次，天氣又正酷熱，致上樓後，忽發痧症，熱閉神昏。管車人葉姓見之，即時喚同其母多方施治。毛丫頭雖漸甦醒，而尚不能行動。孔氏見此情形，頓生異念，不肯將毛丫頭領回，希圖訛為葉毆所致，其痧症則指為重傷，藉端吵鬧，當即報警局將毛丫頭送至閶門回春醫院醫治。警局因該家屬吵擾不已，當即轉移吳縣知事，判將葉姓管押，聽候查明核辦。乃該家屬又將毛丫頭抬至絲廠，當由二區巡官派警勒令抬回家中，由葉姓管車家屬請成西醫診治，又請回春醫院顧許各醫士逐日診治。無如毛丫頭髮痧後，又復誤食冰水，至熱入心胞，難以透出，雖多方醫治，終難見效，竟以身死。其母孔氏，強橫異常，到廠不問情由，將廠中廳上陳設桌椅等物，搗毀不少。當由巡警勸阻，旋報經吳縣知事派司法官翟君蒞驗，由檢驗吏驗畢喝報，委係發痧，熱入心胞身死，屍屬人等堅執有傷，要求復驗。人多聲雜，勢甚洶洶，翟司法官當場開導一番而散。

天然戲

北京提倡內國公債會，特約通俗教育會諸君，在前門外東珠市口三里河織雲公所開演內國公債天然戲。誌之於下：

（一）會場之盛況

會場一切陳設布置，均經先期逐細設備。午間十二時以前，來賓到場者，已甚為踴躍，絡繹不絕。開幕後，來者益眾，會場至不能容，約計二千人之譜。各界重要人物，到者甚夥，不勝列舉，並有西洋男女來賓各數人。戲臺上所懸之幕（係《京津時報》、《民視報》、《國華報》、《黃鐘日報》四社所贈），繪畫工致，大書特書「通俗教育會天然戲開幕」、「民國三年內國公債紀念」等字樣。男賓席設於樓下，女賓席設於樓上。來賓到會由招待員分別招待，男招待員佩藍花，女招待員佩紅花，以為標識。沿樓欄杆之下，除揭示此戲各幕標題外，並懸掛內國公債票（罩於玻璃鏡內）。每種數張，以喚起眾人之注意，並分贈來賓以此戲說明書，人手一冊，以資考鏡。演戲時，每一幕畢，輒奏軍樂，甚為鏗鏘悅耳（此項軍樂係步軍統領衙門軍樂隊到場擔任）。此戲將演畢時，並先用鎂光攝一影云。

（二）開幕之報告

將開幕時，先奏樂歌，繼由提倡內國公債會代表康君登臺報告演戲之主要旨趣，曰：「今日本會約議北京通俗教育會諸君演內國公債天然戲。此種戲劇，在東西各國，最為流行，實為開通社會唯一之利器。比較演說會及其他方法，皆易於感動。此次提倡內國公債，承通俗教育會諸君，不惜犧牲色相，排演此劇，勸導社會，使盡人皆知內債之利，以期踴躍樂輸。不獨此次發行一千六百萬元之內債，可望指日告成，即將來國家亦可有脫離借債生活之一日，故此種天然戲之作用，雖在開通社會，而其影響所及國家前途，亦蒙其福。況演戲諸君，皆北京教育界知名之士，效生公之說法，冀頑石之點頭。吾輩來觀此劇，須知此劇之特色。今當開幕以前，鄙人先為諸君一言。第一須知此劇之精神，在一方面喚醒人民之愛國心，一方面更引起人民之儲蓄心，使普通社會，皆知內債一事，不但有利於國家，抑且有利於個人；第二須知此種戲劇，與尋常新戲舊戲皆大不相同，乃社會上一種公共之教師。吾輩今日來此，謂之為觀劇亦可，謂之為聽講，亦無不可，萬不可以尋常戲曲等觀也。今日開演此劇，因限於地勢，人數不能太多，故預備之入場券，於數日以前，即行分散殆盡。各界諸君，未能領到入場券者，實繁有徒，本會十分抱歉。尚擬約請通俗教育會諸君，訂期擇一寬闊之地，續演一次，臨時再行佈告。今日男女來賓到會者甚多，其熱心亦至可感佩。本應將本會進行事件略為報告，因時間不早，天然戲已將開幕，故不多贅。」康君報告畢，由劉葆初君演說。其大意係借北京社會上之朋友會以喻內國公債，發揮亦甚為透澈，情辯滔滔，聞者動容。劉君演說蕆事，此人人注意之內國公債天然戲，於是開幕矣。

（三）此戲之特色

天然戲感人於微，入人最深，實為社會教育一重要部分，為效甚大。通俗教育會諸君，熱心內債，應提倡內國公債會之請，而組織此內國公債天然戲，慘澹經營，煞費苦心，尤非尋常天然戲可比。前次在慶升茶園試演時，已聲譽藉甚，膾炙人口，茲復經一星期之加意研究，精益求精，實屬已臻盡美盡善之地步。演來一幕有一幕之精神，一幕有一幕之特色，其優點甚多，非簡單數語所能盡綜之。繪聲繪影、惟妙惟肖八字，登場諸君洵可當之無愧。戲中凡指陳勸導處，皆曲折詳盡，深切著明，其諷刺處，則言者無罪，聞者足戒，可以發人深省，使恍然於是非利害之辨；至於戲中之穿插點綴，亦屬聚精會神，絲毫不苟。每遇重要關目，來賓席上輒掌聲四起，有如雷鳴。演至第八幕（湖廣會館大開演說會）時，除幕中人物外，特請大演說家於子貞君登場演說，以殷勤誠懇之容，發痛快淋漓之詞，聞者均極感動。第十幕（國民爭購公債票）將終時，臺上人群起高呼萬歲，臺下人亦群起和之，誠盛況也。十幕演畢，各來賓讚歎之聲，不絕於耳云。

迷藥謀財

去年蘇垣閶門外吊橋東慎源小錢莊，有迷藥謀財事。警廳將置藥菜中之燒飯司劉貴，及通同買藥之張淦泉、王小和尚、小黑子、周學海五人一起拿獲，後又續獲前充吳縣差役陶駿之子陶土福及小胡小耿等。劉王周三犯，皆供認同謀，用藥迷人希圖竊盜財物不諱。詢以究用何藥，是何藥名，王小和尚供稱，藥名鹽松苦利（譯音），係從上海西藥房買來，食之令人昏迷，以蘿蔔汁解之即癒，並聞可以戒煙等語。質諸張淦泉，據云，前曾在偵探隊充當探長，因與慎源店主朱松筠一向認識，該飯司確尤其保薦進店，至彼等迷藥一事，實不知情。經問官駁詰再三，一味狡賴不承。孫警廳長以此事關係重大，乃將各供錄詳殷道尹核辦。聞劉王等均須重辦，惟張淦泉可望寬免。金閶市民公社及慎源附近各鄰店，以此風斷不可長，特聯名具呈警廳請予嚴辦，以儆效尤而保治安。並聞該店各夥友初醒時，四肢均疲弱乏力，無異大病方癒。經店主延醫調養數天，方始全痊。其迷藥之味甚苦，該飯司初置於他菜中，知不能食，後乃重置於鹽齏菜炒肉絲中，多加糖醬。各夥友竟欣然大嚼，不辨苦辣，如豬八戒之吃人參果，可謂饞矣。該藥據天賜莊柏醫生驗化，則云：「並非泰西藥品，實即中國之鬧楊花等數味合成。故幸而有救，否則雖不死，亦將癲瘋終身矣。」險哉！或謂慎源錢莊，向以專販饐邊銀元著，故與偵探隊之張淦泉等，皆有密切關係，即其所薦飯司劉貴，亦自有故。不意劉涎其多金，變生肘腋，洵如諺所謂惡人自有惡人磨矣。

均是賊也

蘇屬各鄉鎮，近來時有一種江北流氓，混雜退伍兵，十百成群，專事強討硬取，或剝伐榆樹皮（無論合抱大榆樹，一經剝皮即自枯萎。現四鄉榆樹幾將斷種，其剝下之皮，據云賣與上海假土店，可煎熬料子），或挖掘墳墓，所到之處，騷擾異常。閶門外虎邱背後白楊灣地方，又到有形似江北難民數十人，任意掘墳伐樹，無惡不為。該處鄉民恨如齒骨，糾眾兜拿，當被捕獲流氓七人，捆解進城，送至吳縣公署。詎該流氓等經此痛創，懷報復之心。越日，偵知該地鄉民新偷到耕牛二十二隻（虎邱背後及晌港白馬澗野味山一帶鄉民素以偷牛為業，賣與蘇地之所謂宰牛公司，朋比為奸，由來已久），正在議價出售。該流氓等乃突出攔截，將各牛盡數奪回，逐一送回失主。每牛得酬洋五元。該流氓得此巨貲，遂悉以置備斧棒等物，擬與鄉民乘間決鬥，以雪夙忿。某晚該流氓等又在砍伐樹木，眾鄉民聞丁丁之聲，立即邀集大眾追蹤而往。當在野雞墩附近（即俗名廣東墳），兩造會面，互相激戰，血飛肉薄，喊聲連天。該地為城警閶胥盤區轄境之外，適與木瀆陸墓兩鄉警區交界之所，故無員警到場彈壓。某警區誤為盜警，第鳴槍遙應以示威，該流氓聞係槍聲，疑有官兵到來，心亂意慌，無志戀鬥，遂敗北而奔，致被鄉民拿住多人，即將其推入河中淹斃，復有失足自行落水溺死者。次日河內浮起屍身，竟有一、二十人之多。有一浮屍，竟氽至閶門普安橋河面，由地保報官相驗，代為收殮。惟聞該流氓是日出鬥者，共有一百四十餘名，事後檢點人數，只剩九十餘名，究不知是否盡死，抑逃匿他處。附郭之鄉，竟有如此之大激鬥，不知地方官，將何以善其後哉！

留學界之趣聞

留東學生人品之雜，誌不勝誌，而其不用功之程度，乃亦愈進而愈高。東京某旅館有某省之官費生六人，同住於一走廊。六雙之拖鞋，每日殆無一刻分散。蓋彼六人者，非同在乙房，即同在甲房，個人之無時間可以用功，吾人一望而知之矣。其終日所營事業，最重要不可少者如左。

某旅館使女甚多，皆帶有鬼面孔，然嬌聲滴滴，苟不見之，幾被騙為絕世美妹也。某省之六位官費生，便亦各獻其嬌滴滴之北方口音，苟鬼面孔之使女而對之一笑者，則便如綸音之降，歡喜之態，幾從三層樓上跳躍到地，而歪纏乃不休矣。然雖討厭之，嘲罵之，卻亦大度包容。總之使女的行為，無論如何，不以為怪，此每天大課程之一。

某省官費生知其費出於官，即出於民，於是飲食一端，必用國貨以示愛國，惟皮酒每吃不過十餘瓶，至多不過十餘元，不妨用日本製者。大魚大肉一到，便猜拳行令起來。北方之強，輕輕說話，已是可怕，況復狂叫大呼，外面聽到，幾疑打架，日日如是。因其運動活潑，身體亦頗健康，足見中國菜外國酒之補中益氣也。

玩笑吃酒以外，再嫌無事，便大家關起門來，摸摸紙牌。說他是賭，又不是賭，說他不賭，同賭也有些相像。總言之，用功之結果，吃酒調情以外，自然要到紙牌兒了。

這幾位大官費學生，還有一種特色，都能唱一句半的《空城計》。雖然音調不諧，然發喉之響，上海恐怕都可以聽得見。戲雖不多，但精神團結。有一句半《空城計》，也就夠我們受用，飽我們的耳福了。記者有一夜十二點鐘以後，已睡熟了，忽聞：「我本是臥龍岡……」（下底沒有了）為之猛然驚醒，然此時腦筋猶在夢境，乃自語曰：「吾其已入蜀乎？是何諸葛孔明之多也。」醒後自思，不禁大笑。吾料閱者至此，亦必作掩口葫蘆矣。

如上所述如是，設有不知日人拒絕留學生之人。偶一不慎，誤覓貸間，入門之後，彼貸間主者見之，望而知為留學先生，則彼必熟慮審計曰：「是中國人也，是好喧噪與污穢者也。」其較為平和者，則必答曰：「是間已貸人。」或曰：「有種種不方便處，請另覓別家。」若遇粗暴者，則怒目橫眉，必受奇辱乃已，蓋彼昂頭大聲曰：「吾家不住中國人也。」凡此皆實在情事，即如區區不才，亦曾經碰過此種釘子者，故言之親切有味如此。似此情形，在稍有人心者，必自加兢惕，即不言顧顧國家的面子，便自己人格，亦覺高貴，乃殊不然。某日余往吾友許所居之貸間，於對面之貸間中，見其樓上有一嫩而且白之少年，穿西服，架金絲鏡，梳滑倒蒼蠅之頭，憑欄扯胡琴，外此則為一赤膊微鬚之人，尚有其餘不倫不類者三四人，酒肉薰天。二黃高唱，其旁之日本人家，與過路之日本人，則無不輕輕醜誚，詈為酒肉動物。時余對此，亦覺無顏，然此憑欄少年，則非常得意，時時下視行人，其意蓋藉此可以勾引婦女之抬頭一盼也。吾友謂吾：「此諸人者，常常如是。吾以其有礙吾之潛修，屢呼吾間主人，令其往加干涉。主人乃言力量做不到。我又奈何？主人問吾此究何等樣人，吾曰：是乃戲子，彼輩唱戲有錢，故來此作玩，汝毋錯認做留學生也。吾主人亦搖頭蹙額。」余聞吾友滑稽之言，乃笑不可仰。然此等人笑罵由他，彼方唱至《金沙灘》、《雙龍會》最得意時也，此輩先生之血，真不知道攝氏馬以拉斯若干度矣。

去今未久，余一夜又過此町小巷中，時頗暗黑，顧隱約中見一貸間門首，有一婦人，似在與人爭吵者，口角唧噥，余即留心焉，至次日，乃得之其旁一中國人言矣，其人曰：「昨夜是間，乃一留學先生向夜市中引得一淫賣偕來（淫賣日本又名奔淫女，顧奔女不必要錢，此則當面論價者至日本夜市中男女引者最盛，然大率淫賣也），引者乃轉介紹與其同住之人，而女殊不悅是人，既盡言不得合。是人乃私將女著之格達（即日人所著履，日人入屋皆脫履而登）藏之，逮女不合告去，覓格達不得，而是人徐言，胡須匆遽，即格達不見，明日吾購而償汝。其言外之意，即今夜何不留宿於此。女憤然曰：「凡事亦須看人家的願意，須知吾日本女人，非能受人強迫者，豈因近日謠傳吾日本兵士在汝國山東強姦婦女，故汝輩乃欲在吾日本女人頭上欺凌踐蔑，以相報復耶？」以下尚嘮嘮叨叨，出無數不堪入耳之言，而此男子終不還其格達。女遂赤足而去。此所以有余昨夜所見之爭吵也。

以上敘留學界中少數敗類之怪狀，可謂秦鏡禹鼎，靡形弗具，窮醜極穢，或將駭詫，斥為不經之談，實則此等之事夥矣，即禿吾筆，猶將弗罄，尚安有餘力打謊語者。余至恨其害全體，故略寫之，非好為刻毒也。大抵如此類之留學生，率以習法政之自費生居多，習法政則多暇，自費則多錢也。聞最初來留學時，留學界人數既少，分子皆極純粹，人人自愛，故名譽尚好。逮來者漸多，不名譽事亦漸萌。當時彼國報紙，遇有留學生不名譽之事件發生，尚時為登出借以鑒戒，積至今日，愈趨愈下，報紙亦不復登。蓋妝之不好，與彼無涉，何登為？然至有犯其國法者，則固又在不赦之例。如去歲見報載高等師範留學生某，以賭博拘禁三月；又今春在上所言之町中，有留學生亦以賭博，拘去禁三日乃出是也。似此豈我所能臆造者乎？而談及賭博，余在留學界，每每發現麻雀一物，或貸間，或住家，或棧舍，蓋留學界中，固已有麻雀過海之謠，即上所言被禁三日之四人，亦即因是物也。嗚呼！是真無可如何也已。

奇怪之姦案

北京內左二區馬市住戶張姓某甲，已經商為生計，早年娶妻某氏，貌頗美，婦德尤嘉，寄寓於馬市者有年矣。里巷均無間言，伉儷之情亦篤。除妻而外別無親屬，又未僱僕役。某偶出外，託其妻於同寓（寓前進）之邱振升。邱固與張有戚誼，以醫為業，因張某之妻貌美早已垂涎。自甲去後，邱尤無忌，時以言挑之，某氏佯為不知者已久，邱復以數十金，購得妝飾品相贈。某氏嚴詞拒絕。邱憤甚，且聞甲將返京。某夕，直入某氏臥室，明言來意。某氏即惡言罵之，並呼救者屢，以僻處後院，街鄰無知者。邱老羞成怒而出，某氏旋即閉門將睡。邱忽持短刀斬關直入，強迫執行。某氏以徒死無益，忍辱從命。時刀仍在邱手也。事畢邱困甚，以為某氏身已被污，必無他虞，對某氏直言商害某甲及己妻之計。某氏因故作媚態以餂舌邱曰：「妾身已屬君，聽君所為，惟刻已更深，君復憊極，盍將刀交妾而安睡乎？」邱如其言，而噯呦之聲、恨罵之聲、刺剸之聲同時大作。邱家中人前往探視，則邱與某氏均赤身在床，邱胸腹際已成蓮蓬之式。於是又雜以號哭聲，為該段巡警所聞，急入查問。某氏乃徐徐穿衣，向該警等歷歷陳述，並云殺人是我，我即到案。嗚呼！烈矣！

苦女兒

《字林報》載巴黎通信云，近有人以奇秘之法，輸運中國女童及少婦二、三百人至巴黎，其為狀極形貧窶。每日城守營及巴爾鐵巴街附近，輒有此類苦人，衣服襤褸，中且有纖足者數人，彳亍道旁兜售紙花玩物，其生活當全以麵包冷水是賴。此曹不解法語，惟能言特沙二孟，特沙者，兩枚法錢之謂也。今尚未覓得通譯，詢其來歷，此曹必為浮蕩之徒。運入博利者，殆可無疑。然以此多人涉重洋抵此，其先必需巨費，所獲之利，安能抵之？此殊令人難解。中國使署各員，對於此事，其味味似同大眾。惟員警現已從事調查，想能查明此可憐眾生，究為何人運至巴黎也。猶憶一年之前，有中國幼童多人，出現於巴黎之市，散布咖啡店前，以走繩及淺近之戲法博錢糊口。其出輒為兩人，一奏技，一守望員警。今於市中不常見之，蓋已紛赴地底鐵路及賽馬場公共聚集之處奏技矣。吾人向以文明自詡，今乃有此不幸之人一群，由世界之他端流落，歐洲繁華之都，饜一無名御奴者之欲。此誠歡樂界中之慘聞，而足為文明累者也。

臘八粥

陰曆十二月初八日，為陰曆一大節，俗所謂臘八是也。在前清時代，皇室極尊重此節。雍和宮熬臘八粥，且派王公大臣監視，而大官員有拜臘八粥之賜者，又必須以清晨覲見，碰響頭謝恩。凡此朝廷跪拜趨蹌之節，雖為微故，亦足見一代風尚。據德菱公主所著《清宮年記》，謂臘八乃釋迦牟尼行乞之日，燒粥以拯之，故曰臘八粥，而宮廷對於此事，遂亦異常注意云，則尊重臘八與端五節搏角黍以濟屈大夫，同一理由也。民國成立以來，此事久已不行，惟街巷間，猶見鄰坊婦孺互以臘八粥相贈，時時絡繹於途耳。

迷信歟哀悼歟

去歲法源寺，曾開水陸道場追悼清隆裕太后及辛亥先烈，北京佛教會僧眾，又發起追悼癸丑戰士道場。原啟節錄如下：

蓋聞臺號憫忠，法源之道場傳自古，籙搜寶懺，金山之遺事稱於今。稽古梁唐之際，開國之時，凡忠臣義士，健兒武夫，效命疆場，有功社稷者，國家靡不飭司鐸拜經禮懺，拔滯超幽。一則以釀天地之和，一則以作忠義之氣。由是觀之，蓋佛法可以補國法之缺，而道場可以慰戰場之靈，誠盛典也。遐思國家之宏仁，佛祖之大願，澤及枯骨，光被泉臺，超夢幻泡影以皆空。貫生死幽冥而不遺者，固已茂矣美矣，至矣盡矣，蔑以加矣。客歲贛潯倡亂，寧滬負隅（中略），既而湖口效順，金陵投誠，潯陽滬上，先後歸服。成都廣州，次第削平。於是生還者齊奏凱歌，同受勳章獎章之榮典。陣亡者分別卹賞，亦頒年金撫金之特恩。其上以表國家褒崇忠義之意，下以動軍人觀感奮發之心者，固已意美法良，仁至義盡矣。住持職居方外，恩託怲幪，愧無力以捍衛社稷，實有心以崇拜英雄。伏念我佛祖位居三教，化普十方，救苦救難，無量無邊。以眾生普度為心，以世界大同為念，凡三乘五眼、四聖六凡、七寶八德、千因萬果，靡不有願必行，無苦不濟，捨身救世，開烈士之先聲。敬節表忠，亦沙門之素願（中略）。於是發赦申文，廣闢還鄉之路，豎牌設位，大開方便之門。敝寺護法先生，檀越善士，或籍隸軍界，或情深同胞，或屬鄉鄰之仰望，或協周親之戚誼。凡欲入道場同深追悼者，伏祈駕臨本院，報名登記，住持當另繕芳名，別設蓮座（下略）。

快婿變老夫

蘇州有住居駁岸上之薛某，曾生一女，愛若拱璧，夫家係鄭姓。初訂婚約時，新郎曾由冰人帶領與岳父母晤面，固翩然一美少年也。迨正式完姻日，新郎乘輿至坤宅迎娶，向岳父母登堂行禮。詎昔日之美少年忽變作半百之老年人，其髮半已斑白，與前所認者，固二人也。憤怒不堪，欲與冰人交涉。新娘聞悉後，亦放聲號哭，不肯上轎。斯時新郎愧羞無似，如一隻木雞，獨立不動，亦無人接待。嗣由眾戚友勸其父母，謂事已成就，無可奈何，只得令其上轎于歸。此可謂婚事中之一趣談矣。

胎產誌異

廣西上思縣屬羅烏村婦黃李氏，於陰曆去年二月，喪其所天。李向無生育，僅一夫弟，年二十餘，與李同居。夫弟因家貧未娶，故叔嫂之外，別無第三人同室。不意李忽於去年四、五月間，肢體疲憊，形容消瘦，繼復腹部驟碩，儼如孕婦，親屬見之，咸相詫異。群疑其與夫弟苟合，其與李相厚者，則暗地詢其顛末。擬為之急圖處置，而李堅不承認。久之疑謗益甚。稍重名節者，至不與齒，而其夫弟亦大受親族友朋之唾罵。雖百端剖白，而陳平盜嫂之惡名，終於不能洗刷矣。惟彼叔嫂二人，自信有餘，亦惟置之不理。徐觀其異而已，屈指年餘，未見誕生。人言亦遂稍息。一晚，李就寢之後腹驟作痛，大似臨盆，急呼叔起，央請代招素相親密之女友來。至則腹部下陷，俄頃產出蠢然一物，非人非畜，蠕蠕微動，狀類老芭蕉之結實，色作綠黃。自此群疑始釋，質諸各醫學家，皆莫能為明確之答覆也。

男女混雜之修道

安徽桐城縣西鄉道有嚴姓者，年方不惑，家資頗饒，亦尚稍識文字，向來遊蕩成性，不事生產，惟受周某以光天道邪說蠱惑，吃齋修道，迄已數年。並引其妻其子，並及家人親戚，一同潛修。現其妻已死，其子已亡，猶復大張旗鼓，以為道將修成，升天有日，且異想天開，謂凡人在世，難免情欲，不斬情根，不足以見修道工夫。爰是邀其姪女弟婦，並親妹四人，赤身露體，同居一室，嚴某獨坐席上，婦女圍坐四旁，並將房門緊閉，非七日不開，以試驗其情欲之果已斬除與否。此種謬舉，實天理人道所不容也。

舊新年之廠甸熱

北京有一最不可解之事，即所謂逛廟逛會是也。夫所謂廟者會者，並非有特殊之風景，可以娛目騁懷，亦不過人逛人而已，即如照例舊年新正。有所謂廠甸香廠，為都中人士遊觀之所。今年香廠已經停止開放，所開放者，僅一廠甸。其實廠甸一處，自經優級師範學校及電話局建築之後，其地勢已不似從前之寬敞。所餘者，僅土地祠前之一片空場耳。此一片空場之中，並無新奇之景物。茶桌玩物攤之外，別無所有，其可為新春點綴者。惟一般之紅男綠女，此往彼來，鬢影衣香，相為輝映耳。然較之數年以前之廠甸香廠，其盛衰已不勝今昔之感矣。舊例新正，琉璃廠、火神廟最為鬧熱。其中陳列古玩字畫甚多，所有琉璃廠各骨董店，一年之生意，全恃此十數日。其骨董攤最歡迎外國人，每遇碧眼紫髯者，招待分外殷勤，蓋商人嗜利亦所宜然。字畫店則羅列滿壁，盡是名家。然其中以贗鼎居多，真蹟絕少，而價目則異常昂貴。照例非初十以後，各字畫店不減價出售也。各肆中亦間有可珍貴之字畫，大抵多係借自人家者，其索價恒逾原值數倍，使人望而卻走。此外之字畫攤，沿街皆是，然更無足觀矣。惟土地祠中尚較勝一籌。北京社會之風尚，於此可以窺見其大凡矣。

北京第一舞臺開幕記

第一舞臺於三年開幕，即於開幕日失慎，全臺盡付一炬。茲記其未炬前內容之組織與藝員之分配及開幕前之情形：

（一）劇場之形式

該舞臺雖不及東西洋各新式劇場之完美，求之於北京，已為不可多覯之大劇場矣。其舞臺之組織，純取西洋轉檯法。所謂轉檯者，其檯面作磨盤形，下有旋轉機關，可以任意旋轉，以便於佈景。故曰轉檯。舞臺以前，為池子座位，取前低後高之法，再後則為廂樓，凡四級，其形式亦作半圓之勢，無論坐於何位，均能面向舞臺，此則較舊式戲園大不相同之點也。

（二）開幕之波折

第一臺內幕，頗有暗潮，正風育化會之干涉及各園主之反動，均與該舞臺以莫大之阻礙。當其暗潮最烈時，其經理楊小樓君，志喪心灰，已萌出世之想。小樓好禪學，時作道裝，乘此旋渦未定之時，竟逃至西山碧雲寺欲為僧，後因暗潮稍平，又經多人勸駕，始允回京，仍充經理云。

（三）角色之分配

據該臺經理楊小樓之意見，開幕之始，暫不請鑫培等老手出演。今所聘者，白天為王又宸、龔雲甫、李連仲等，夜戲則聘王鳳卿、王瑤卿、路三寶等，至譚鑫培須一月後始能出演。劉鴻升本擬在該臺串演，聞聘金尚未磋商就緒，故劉亦不能一時出演。楊小樓現正患病，想出臺日期，亦當在半月之後也。

（四）同業之影響

自該舞臺將次落成，京師原有各戲園，莫不凜凜自危。後因該臺開幕有期，各園中路角色，均被該臺所吸收，而各園遂大受影響，如天樂一處則路三寶、賈洪林、李連仲三健將，均入該臺，所仰以為衣食之源者，惟賴梅蘭芳一人。聞第一臺尚有約蘭芳消息，天樂園主聞之，竟造梅之邸宅，叩頭哭訴，請其賜碗飯吃，如不肯留，將以性命訴之於法庭云。嗚呼！梅以一青年優伶，竟有如此之偉力，使我大有儒冠誤人之感。廣和樓則失去劉鴻升、龔雲甫、蕭長華諸人。所餘者惟沈華軒、朱幼芬二人。劉去後該園定一跌不起，可斷言也。吉祥園則王氏弟兄一去，終亦必敗而已矣。

北京近有四大戲園，均能各樹一幟，他處不能與之爭，尤不能與以絕大之惡影響，則中和園、三慶園、廣德樓及民樂園是也。中和三慶為純粹女班，而北京又有男女合演之禁。雖第一臺聲勢如此，於二園毫不能吸收一人，此其一，再則北京專有一班重女輕男之顧曲家，即使該舞臺角全戲好，亦不能奪此輩之嗜好，以此之故該二園且樂得作壁上觀也。他如廣德民樂為純粹小學生科班，童伶去留，不能自主，且戲好而價廉，大得普通顧客之歡迎，以此之故，該二園亦不能受如何之影響也。

（五）舞臺之價值

據以上所述，該臺似有絕大之價值，實則所謂價值者，特其建築物少出頭地耳。至於所演之戲，仍是平日各園所演之普通戲，絕無可歡迎之處。矧其藝員中路角為最多，好角也不過鳳卿、瑤卿、雲甫、又宸數人而已。若求其真價值，當在半年以後，或能演新派戲，則庶不愧有此轉檯，有此建築也。然以北京人舊式腦筋之健忘及舊派藝員之充斥，雖有此舞臺，亦徒有其表面而已。

北京第一舞臺遭劫記

京師為名伶薈萃之地，文武角色，唱工做工，色色俱備，非他處所及。而劇場狹小，座位迫隘，與上海各舞臺相較，判若天淵，因此遊人率多裹足。楊小樓輩於西珠市口給孤寺旁創設第一舞臺，集資募股，倡立公司，鳩工庀材，經營累月，形式之壯麗，結構之輝煌，大有壓倒一切之概。開幕之期，喧傳已久，據楊伶小樓意，尚欲俟場中布置更加整備，搜羅名角，配置完全，乃行開演。詎因同班中人均欲早日開市，工程方始告竣，遂於九日居然開幕。都人士女因斯舉，實為北京首創，不愧第一舞臺之名，爭購票入座，鈞天廣樂，方欲一洗塵俗之耳，詎一曲甫終，而慘劇已現耶。

（一）起火之原因

第一舞臺起火之原因，外間傳說不一。好事者至謂該舞臺之兆焚如，實係有人放火。其故因京師某報戲評欄內，載有第一舞臺經過之風潮一節。閱者誤會，遂謂火與舞臺經過風潮，頗有關係。實則此次之火，與經過風潮絕無關係，殆由於電線之走電耳。查第一臺於舉行開幕禮日，為裝演門面計，依照北京普通開張習慣，於門前搭一彩棚，寬廣十餘丈，至將馬路之一段全行佔據，以金色裝成之「第一舞臺」四字為門額，四處張以各親友鋪戶所贈之紅呢幛，彩色燦然，光芒奪目。凡聽戲者，皆經此棚出入，棚附近門樓新裝電燈，工事未十分竣，以當晚須用，趕催電燈公司派工安置。不意電線裝置未妥，竟行走電，其電落於彩棚，登時火起，遂延燒及於門樓。

（二）失火之情形

第一舞臺全體建築，約分二進，前為門樓，後為舞臺及客座。前後二進，中間小有隔斷，門樓西為稻香村，東為萬家春。一南貨鋪，一飯館，其餘重要部分，則為舞臺之售票處。戲價收入，皆於此存儲也。彩棚火既起，如將柵即行拆去，與門樓加以一層之隔絕，門樓或可保存。惟救火水龍不得力，且又甚少，只同善等四具，為力量極薄弱之注射而已，繼警廳消防隊聞警至，至即奮力將焚燒正烈之彩棚架木四散搬折，以期保存門樓，顧已不及。而門樓且繼彩棚以焚矣。是日起火於一點鐘時，其焚熄乃在三鐘許，前後約二小時。而所謂稻香村者、萬家春者，以及售票處重要部分，皆付之一炬，而票款之遺失者約千餘元云。

（三）避火之態度

彩棚門樓繼續焚燒，火勢連天，救火者、旁觀者以及巡警彈壓者，手忙腳亂，人聲嘈雜，幾有不可了結之勢。火起於下午一時，而戲則始於十二鐘後。火起時，則第一齣已經畢幕，第二齣之《戰澶州》且將開臺，而第三齣之《嫁妹》，則裝鍾馗之某名角，正在妝頭抹臉，持鏡自對，忽聞火起，座客戲角，皆魂不附體，急往外奔，欲奪門出。而舞臺中人忽傳命，將舞臺至門樓之門緊閉，使座客無一人得出者，其意在防座客之自投火中，以喪生命。蓋爾時外間火勢正烈，使座客一擁而出，火固無由救濟，而外門已為火所斷，仍無出路，又舞臺客座旁樓左右，皆分上下二層，每層有一保險梯，係在樓外面。座客本可由此出，無如下梯後，其出路仍在門樓之旁，亦為火勢所斷，此外則無復一門可為逃生路者。座客至此，萬無生理，繼救火隊將舞臺兩旁各闢大穴，以為臨時出路，乃人多穴狹，爭先恐後，擁塞既甚，出入愈難。舞臺後方，有鄰居某者，急極智生，以長廣之木板，置於屋頂，以其一端接於舞臺之窗檻作浮橋形。座客之由是免者甚多，而倉促中失足負傷，以及傾跌折毀亦復不少。

有某女客見火急，由窗躍下，竟至折足。吁亦慘矣。

（四）缺點之追溯

第一舞臺之失慎，外間或以為無關緊要，實則戲劇之於社會風俗，關係頗大。其在東西各國，無不亟亟注意。北京之有第一舞臺，戲出雖未改良，而建築固已創新，自不能不表象當惋惜之意。然該舞臺亦有不能辭其咎者，以舞臺既取最新式之開幕禮，何必固守北京之舊習搭棚掛彩，以兆焚如？又該舞臺平時不多闢出路，如滬上各舞臺之所謂太平門者，至臨時始倉皇穴隙以出座客，此以座客生命為兒戲者，且於此二端外，尚欲有所揭出，以期社會之共行注意者，即（一）救火準備之未周，火雖由於舞臺之不慎，然使救火得法，未嘗不可即時撲滅。先以彩棚，繼以門樓，蓋方張之火勢，豈一二破爛水龍所能遏止？北京自最近數年來，其建築物之較大而終毀於火者約四：（一）第一樓、（二）商品陳列所、（三）東安市場、（四）賓宴樓，其被焚各有原因，而救火準備之未周，以致火焚，建築物先後遭劫，實無可辯之餘地。（二）建築監督之未施行。各國都市建築，類由員警頒佈建築章程，俾市民遵守。其對於火警，於建築法式中，寓以相當之預防。私家房屋如是，即公眾場所亦無不如是。今北京員警廳之於第一舞臺，事前既未為嚴重之申告，事後又或不思所以救補之則，此禍恐將復見於異日。（三）電燈公司之不慎。此次之火，實以走電，為其起因，故電公司萬不能辭其咎。至於是日火起時，警備分布，如臨大敵，數十丈內之交通，為之斷絕。有往觀者，輒以指揮刀亂揮相拒，此則論者方歎其臨事之慎，而未敢置議矣。

民國之新諱辨

邱文彬具呈教育部，請轉呈明令。邱字依舊避諱，當經教育部諮行內務部查照。內務部諮復，以政體改建。公諱之典，不必沿襲，所請一節應毋用議，其文如下：

為諮行事，准貴部諮開據兩廣方言學校畢業生邱文彬呈請轉呈大總統明今天下，邱字依舊避諱，以示尊孔等情。查崇聖典例，事關貴部職掌，相應諮請查核辦理等因，到部查古無諱名之禮，周人以諱事神，於是乎始諱。諱名與謚典同出於周，諱者敬避而不名，謚者易名而稱行，其為用不同，而其昭誠致敬之意則一也。故為親者諱，謂之私諱；為尊者諱，為之公諱。為特表尊崇之典，孔子道高德厚，歷代尊崇，典禮相因，各有損益。迨有清雍正三年，始定聖諱為公諱，蓋以四海臣民，既以諱名為禮，竭誠盡敬於人君，則不避聖諱，實非所以昭示尊孔之道。持之有故，文獻足徵，現在政體改建，謚法已不適用，則公諱之典，自不必更相沿襲。無其典而強用之，恐不足以昭崇聖之誠，且尼山道德，中外同欽。就習慣上言之，固已無直呼孔子之名者，所請轉呈明令依舊敬避之處，應毋庸議。至邱氏本以太公之後，食採謝丘得姓。清雍正時，乃加卩為邱，相沿已久，其願仍從習慣者，不妨仍聽其便，相應諮復貴部查照飭知可也。此批。

警犬

警犬一項，本為西洋各國之所通用，而尤以德國為最精，其功用不僅可以防衛身體，且可以補員警偵探之所不逮。錢君錫霖有見於此，特在北京創辦警犬研究所，徵求各種良犬，專門訓練，以備將來員警署之用。有汪建齋、康甲丞兩君，因錢君之約，特至城東趙堂子胡同內雅寶胡同警犬研究所參觀一切。茲將其大致情形，略誌如左：

（一）建築之內容

該所之建築，與其他建築，皆不相同。正面三間，為該所執事人辦公之處，前面廊下有平臺，訓練時可於平臺上看操；平臺下即為操場，地勢甚寬敞；兩旁為狗房，每一警犬，占小房一間，鋪以極潔之乾草，並覆以棉褥，以為警犬休息之所。此種建築，據聞係參照德國之成式，即其一切用具，亦均係定制，與普通者多有不同。

（二）訓練之方法

該所既名為研究所，自必有教授之方法。後觀其教科書，始知訓練之方法，實有種種精微奧妙之處。如列舉言之，難以縷數。其大要則不外「循循善誘」四字，務使其服從命令，勤謹耐勞，訓練既久，自成習慣。其教科書皆係譯自洋文，共有八十三課之多，由淺及深，由近及遠。每一課中，標明一口令，下列教授之目的及教授之方法，非常精密。此外尚有各種參考書及關於警犬之著作，大抵皆譯自西文。並聞西洋尚有《警犬雜誌》一種，專研究警犬之技術，亦可見警犬一事，為西人之所注重矣。

（三）警犬之技術

警犬之技術，大要為補助員警偵探之所不及，聽警吏之指揮，以勤公務。其普通之技術，則為尋取物件，看守要隘，傳遞消息。其重要者則為拿捕罪犯，偵察案件，輸送軍械等事。每一警犬，訓練畢業，須在一年以上，而其功能則在嗅覺靈敏，能聽主人之命令，忠於其事。

（四）現有之警犬

錢君現得良狗甚多，其中有一德國狗，曾在德國受有教育，凡一切技術，該犬悉能為之，此犬為該所群犬之最。此外狗類甚多，並有一狼種之犬，貌甚獰惡，然無主人之命令，則不噬人，此亦可見訓練之有方矣。該所除錢君每日自行訓練外，並特聘一西洋人為教師，每日須操練六小時也。

餘杭瑣記

西子湖之西，舊旗營地，自光復後，拆除建屋，幾成一片榛蕪。過其地者，大有黍離麥秀之慨。前有闢作商場之議，及贛事發生，因而中輟。後經杭縣周知事籌集款項，竭力進行，破瓦頹垣之中，遂現一番新景象矣。

西湖新築馬路，闊有至二十丈左右者，最狹亦至八丈十丈，以視城中街道，相去至五六倍。故入其地者，眼界為之一拓，且工程堅實，與城站近旁之路相等，以視蒲場巷清泰門浙路，倜乎遠矣。

西湖娛樂事業，最先創舉者，為西湖歌舞臺，命名之意，取宋人詩語，具有深意。相傳南渡時，君臣荒嬉，有人題詩曰：「山外青山樓外樓，西湖歌舞幾時休。暖風薰得遊人醉，直把杭州作汴州。」今者國民遭兵燹之餘，橫徵暴斂，實業凋殘，而劇場營業，大形發達，誦昔人之詩句不禁感慨繫之矣。

繼劇場之後者，為影戲園，亦娛樂事業之一也。其近旁又有茶館，雖草創之時，多未特建房舍，僅搭竹篷以蔽烈日。然座上客常滿，壺中茶不空，其生涯亦不惡。每至晚膳之後，遊人至該處納涼者，魚貫不絕，裙屐聯翩，大有上海四馬路景象焉。

沿湖一帶，闢有公園，南北約數百丈，以城牆舊磚築一高二尺之小牆，鋪以綠草，細軟如氈。遊人於此步月納涼，坐臥皆宜。白居易詩所謂「月點波心萬顆珠」情景宛然。西望靈隱龍井諸山，南北高峰，若隱若現，惜園旁樹木，均係敗舊，不甚美觀耳。

自周知事頒佈建築公娼房屋條例，將以杭城私娼及拱宸橋妓女，移置其間。一般機關報，頗慫恿之，謂斯政策實足以振興市面。嗣由省教育會、青年會各業團體等起而抗議。自道德、風俗、衛生、經濟種種方面立言，當局者始悟其非計，且經旅浙西人婉告朱將軍，遂有致巡按使公文廢止前議。大好湖山，不致因之被污，山靈湖神，實呵護之。

西湖原定地價既昂，又工程未進行，資本家相率觀望。嗣經佈告減價，而劇場馬路適已開始，且聞公娼將興，投標者隨如雲而起。自一等至三等地，幾至買盡，惟特等地問津者寥寥。自此次公娼廢止後，購地者掃興不少，地價或因之而跌。然杭路國有後，滬寧有接軌之計畫，而錢塘江橋成，紹甬交通尤便，金衢嚴諸府又以此為必經之路，該處擅湖山之勝，便於交通，其地價之貴，可預計也。

滬杭火車之查票者，制服絕瑰麗，衣帽悉為墨綠之呢所製，緣以黃邊，綴以銅鈕，鈕肥甚，澄澄作黃金色，鏤花絕精，光亦殊閃灼，袖口及身後腰際衣衩間鈕尤多，約略計之，不下三十枚，望之極光豔奪目。初向人索票檢查，人幾疑其為上海辦喜事人家所僱來之軍樂隊，蓋從其衣飾上觀察之所含「美」的臭味甚重。吾意彼浙路公司之規定制服者，必為一絕佳之美術家也。

滬寧車中之隨車營業者，有常州之卜順恒賣梳篦，杭滬車中之隨車營業者，有楓涇之丁義興賣紅燒豬蹄，可謂遙遙相對。丁義興所製之豬蹄，自謂獨具新法，且得有褒獎。不曰「醬蹄」，乃逕名之曰「丁蹄」。蓋丁蹄二字，已成為一種專有之名詞矣。偶憶杭州閘口有一製火腿者曰「蔣腿」，取以對丁蹄，可謂奇妙。

近年杭州居民，以生計日艱，墮落而業祕密賣淫者極夥。杭人謂之為「私門頭」，上等者約五六百家，中等約千餘家，下等者約三千餘家。當議設公娼時，一時報名註冊，呈請給照營業者達二千餘人，可以知矣。

公娼之香巢，本於錢塘門外西子湖濱拓地，其建築之式一仿上海之迎春坊小花園清和坊之格局，望衡對宇，鱗次櫛比，為屋可數百幢，狀固宏敞，而背山面湖，風景尤佳絕。及收回成命後，遂令廣廈萬間，闃其無人，遊客過此，殊有此地空餘黃鶴樓之慨。而官吏一番提倡風月培植群芳之婆心，未免孤負。此多情人所不能不深為惋惜者也。

杭州近亦有橡皮輪之人力車，其式一如上海之黃包車。特拉車者，必手持一鈴，且行且搖，其聲鏗然。蓋一以警告行人，知所趨避，一以便雇車者得聞聲而呼。此亦浙中警廳獨出心裁之一種特別法令也。

乘杭州之人力車，有一絕苦事，即過橋必下車。蓋杭州城內之橋，多為舊式，疊石作階，為級多二三十層，其狀如樓梯。來車過橋，若仍安坐不下，必有顛覆之虞，故人力車之過橋，無異昔日民船之過壩，亦一大苦事也。近已有數橋，改築平橋矣。

西湖風景，與昔無殊，特其間陡增無數之烈士祠、紀功表、俠女墳、陣亡將士墓而已。就中形勢最壯麗者，厥為浙軍攻克南京陣亡將士墓，占地固廣，工程亦巨，四圍繞以紅牆，界以鐵扉，墓道悉疊石為路，墓門以內悉築以水泥。豐碑巨碣，縱橫無數，大書深刻，照眼欲眩，殊有昭示百禩之象。統計此一墓道中，為塚約十餘，每塚瘞六先烈，顧有一事輒有所不解者，塚皆作折扇形，不知果何取義，或別有所本。亦未可知也。

浙軍攻克南京陣亡將士墓北側，有一翹然獨出之小塚，構造與諸烈士墳一律，特占地略小耳。趨而視之，乃馬塚也。讀其碣，始知塚中之馬，生前為今興武將軍朱瑞之坐騎，於攻克南京後而倒斃者，亦一積勞病故之千里駒也。朱將軍憫之，於其死也，乃取而瘞諸陣亡將士墓側，且親書巨碣，樹之墓前。將軍之恩，不為不厚。此馬有知，度亦無憾。亦他日西湖新誌之佳材也。特辛亥秣陵一役，浙軍之馬，死者當不只此一匹，今得高墳大碣，埋首西湖，供人憑弔者，僅此朱大將軍之一馬。嗟乎！馬亦有幸有不幸也。

攻克南京陣亡將士之墓門前，有楊學洛所題一額曰：「俠骨英魂」，字殊遒勁可喜，不知誰何無賴子，別以筆注四字於此額上曰：「狎骨淫魂」，此人亦真可謂不畏先烈者矣。

西湖之公園，即為舊日之行宮所改建，地擅全湖之勝，湖山佳處，無出其右。竊歎當日專制時代，臣下之曲媚君主，無微不至。公園門前東首有浙軍攻克南京紀念表，矗立湖堤，宏麗無匹。行人摩挲銅表，徘徊其下，多油然起崇德報功之想，流連而不忍去。某滑稽者曰：「此間風物清佳，唯不堪令一人見耳」。人叩為誰。曰：「上將軍張少軒耳。」此語可謂冷雋絕倫。

去秋瑾墓不數武，有秋社者，度即昔日吳芝瑛徐寄塵諸君為秋烈士寃死事所組織之秋社也。門首鐫一聯曰：「秋菊有佳色，社會惜斯人。」嵌「秋社」兩字，似形斧鑿痕，與南貨店中之春聯，硬嵌其店號者相似矣。

杭州公眾交通事業，如電話，如電燈，俱已組織成立，惟自來水未成耳。惜電話以機械上之不良，就筒聽話時，筒中嘈雜，幾如千軍萬馬，以致傳話不能清朗，用者殊以為苦。電燈尚明朗，不致如上海閘北電燈之時滅時明。然有一奇例，則裝置電燈之家，必須用電燈公司中之電泡，方允接火。用戶於接火以後，另易他項電泡，公司亦不之禁。蓋公司之目的，則在售泡得錢而已。燃燈之家，用其泡與否，在所不必問也。

城站之酒家，以聚豐園為最大。該園金製之席面家俱，鑄有十二份之夥，皆製以備巨宦豪紳宴享嘉賓之需。此種魄力，求之海上，亦不多覯也。

梅花碑昔為杭人第一娛樂場。每值新年令節，尤為繁盛，百戲雜陳，金鼓喧哄，遊人如蟻，途為之塞，無異京師之廠甸香廠，蘇州之元妙觀，上海之城隍廟也。今以其地鄰近將軍府，沿途終歲戒嚴，搜索行人甚密，人咸視為畏途，走避不敢往。於是茶寮酒肆，相繼閉門，坐此失業者不下千人。一極鬧之市場，以大將軍之故，乃一變而為冷巷閒街，虛無人煙，幾等鬼境矣。嗟乎！此皆拜大將軍之賜也。

杭州女學校雖多，規制俱極整肅，學風亦殊勤樸。就中以女子師範為尤醇穆，成績亦極佳，其故以該校校長鄭岱生先生處理校務，一以嚴肅為主義，收效乃能如是。昔張季直先生謂軍隊無共和，學校無共和，時流歎為名言。今觀鄭先生之成績而益信。海上女校頗有取放任為主義者，以致女學生三字，往往為人詬病，安得如鄭君者來一整肅之耶。

杭州女兒店，近來最發達。城站一隅，已有四五家。聞大半俱不甚獲利，就中惟咸萃恒獨利市三倍，其故因得老七掌櫃，顧客多樂就之老七者，蓋一富有美術性之商業家也。

地塘巷之緯成公司者，浙人朱某所立之織緞廠也。朱君曾肄業日本工科，盡得其秘，歸而組織此廠。織成之緞，即名緯成緞，其提花新穎，選料堅純，染色光豔，直超過舶來品。近年海上所流行之外國花緞，大半皆緯成緞也。故該公司前年出貨至八十萬幰，利金達三分以上。廠內外工人，統計約二千餘，日夜工作不輟，猶不足以供市場之需要，誠一極大之實業也。居今日而能抵制外貨，挽回權利，尤實業中之佳者，殊令人生極端之樂觀也。

緯成緞之能如此發達，良以主持其事之朱君，精敏果練為不可及，渠每月必至滬三次，與各大綢莊接洽。若大綸，若天成，向其調查社會之心理，市上最流行者，果為何種之顏色，何項之花式，歸即調製，而督匠染織，復能不惜資本，製一新花樣織若干匹，即棄去不復用，另易新者，日異月新，不相重複，故緯成緞無陳腐之品，自無滯銷之貨。非若從前舊式之緞局，製一花式，往往織至三五年而不變動，必致取憎於社會，唾棄弗顧自敗而後已。（如瓦當文之類）可見一業之成，得投時好，雅非易易也。聞緯成公司之織法，亦別有奧妙，故不輕許人參觀，蓋恐泄其技術上之祕密也。

封臺戲之特色

北京於年底，凡各戲園皆有封臺之舉，封臺前一日之戲，謂之封臺戲，封臺戲無有不佳者，此稍有北京常識者，類能詳之。甲寅年底封臺戲，最足以聳動一時者，為三慶園之《新茶花》飾新茶花者，為劉喜奎，有傾國傾城之貌者也。是日賣座，每位大洋一元，為北京從來所未有之戲價。而三慶園客座之盛，亦非老譚與梅郎演劇時所可比擬。《亞細亞報》劇談謂以譚迷傳染之多，梅毒蔓延之速，而不能與一劉喜奎敵，劉喜奎之《新茶花》，可以為北京劇界闢一新紀元，其繁縟自可想見。近龍陽才子易哭庵，又作〈劉喜奎歌〉，闢頭即列舉毛惜惜、邵飛飛、陳圓圓、關盼盼、蘇小小、李師師、趙閒閒、王保保等美人為之陪襯，新穎超妙得未曾有，一時都下傳誦焉，易自得印鑄局參事後，關於歌詠女伶之作，絕不多覯。厥後代理局長，鞅掌之餘，尤不肯輕易為女伶作詩（如曩日小香水歌數斗血歌之類），近為幫辦，忽有〈劉喜奎歌〉之佳什，膾炙人口，則劉之色藝動人，使此老亦忍俊不禁矣。

東三省之馬賊

東三省為馬賊出沒之區，而又當日俄之衝，往往有馬賊與外人勾結情事，擾害邊圉，良非淺鮮。

茲將其著名悍匪頭目，調查如左：

頭目名	出沒地方
延度	奉天西南約八十里邵爾臺附近
萬老	通江口之南雄子附近
馬老疙	本在清河溝附近，今移盡石縣
溫振邦	長春附近
于德海	哈爾濱附近
徐德勝	海參威之北哈蛩糖附近
李廷山	一面坡附近
徐祥山	哈爾濱西部地方
王銀年	農安街煙臺山地方
段海廷	前出入於四平街附近，今在陶酒昭一帶
干丸江	密山附近
趙光合	大房身地方
雙老四	北山廟附近一帶
楊十閻王	通肯城附近行掠
粳米客	海倫附近
丁德祿	東山里附近
強國固	長春附近
干海亭	奉化縣及農安縣地方
陳爾新	新民統附近
牛清山	鎮安縣之南馬一帶

特赦聲中之掮客

自黨人特赦令頒布後，第一邀特赦之人物，洪承點也。然洪之所以能特赦者，黑幕內大有人在，且為之出力者，既非與洪有何感情，為之保證者，與洪亦無淵源，質言之，無非金錢之能力而已。自民國光復以來，金錢之能力，大為增加，可以收賣軍隊，可以收賣議員。如去年國會選舉議長時，購賣議員投票，明目張膽，居然每日有行市，營此掮客職業者，實繁有徒。曾憶某政客因用錢未到手，向法庭起訴，以買賣議員之行用，與豬羊行用作為比例，見諸公牘，傳為笑柄。不料議院解散，此項政客窮極無聊，又發明一掮客之新事業，即所謂特赦之掮客是也。洪承點實為此業之第一批貨物也。

洪之掮客，係前江蘇議員張某。張之家鄉，乃鹽商之產地。民國光復，改革鹽務風潮甚烈。張遂利用此機，宣言余得議員，當能保全鹽引，鹽商遂為之代出運動費。居然不出一錢，而得議員。到京後，每月享鹽商數千金之津貼，藉口運動，以為花酒賭博之資。自議院解散，鹽商補助亦停止，適值特赦令頒佈，彼自知發財之機會到矣，乃赴上海，適值洪承點要求特赦，而又不敢自首。張索五萬元為之包辦，首向江蘇政界運動，未達目的，乃至京日日請客，其同鄉朱某等，因議員解散，政黨衰落，流落京華，窮無聊賴，彼遂助以金錢，然數不甚大，或一二百元，或數十元，迨至受惠既多，彼乃出一公稟，請朱某等簽字具名。而朱等明知受欺，亦已無可如何，稟上政府飭江蘇查辦，而江蘇查復，又係含糊其詞，並不加考語，政府乃暫取銷通緝，令其來京自首。洪聞信之下大不為然，幾與張起交涉。因張允許包辦，不必自首也。張不得已，乃再令朱某等進一公稟，謂洪實因有病不能親來，紳等可以力保其無他，於是遂得邀准。聞朱某係領銜之人，不過向張借得洋七百元，其餘不過一二百元，統計張所出之運動費，不滿萬元，乾沒者實有四萬餘元，此等營業，不得不謂之一樁絕好賣買。最怪者，此項公稟，張不列名，其中所有責任，皆係他人代負，而已享其厚利，雖欲名之非掮客不可也。自張某此事開端，於是一般政客，皆生豔羨，爭頭覓縫，以求貨色矣。

日曆新景

吾國改用陽曆，為期尚淺，故北京市面，表面上雖已於新曆新年時，遍糊春帖，懸掛國旗，以誌慶賀，而一切實際上過年之事，則陰歷年底方紛紛準備。戲園則封臺矣，澡堂則漲價矣，即至以開通風氣自任之報館，亦且因工人之照例休息，為之牽率，而有四日之停刊，此固無可如何之事，過渡時代必然之現象，不足駭怪者也。政府知舊習之不能猝革，又定一變通之法，於舊曆元旦，定為春節，於是乎各衙署之放假，揆之名實，均可不背。甲寅年小除夕，適為南北統一之紀念日，於是中華門之彩棚，適可為舊曆新年之點綴。此則天時人事，適相湊合，足以增北京多大之色彩。乙卯元旦日，適為星期日，放假與不放假等，終歲在公之賢勞諸君子，遂暗中折去一日之消遣時間矣。

我佛無靈

上海南京路（即英大馬路）保安司徒廟（即虹廟），乙卯元旦，天未破曉時，因香客爭燒頭香，擁擠之間，被流氓及匪混雜其中，乘間攫取飾物，以致人聲鼎沸，警笛亂鳴。甚有疑係火警，爭先逃避，因此屋小人眾，擠倒棋盤街某土棧主婦徐陳氏及所偕五十八歲之傭婦某氏，該傭婦當場即因傷身死。捕房將陳氏車送仁濟醫院療治外，並將該傭婦屍身舁送斐倫路驗屍所。讞員英領乘坐馬車，同蒞驗屍所驗明，委係踐傷要害致命，飭令屍屬自行棺殮。惟聞當時驚擾之際，婦女之被攫飾物者甚多。該廟正在市廛繁盛之區，匪徒膽敢乘間攫物，致肇擠傷人命巨禍，洵駭聞也。

新舞臺重整旗鼓

上海九畝地開闢商場，經開明公司廣營房屋，建造戲園，各項商業，漸趨發達。自甲寅新年，新舞臺遭劫之後，復經該公司經理姚君招集新舊股本十餘萬元，重建舞臺，暨門面市房等數十幢，計洋四萬餘元，又舞臺一切行頭、佈景、裝修、聘角約近八萬餘元，得以恢復舊觀，重整旗鼓，於乙卯元旦開幕。預由經理姚紫若、伶人潘月樵二君，柬邀在滬官紳商學各界蒞臨，以資提倡，而興商業。故是日上海鎮守使鄭汝成君，滬海道尹楊小川君，均攜眷偕臨，紳界姚子讓、丁賡堯、穆杼齋等諸君，共計有三千餘人之多，上下座為之滿。演劇至半，即由姚紫若、穆杼齋、毛子堅等三君登臺，相繼演說，大旨謂振興商場，全賴戲園為要素，上年新舞臺遭災以來，現添集新舊股本十餘萬元，得以重行恢復，非惟振興九畝地一方，即全城華界市面，蓋亦均倚賴引起，日臻發達。聞者咸鼓掌如雷。繼重又演劇，鄭楊二君，先後興盡而返，戲劇演盡，時已垂暮，來賓始行散歸。

依然歌舞昇平

武漢社會，於民國元年陰曆歲首，因時局紛擾，謹遵國制，並未舉行過年。二年陰曆元旦，大局已形鎮靜，商民遂仍舊過年。然各店鋪不過停貿二三日，大商店多於陰曆初二開門，各機關則照常辦事，並不休息。至三年陰曆新正，中央已有一年分為四節之規定，於是商民過年，較為熱鬧，官廳亦有一日之休假，惟至初四日，市面已照常營業。乃四年陰曆新歲，商民竟沿其舊習，一律關門，停業尋樂。至初四日開門交易者，僅有食物各店，其餘商家，初六日猶多未開市。官廳為順從民意起見，並不干涉。新年樂景可謂一年較勝一年。第聞商界去年因歐戰影響，百業受虧，不能支持者，不可縷數也。向來新年之點綴市景者，為兒童之花燈，婦女之香市，痞徒之賭局，文人之燈謎，鄉民之龍燈花鼓。其中如局賭、玩燈、演花鼓戲，均干例禁，即婦女之燒香敬神，亦為共和時代所應厲禁，庶可以破迷信而正風俗，乃是年鄂省一概放縱。元日至初三，竟有人當街聚賭，初三以後，各街巷之居民賭聲喧嚷，員警亦不之禁。城外玩龍燈演花鼓者，亦不聞禁阻，各廟婦女之燒香，且派警隊為保護焉。幸北軍第二師長王子春軍紀嚴肅，以北軍無室家在此，嚴禁請假出遊，並派衛隊憲兵等，在外查街，遇有本師兵士私出者，即拘送師部責罰，故漢口之戲園，武昌之廟宇，均無軍民衝突之事。即酗酒鬧娼者，亦無所聞也。

省垣之燈市，限定巡按署及府學宮前二處，爭妍鬥巧，花樣翻新，其盛況為光復後所未睹。巡署前有人持一大烏龜燈求售者，尤為燈市別開生面。該龜燈圍徑四尺許，頭尾翹然，腹中燃燭，惟妙惟肖，而龜嘴銜紙捲煙一支，下竅亦插一支，背上之龜紋，則畫出各種紙煙包之商標圖式，見者莫不捧腹。而一般口銜紙煙招搖過市之徒睹之，則大難為情，逆億是必不吸紙煙會之惡作劇也。

中學萬年

四年三月九號省立第三中學校（即松江中學）開十周紀念大會。校前操場，遍懸旗幟，藻彩紛披，校門結成彩樓。顏曰我武維揚，旁懸長聯云：放開眼界，正六七強虎攫龍拿。想袖手旁觀時，都道丈夫當如是，喚起國魂，有數千年英雄豪傑，只今朝一席地，大家莫謂秦無人。座中廳事，陳列各級肄業生成績，如手工圖畫之類。是日晨，鎮守使派代表金秘書長濟時翻譯官敖君蒞會，周縣長暨學務職員列屆畢業生均至，遂在裡課堂列坐。楊校長升壇，報告開會宗旨，周縣長演述訓詞，金君演說曾在學界任淮安中校長。對於學生，深望其不以中學為限，隨由縣視學倪伯英演說，追述十年中先後辦事人辛苦艱難，得有今日盛況。次學務科長顧稼軒演說，就現在而對未來，有種種希望，畢業生代表姚雄伯謂學業隨世界之趨勢，日進無已，即以此為同學頌。袁玉雨緬述經驗，謂第一屆開運動會時，同學小逞意氣，遂惹外界議論，致召長官干涉，後來舉辦畢業時，致受種種困難。楊校長復升壇謂今日辱各界臨貺，發表演詞，不外「獎勵勸誡」四字，深感厚愛，袁君數語，更可借鏡。想我同學斷不慮蹈前轍，惟鄙人今日對於同學，一堂濟濟，專心學業，循守校規，有欣慰心，特中校係過渡階級，若畢業後畫然中止，則不免有危險之慮。目今處強食弱肉時代，非仗眾擎幾於不國，希望同學於畢業後，或攻實業、或肄師範、或入專門，蔚為全材，國無遊惰，則富強自可操券云云。是日為第七屆學生二十人畢業之期，由校長唱名面授證書畢，全體起立，鼓琴唱十周紀念歌，遂奏樂退出。下午就校前開運動會，男女賓分東西進校縱觀，錄其運動會順序如次：（一）開會；（二）奏樂；（三）唱歌全體；（四）二百二十碼賽跑（各級選手）；（五）普通體操徒手（一年級）；（六）跳遠（各級選手）；（七）拳術岳家拳捷行虎（選手）；（八）銜蛋競走（各級選手）；（九）普通操棍棒（一年級）；（十）撐篙跳高（各級選手）；（十一）武器松花棍（各級選手）；（十二）數學競走（各級選手）；（十三）拳術潭腿三路小七洪（二一年級）；（十四）劈刀術（選手）；（十五）擲鐵球（各級選手）；（十六）兵式操一排教練（四三二年級）；（十七）跳高（各級選手）；

（十八）唱歌（全體）；（十九）奏樂；（二十）開會。

賽會之慘劇

廣東順德陳村，向例每十年舉行大醮會一次。前三屆未舉行，四年適值會期，好事者竭力提倡，遂又規復古制，陽曆二月廿六廿七廿八三日為會期。當事者因經費難籌，亦已力從節儉，外間不察，謂此會已不舉行四十年，布置定佳，遂如蟻之附膻。聯群結隊，踴躍赴會，爭以一睹此中景物為快。計新墟附近，共有梨園五班，花樓花塔，高插霄漢。入夜並有魚燈夜色，省垣各大光燈店，為之租賃一空。墟內穀埠及大小商店，多有因此輟業，款待來賓者。二月廿六號（即陰曆十三日），遠近各鄉士女多欲睹此繁華景象，不惜舟車浩費，向午有電輪由順屬市橋鄉啟輪。船名寶中，駛至順屬半埔河面（即土名三桂海口）遇險。該寶中輪船，平日非走該處，不過因陳村醮會，開行數日。二十六早，該輪載客二百七八十名，由番屬市橋解纜往陳村，詎因載客過多，甫出大海，船即搖動不已，兼之座位已滿，人多企立，駛至是處，適有大浪洶湧而來，企立之客，立足不牢，互相排擠，船遂欹側，漸漸入水。此時，各皆爭欲逃生，船益不支，遂爾沉下，尚幸附近船戶，因聞哭聲震天，靡不奮力往救，當場救起約共二百人。陳村廣東善堂等，亦即馳往分別撈救，極形熱心。二十七日，經已撈獲屍身三十八具，當即攝照棺殮，查溺斃之人，多屬市橋鄉民，次為陳村人，各該屍親已多到場認領。

二十七上午，只有八具尚未認領。省城方便醫院聞耗後，二十七下午，經已派出醫生二役，攜帶藥物棺物，分兩幫乘坐專輪趕往施救。其餘各商團亦有赴會者，據土人言，是役慘災。溺斃者之確數，實難預料。因當時潮流湍急，或有漂往別處，總之斃者約有四十餘人耳。

慶頌聲

北京之真國慶

共和成立，六稔於茲。十月十日，為武昌起義紀念，定為國慶，禮也。顧元年國慶草創不備，二年變作國慶之日，正袁氏窮兵黷武之時，卒不舉行。三四年間，袁氏包藏禍心，視國慶紀念蔑如也。至五年雙十節，今大總統黎公在位，日月重光，乃有國慶可言。國慶前數日，都中滿城風雨，恰是重陽天氣。及國慶日則天朗氣清，惠風和暢，旭日當空，浮雲盡掃。清晨六七鐘時，正陽門大街，馬路兩傍，軍警森立。各界人士擁於店肆之前，萬頭攢動，爭看黎總統顏色。只見白纓紫纓，藍衣黃衣，馬隊步隊，佩劍荷槍，陸續前行，綿亙十數里，約計五六千人（是日北京各軍齊往與操數共三萬餘已於前兩夜間開往南苑）。兵隊過後，又見各高級軍官孫武、藍天蔚、蔭昌、江朝宗等過去。旋有汽車一輛，其大可容二十餘人。黎、段二公，並肩而坐，且行且語，宛如戲劇所謂你我挽手而行者，態度殊為親密。前例閱兵式，係在天安門舉行，黎總統則在南苑舉行，為實事求是也。

惟國會中幾因此發生問題。因總統府曾送兩院入場券，各數十張。兩院議長，因議員人數甚多，僅數十張，無法分配。於是不得已，由議長主張，議長副議長全院委員長、各股委員長、秘書長、警衛長等人，各給一張，其餘則繳回總統府。是日開憲法審議會，各議員中彼此研究此事，謂兩院議長係代表議員全體，應享特別權利，猶可言也。至各委員長等，亦享特別權利，未免於議員中顯分階級。議長如此辦法，實屬不妥。況國會以議員為主體，今秘書長警衛長均有權利，而議員獨無，豈非荒謬尤甚者乎？再查閱兵參觀規則，凡入場券上，未另印准入演武廳字樣者，概不得入演武廳。考各國閱兵儀式，議會議院均與國務院平等。所以重外人之觀瞻，重立法之機關，不得不如是也。今發交議會之入場券，皆係未印准入演武廳字樣者，是一種普通之入場券。將來蒞場時，是否如禮招待，殊未可知。因此種種關係，眾議院某某數議員，於散會後，往晤湯議長。詢其原因，湯云：「此次閱兵之入場券，政府所請者只兩院議長，其副議長及議員均未柬請。至兩院議長之入場券上，另有准入演武廳之戳記。所發交各委員長之入場券，在政府之意，並非請各議員，乃係將券送交本院，聽各議員之便。願參觀者即持券前往，故皆係一種普通券也。送到院後，因入場券僅有數十張，又不知誰人願去參觀，不得已，籌一種標準辦法。故正副議長委員等有入場券，而各議員無入場券，並非故分階級也。各議員等既悉此事之內容，遂彼此相約不往參觀。是日閱兵禮節如下。

（一）大總統蒞場時，奏軍樂，全場官兵行敬禮（官長行撇刀禮，徒步兵雙手舉槍，乘馬兵行馬上舉刀禮）。總指揮官前進逢迎，報告編入閱兵之部隊數目。報告畢，各官兵停止敬禮。（二）引導官在大總統前左引，各指揮官在總統右側隨行，由隊頭遞次巡閱。（三）大總統到離隊頭二十步（或十五步）時，在隊頭之營長，下雙手舉槍口令，並奏號音。俟大總統去本營隊，而其次之營長已下敬禮口令時，停止敬禮與號音。以下各營均同。（四）大總統到離隊頭二十步時，師長應前進逢迎，行撇刀禮，報告本師到場營數。報告畢，在指揮官之右側後隨行。俟本師部隊巡閱完竣後，向大總統行禮，即回原地。（五）旅長馬炮團長工兵機關槍營長，於大總統到該旅（團或營）隊頭十步時，前進行撇刀禮，報告本旅或本團營到場人數。報告畢，其動作與師長同。（六）大總統閱兵畢。回演武廳後，由總指揮官下稍息命令，用號音即時變換隊形，準備演排。附參觀規則：（一）各參觀員上午十點半鐘到場。自十一點鐘起，前往南苑之馬車及小火車，一律暫止交通。（二）南苑火車准於十日上午八點九點，分兩次由永定門外車站開赴南苑。凡持有入場券者，均可乘坐，不取車資。（三）各參觀員無論乘火車乘車馬，下車下馬後，均應按一定路線，步入操場彩門。所乘汽車馬車馬匹或人力車，均應駛入指定之停車廠內（下車馬處及停車馬處均有標識）。（四）在場內參觀地點，樹有標識，各有一定範圍，幸勿任意移動，免致哨兵干涉。惟特任官及陪觀員，於演排時得入演武廳陪視（入場券蓋有准入演武廳戳記）。由陸軍部派員在演武廳各道口招待。（五）場內餐棚，備有茶點。在大總統閱兵或休息時，及大總統離去操場後，各參觀員得隨便入棚息食。（六）餐棚後設有廁所，不得任意在外便溺。（七）參觀員之僕從，一概在停車廠靜候，不得隨便移動及喧嘩。（八）其餘各項規則，均載在入場券內。

是日總統實做閱操二字，極為認真。蒞場以後先偕總指揮陳光遠步行巡閱各行列間一周，始就座開操。操畢，即由航空校長秦君導觀校中機廠，並演習飛行。由南苑飛至北京，在先農壇繞閱數周，距地甚近。先農殿改懸忠烈祠立額，金字藍地，頗覺輝煌。由莊蘊寬主祭，城內中央公園古物陳列所，西直門外農事試驗場，均開放一日。中央園並有農商部林務處美國學生凌道揚，用種種影片模型演講森林利益水災狀況，聚而聽者尤夥。紅男綠女，畫轂朱輪，馳驟連翩於長安道上，往來如織。回視去年帝制聲中之國慶日陰雨竟日，滿目淒涼，路絕行人。民無生氣，殊覺氣象一新也。

慶賀共和復活記

五年十二月二十四日，中央公園舉行起義紀念大會。連日大雪，忽焉開霽，蒼蒼者若有意成此典禮。然而朔風凜烈，透體欲僵。是日，公園門口彩坊，書「雲南起義擁護共和第一次紀念大會」等字。大殿設演說場，中懸黎大總統、馮副總統肖像，左右列段祺瑞、唐繼堯、岑春煊、陸榮廷、梁啟超、蔡鍔、羅佩金、李根源、劉顯世、呂公望、戴戡、李烈鈞、劉存厚等像。自唐以下，皆書軍務院及都督頭銜，下書政學會制。此次大會，固該會所籌備，入場券亦該會所發。殿前懸聯甚多，大抵皆來日大難無忘今日之意。段總理一聯云：「運會亦尋常，剝復相環，一著錯安成劫子。河山重整頓，智能交盡，幾人垂念到民生。」意境頗超脫。許景升聯有「橫爭意見政府議會有何面目見老袁」語，質直亦足儆也。

首由李述膺述開會辭，由張耀曾中座主席會務。演說者伍廷芳、谷鐘秀等，黃毓成、繆嘉樹、李根源等以次報告起義真相及戰事經過，詞語甚長，李根源尤沉痛，於報告唐繼堯沉著勇毅種種美德外，更謂此次起義，西南各省物力已盡，生命財產損失無算，而用之於對內戰爭，乃可痛之事，非可慶之事。雖前此係因野心家自私天下，激起義憤，然此後再不願見此等事，大家都用精神財力對外。是時拍掌聲如雷震耳，與張季直所謂蔡松坡恢復共和，而仍不能出民水火，隱痛積心，不免於死之語，意相同也。李君說畢，即由張蓉西介紹段總理代表丁某演說。段合肥身處危地反對帝制事實，演時亦多拍掌者。場中既以軍務院官銜書諸起義諸人像片，到者又多雲南人，所演說者皆西南之事，而於北方之贊成倒袁，未免冷落。此段演說，蓋不可少也。庭中有辦事處，散放小旗，上書「民國萬歲」，由政學會散放。《中華新報》上有無數小像，亦有分布郵片者。另一處，專散唐繼堯對於紀念之來電，中以「兵事頻繁，則國脈凋喪。破壞猶易，建設良難。一年來損失消耗，雖數年不能恢復。竊抱私憂，遑云歡慶。慶祝典禮，籌諸在莒之戒過庭之警，願懲前毖後，協力圖治」數語，尤為警策。

上海之真國慶

五年之雙十節，乃共和後第一之真國慶。各界對於此次祝典，極為熱鬧。茲將所見所聞，彙錄於左。

護軍使署就大廳陳設禮堂，中供今大總統肖像，分列海陸軍旗。所有署門以至禮堂，均懸燈結彩，滿紮松柏鮮花，紮成「國慶紀念」字樣，並用五色彩棚，裝設電燈，極稱爍爛。上午七時，在龍華操場排列軍隊，舉行典禮式。是日並用師部軍旗。

道尹公署特於門前高搭彩棚，署內陳設禮堂，大廳上供五色國旗兩面，並今大總統肖像。禮堂中分懸萬國小方國旗，且綴有乍明乍滅五色電燈，並備有上等西式茶點。來賓席次，其餘署內外，亦懸燈結彩。淞滬警廳特派長警四人荷槍保護云。

江蘇交涉公署因須招待外賓，設備極為精緻。門前均用彩圈，滿紮冬青，遍插鮮花，並用五色電燈，綴成「共和萬歲」「國慶紀念」等字樣。禮堂陳設，尤為華麗。上有五色彩棚，下鋪極美地毯。招待室特設西餐臺，備有上等細緻西式茶點、貴重西煙啤酒等品，以備今日招待外賓。且於大廳裝有乍明乍熄五色電燈，尤極輝煌奪目。

上海地方審檢兩廳袁、林兩廳長，特僱匠在廳前以冬青柏紮成彩牌樓一座，中間綴以黃色鮮菊花，嵌成「民國萬歲」四字，四面掛扯萬國小旗及國慶紀念紙燈。上海縣公署門前，亦以紅綠綢緞高搭牌樓一座，內中什以人物玻璃各燈。署內外各懸燈旗，以伸慶祝。地方廳袁、林兩廳長除在廳內外布置種種慶賀典禮外，特邀齊推檢各官，在廳內備筵歡飲，頗為熱鬧。

上海學界提燈會，各學校到者有寰球中國學生會，有中國體操學校，江蘇省立第一商業學校，約翰大學及青年會復旦公學之童子軍等。寰球中國學生會又在該會會所開慶祝大會，門首遍紮松柏鮮花，懸掛五色國旗，並備茶點，邀集會內外同志，共祝中華民國億萬斯年。車水馬龍，臻極盛之觀。九畝地市立萬竹學校學生，適足千人，先期發出通告，於國慶日舉行祝典。以人數過多，不能加入市校團體。紮燈彩極多，大門聯語為「當回憶去年景象，願毋忘此日艱難」，頗足玩味。開會時女子部節目：國慶歌、演講、改良家庭、頑童感化、擲球競爭、舞蹈、遊戲、校歌。男子部節目：行禮、唱歌、燈會（由校出新北門經民國路入尚文門，由虹橋大街返校，與會者五百人）。七時晚餐。七時半繼續開會，其節目為：演說、運動、遊藝、十時半散會。自門首至學校園，晚間遍懸紅燈，間以汽油燈數盞。花香樹影中，燈火輝煌，別饒雅趣也。

南商會因國慶紀念，在毛家弄東西兩面，各搭彩牌樓一座。遍綴松柏鮮花，其門首用松柏等紮成匾額二方，文曰「國慶紀念」，「共和萬歲」，綴以五色紙燈。又稅務所煙酒公賣分局、棉紗認稅所、洋布認稅所、工巡捐總局並其所屬各認稅所，亦皆懸燈升旗。木商錢業兩公所、潮惠會館、商船會館、第一區員警署，及各分駐所等，均一律懸燈紮彩，高揚國旗。

小東門內務商號發起集資，在城門起至長生橋止，共搭冬青牌樓三座。何恒昌綢緞莊前，以緞彩紮成「共和復活」四字。新北門大街並邑廟前，以及西門大街，亦各有彩牌樓一座，雜以旗燈。其餘九畝地城廂內外各商號，一體結彩，懸燈升旗，較往年大為熱鬧。

上海救火聯合會，舉行水龍燈會，自第一區至第七區，共七區。所屬各火會會員，率皮帶車並洋龍火龍以及各色燈彩，先後齊集小南門救火聯合會。至鐘鳴七下，奉命出發。由該會往東，過董家渡，往北老馬路，出毛家弄，進大馬頭，至十六鋪，由民國路往西，入小西門、尚文路、銀河路、蓬萊路，迤邐由廟前街進中華路，然後往南到該會原處，始各分散。該會出賽時，前導有淞滬警廳騎巡隊並保安隊士五十餘名，各執槍械。復有警廳文武軍樂全部兩班，繼以救火會之馬隊二十餘騎。第二區附屬之新舞臺之火會所駕之皮帶車，上懸有所得獎牌一方。比賽得獎之六會員，均肩掛彩綢一方。其餘該臺會員，咸乘腳踏車隨會跟隨。錢業救火會所紮之臺閣，為六君子。其餘各臺閣，為辛亥年火燒上海道臺衙門，並猿臺閣一只，又警鐘燈一只，則紮在皮帶車上。尚有臺閣一座，乃身穿御服，頭戴御帽，諒指袁世凱夢想做皇帝不成之形狀。此外有御襪燈一只，上有計洋八十元字樣。又洪憲元年銅錢燈一盞，中孔有一身著禮服之人鑽入其中，手持勸進表一道，觀者無不拍掌稱快。又有洪憲通寶銅錢燈一只，亦有一人穿在銅鈿眼中。並有摩托卡救火車數輛，上面均紮有大虎一隻，又龍一條。餘如「共和復活」、「國慶紀念」等字燈，不計其數。外尚有虎豹獅象飛禽走獸及玲瓏燈彩，亦不計其數。殿後為救火聯合會各會員，各執燈球火把，口中高唱〈國慶歌〉云：「十月廿三雲南城，蔡、唐起義兵，討袁旗高擎。連天火炮鬼神驚，推倒逆袁，恢復共和，全國慶更生。今日國慶辰，滇池健兒血流成。恢復共和兮諸先烈，享幸福兮我國民。同胞同胞，中華民國毋忘於厥心。」經過南商會，並工巡捐局以及各區火會門首，皆鳴炮歡迎。所過之處，紅男綠女，結伴觀賽者，人山人海。各處警區均派警分投照料，尚無肇釁情事。

閘北救火聯合會一二三段救火會及各團體，於國慶日舉行提燈會，製成「共和紀念」、「民國萬歲」等牌燈，及八仙十二花神燈之外，另製猴燈一盞，猴之後足站於鼇魚背上，其兩前足，一持皇冕，一執命令，昂昂然有目空一世之概。猴燈之後，繼以鶴燈，白鶴一頭，立於大炮之上，口銜五色國旗，旗上一面書「復我共和」，一面書「民國萬歲」。識者謂猴燈係指項城，鶴燈係指蔡公。二三段救火會門前，亦各搭牌樓一座，遍綴冬青松柏各種鮮花及五色電燈，此外更備有各色燈彩。

燈隊經行之路由，自寶山路公立醫院出發向南，由滬寧車站向西，走北浙江路，朝西經過華興路新民路，至大統路朝北，轉彎走共和路，至恒豐路，折回至大統路慈善團為止。先期由聯合會致函英美兩界各段救火會，邀請各會員來會參觀云。

麥倫書院全體師生，舉行慶祝會。院內外遍懸色燈，綴以鮮明旗幟。七時半入座，先由教員陳述龠致開會詞，龍華孤兒院軍樂班奏樂。次唱紀念歌並校歌，繼由教員李香卓、學生張霆湖、邵學翰先後演說畢，全體起立，向國旗行禮，並三呼萬歲。奏軍樂，再由院中公益會會員秦焦竹、教員張訒庵講滑稽談，學生趙拯華演拳術，學生張霆湖、沈肇淵演雙簧，最後演雙出偵探案新劇。招待一切，院中童子軍擔任。來賓座不能容，鼓掌聲不絕於耳。散會後，復於操場上大放鞭炮，佐以軍樂。

南市華商電車公司各電車，均編綴蒼松翠柏，高揚五色國旗，以故搭車者甚形擠擁。其二號車裝紮花車，於午後兩時，由公司前迤邐往北，由外灘馬路至十六鋪，繞行中華路及高昌廟，上用五色電燈、鮮花紮成「共和復活」「普天同慶」「國慶紀念」「民國萬歲」等字樣，迨傍晚時車上電燈通明，五光十色，頗為壯觀。從高昌廟至十六鋪中華路民國路，並函請法捕房，於花車經達華法交界時，派中西捕沿途彈壓。

中國救濟婦孺總會，留養被拐婦孺四百餘人。選擇幼孩一百六十名，整隊來滬。由董事徐乾麟、周岷源暨教員徐次祝、范德孚、顧雪生、西樂教員朱醒亞女教員四人為之引導，首用國慶紀念大旗，次中華民國萬歲、大總統萬歲、大善士萬歲旗各一對，次由西樂學生隊三十二名，次男女幼孩各執國旗，先詣上海道尹公署，以伸慶祝。旋至紗業公所休息，由聞蘭亭、田資民、畢雲程招待，款以茶點，並分贈國旗。繼至商務總會廣肇公所寧波同鄉會，經會長張讓三歡迎後，至洋貨九業公會，亦承款以茶點。休息片時，即至審察兩廳，末至出口公會洋貨會集所紹興同鄉會休息回院。經過華租各界，一路步伐齊整，國旗飄揚，無不拍掌讚許。而英法各捕房並派捕逐段照料，人數雖眾，並不擁擠，頗極一時之盛云。

致祭民國先烈，其一切禮節，由縣公署學務科遵照齊省長通電，按照內務部規定，預為繕印，分發與祭各員知照。所有祭品豬羊籩豆，亦由縣署承辦，派員協同公款公產經理處先行布置。清晨九時許，本埠官場滬海道道尹徐鶴仙、代理上海縣知事景毓華、上海地方審判廳廳長袁麟伯、道視學佘芷江、縣視學朱伯、華縣公署學務科科長李頌唐、科員錢紳齋、學務委員賈粟香等，先後蒞止。在休憩室少待，於十時致祭。主祭官為道尹徐鶴仙，陪祀官審判廳長袁麟伯、道視學佘芷江、縣視學朱伯華、糾儀官景毓華，通贊曹浣亭，讀祝賈粟香，司帛爵曹幹臣、王桐孫、李頌唐、丁賡堯、錢紳齋、瞿少蘭、徐泉孫等。祭畢，各分道而回。祭文云：「惟中華民國五年十月十日，滬海道尹徐元誥敬祭於民國諸忠烈諸神曰，神聲靈赫濯，氣節剛方。蕩專制之餘威，作共和之先覺。發揚蹈厲，灑碧血而長埋。慷慨激昂，與黃花而並耀。植碑銘之紀念，氣壯河山。際國慶之良辰，禮隆俎豆。惟祈歆祀，克鑒精誠，尚饗。」

擁護共和紀念會

十二月二十三日起至二十五日止，為滇省首先起義擁護共和周年之紀念日。雲南各界人士，追維諸將士之遺烈，諸志士之辛勞，迄今倏屆歲周。痛定思痛，特發起斯會，俾國人曉然於再造共和之艱難。是日通衢夾道，均紮彩綳，各鋪戶一律張燈結綵，五光十色，燦爛奪目。值此歲晚務閒之時，四鄉父老子弟，來省參觀者，為數尤多。皞皞熙熙，儼入長春之圃。師師濟濟，同遊不夜之天。往來雖極流連，秩序絕不紊亂。而絲竹管弦之聲，與歡呼頌禱之聲，紛至遝來，洋洋盈耳，誠滇中空前絕後之盛舉也。

二十三日為祭忠烈祠之期，軍界自少校以上，政界自科長署長以上，均在與祭之列。祠前車水馬龍，肅肅雍雍，頗極一時之盛。祠內外點綴齊整，彩綳縵天。祠之中間，供設擁護共和陣亡將士香位，兩旁則設蔡松坡、黃克強兩先生靈牌，金字輝煌，耀人眼目。瞻望之餘，尤覺凜凜然有生氣。上午十時，唐督軍著軍常服，乘馬而至。稍息片刻，即由唐督軍主祭。先奏國樂，後讀祭文，最後向牌位行三鞠躬禮。祭畢，復至南城外援黔忠烈祠致祭，禮儀同前。古人云死有重於泰山，輕於鴻毛。如滇軍者，可以流芳百世矣。

二十四日上午九時，行閱兵禮。先由總指揮官張子貞君率領全師至北校場集合，九時前後，各界來賓及外賓均先後蒞止。十時許，唐督軍亦到。當入校場時，全師官長撇刀，士兵舉槍，軍樂隊則奏軍樂以歡迎之。唐督軍乘紫色駿馬，著大禮服，胸懸大綬勳章，腰佩九獅寶刀。前後左右，共有護衛軍三十二騎。其左右之十六騎，則負短槍大戟，其前後之十六騎，則手持陸軍旗幟。唐督軍英武非常，而護衛軍士，亦復雄壯絕倫。各外賓皆用望遠鏡遙看，喝采者有之，拍掌者有之，並有某領事施展攝影快照以攝其影。無何，唐督軍下馬，徐登將臺，旋舉行閱兵，及分列式訖。各外賓爭與唐督握手為禮，並稱讚滇軍之精神不置。且有某領事謂唐公曰：「閣下精銳之兵，早已出川出粵，而新徵之兵，現又如此整齊強壯。閣下真神於練兵哉！」外賓之崇拜唐公，有若此者。是夜各學校各團體均舉行提燈會，五光十色，目眩神怡，亦極一時之盛也。

二十五日午前十二時，軍政紳學各界人員，齊集督軍公署禮堂前，由督軍兼省長唐公率行慶賀典禮。禮成後，旋在俱樂部宴會。座中人員，一時獻酬交錯，無不各盡其歡。而蹌蹌蹡蹡，揖讓雍谷，毫無矜持之色。滇人之輕利讓功，洵足風矣。

慶祝會之活劇（割下辮髮十餘籮）

雲南起義紀念日，汕頭鎮守使莫擎宇，由港返汕。對於此事，興致極豪。特備堂戲煙火，在署大宴賓僚，盡民入署縱觀。時在酉初，本埠及四鄉商民聯翩赴署參觀，已如人山人海，肩踵相摩，頗極一時之盛。不意人叢中豚尾垂垂，觸目皆是。莫使時當酒酣興濃之際，聞署員相與笑說其事，當即親督衛弁十餘人，分守東西轅門，持剪以待。迨煙火放畢，人爭擠出，當被衛弁兵士截攔，以兩木間成一路，僅容一人進出。各弁遂將商民之未經剪辮者，一一代為剪去，始令放行。各人陡不及防，一時狼奔豕突，竟有多人以雙手抱頭痛哭呼冤者。莫使大笑，親為割除，撫之令去。綜計數千人，無一可免，亦快事也。聞割下之辮髮，除給還原人外，其飛遁不取回者，足湊合有十三、四籮云。

榮哀錄

蔡上將之國葬儀

民國六年四月十二日，為國葬蔡松坡上將之期，葬地在湖南長沙。是日自上午八時起，即大雨如注，狂風怒號。記者冒雨前往，途中有人傳說，謂今日風雨太大，必改期出殯無疑，蓋先日營葬事務所曾出有順延佈告也。旋遇某君，亦謂已決定改期出殯。記者以周身透濕（因是日車轎均已禁絕之故），即擬返寓。正猶豫間，忽炮聲隆然，接連五響。乃知改期之說，尚不確實，於是仍冒雨前進。至則執事業已啟行，道旁觀者，人海人山，殊難通過。記者因佩有渡河證及蔡公紀念章（係營葬事務所及渡河籌備處先期所發者），始由員警護送至所，由某招待員給予出殯次序一紙。茲錄如下：

一、軍樂隊（半連）

二、軍隊（步兵二連）

三、警隊

四、學生隊（共一百五十三校，原定除小學九十校女學二十八校僅送至河干外，其餘悉渡河送至麓山）

五、軍樂隊

六、花圈
七、命令
八、遺電
九、遺物
十、軍樂隊
十一、遺像
十二、工界代表
十三、農界代表
十四、商界代表
十五、紳界代表
十六、報界代表
十七、學界代表
十八、政界代表
十九、議員及政團
二十、軍界代表
二一、外賓

二二、省外各代表

二三、親友

二四、遺族

二五、靈櫬

二六、女遺族

二七、軍樂隊

二八、軍隊（步兵二連）

綜計人數，約在萬人以外。沿途均有軍警彈壓，兩旁商店，均就櫃上搭臺觀看。經過各街道，一律斷絕交通。值此大雨滂沲，而會葬者無不如期而至，雖多數帶有傘，蓋以人數過眾，傘不能張，故皆遍體淋漓，周身全濕。十二句鐘，始抵大西門。至碼頭時，由招待報告，謂今日大風暴雨，所有送葬諸君，均請不必過河，以免危險。報告之後，各人始紛紛進城。一時許，靈櫬始登輪渡河，鳴炮一十七響。記者亦以風雨過大，亦即入城返寓，時已二句半鐘。而大小西門一帶，猶異常擁擠。是日全城各樂戶戲院，一律停止開弦，民間停止婚嫁，無論何人，均不許宴會。全城下半旗三日，以示哀悼。

黃上將之國葬儀

民國六年四月十五日，為國葬黃克強上將之期，葬地在湖南長沙。是日因天氣業已晴霽，故較蔡公出殯之時，尤為熱鬧。先是營葬事務所，以本所僻在城南，各界前來會葬者，不免有跋涉之勞，且人數過多，本所殊難容納。遂定各界送葬預先分立辦法，以次加入，庶免擁擠錯雜。故靈櫬出事務所時，僅有軍樂隊半連，軍隊兩連，及少數軍官，並遺族而已（其公子輩均著玄青色禮服，所用紼布亦係青色）。直至軍署以後，各界始完全加入。路線之延長，約及二里。譚省長及各高級軍官、各機關主腦、中央各部院，各省軍民長官代表，均依次步行。靈櫬抵軍署時，譚督軍特設路祭。然後由小東街福星街西長街由大西門出城，走中華汽船公司碼頭渡河，鳴炮一十七響，各要人均渡河恭送上山。按照中央頒佈禮節，祭葬如儀。

黃公出殯情形，與蔡公不同之點，大約有二，（一）蔡公遺族，均著白色孝服，其他如紼布圍攔等，亦均白色。黃公則概用青色。（二）蔡公靈櫬，係用紅緞繡花圍幔。黃公靈櫬，則用紅黃藍白黑五色布包裹。此外各項，均無出入。

此次會葬人員，除譚人鳳、覃振、劉揆一諸君外，新到者尚有郭人漳、章士釗、陸詠霓等。會葬代表，亦續到多人。聞籌安六君子中之胡瑛，亦回湘會葬云。省會員警廳林廳長於黃公出殯時，特派職員分任職務，大致如下：（一）路線前班巡視人員，於靈輀而將發之際，先赴所經路線巡查，指導一切，隨宜處理。靈輀而來時，仍隨入警界送葬班內，同往送葬。（二）路線後班巡視人員，於靈輀而已過之後，遊觀人眾擁擠，應督率沿途長警，竭力彈壓，保持秩序。

黃上將逝世記

黃克強先生自東歸國後，咯血疾發，纏綿病榻。初甚危險，與前年在美國發時相同。醫治旬日，漸即告痊，醫生再三戒以屏絕一切，應靜養稍久。先生繫念時局，每於病榻寂靜之時，詰侍疾者以國事，且函電常親過目，甚或裁答。遂突覺肝部浮脹，歷三日而愈劇，即私告唐少川，恐病不起，唐慰之。肝疾既作，夜睡不酣。十月三十日午後五時，因肝部增劇，醫下一針，稍好。不意至夜一時，肝脹益甚，下四針無效。全身皮膚，陡發黃色，或以為即膽液流入血管所致。二時，胃管復破，失血不止。三時，更劇。至四時轉靜，遂正容示家人以不能起，端臥而逝。年四十有四，即三十一日黎明也。所歿之處，為上海徐家匯福開森路新宅。遺容顏色堅毅，和藹如其生時。聞黃太夫人及其夫人皆在日本，得先生病耗，早擬回華，是時尚未到。老人憑棺之痛，其慘自不待言也。

黃上將開喪記

五年十二月二十一日，為前南京留守陸軍上將黃公克強開弔之第一日。上海行政司法軍警商學等界之前往黃宅致祭者，素車白馬，頗有如水如龍之盛。黃宅在福開森路三百九十三號，門首用電燈橫綴「氣壯山河」四字，係黎大總統所贈輓額。復將黎總統所輓「成功卻愛身蕭散，大勇那知世險夷」一聯，用黃花綴成字句，分懸兩旁，大門內兩旁，為來賓簽名處。二門內甬道，有復旦公學童子軍二十餘名，排班站立左右，招待來賓。甬道盡處為軍樂亭，再進則為大廳。靈座中供黃氏半身洋裝遺像，又三尺高白石肖像。像前供祭席，座前為大總統所贈大花圈一對。此外有日本侯爵大隈重信、伯爵寺內正毅、日商三菱公司久我貞二郎、日本有志同人政法學校各一對，均以絨絹製成，五色繽紛，鮮豔奪目，則分列左右。靈座左邊為主喪人，右邊為女賓。

清晨，上海軍隊行政司法等界，相繼而至。滬海道尹徐元誥為黎大總統致祭代表，到時獨早。徐道尹到後，即致祭，並宣讀大總統電傳祭文。此外中外各界之前往致祭者，約有四百餘起。如交通部許總長代表周宗澤，湘督軍代表劉建藩少將等，均由孫文、唐紹儀、李烈鈞、柏文蔚、蔡元培、譚人鳳諸君分別招待，淞滬楊護軍使特派參謀長趙聯黃為代表，前往致祭。祭文曰：「維中華民國五年十二月二十一日壬辰，淞滬護軍使楊善德特派本署參謀長趙禪代表致祭於黃上將克強先生之靈而言曰：烏乎！誰實愛公，蒼蒼者天。誰實厄公，我亦呼天。微此之歸，將安責焉？公負異稟，弁冕多士。嶽麓蜚聲，窮治經史。厥志惟弘，渡海而東。首倡革命，喁喁向風。釀於壬寅，成於辛亥。贊助黃陂，奇光異彩。新政推行，留守南京。中山所倚，民族之英。何意宵人，復張帝制。力返共和，甫蕆厥事。萬幾待舉，方藉雄才。斯人不祿，謂之何哉。網絕其綱，星失其斗。無以解之，惟天執咎，椒馨在室，松椒在門。掬誠致奠，以慰幽魂。烏乎哀哉！伏維尚饗。」

各界所贈輓聯輓額誄詞，約有二千餘份。摘錄數聯如下：

（梁任公）道不同，初未相謀。降此百凶，豈料造車終合轍。

天下溺，援之以手。歿而猶視，應憐並世幾愚公。

（孫中山）常恨隨陸無武，絳灌無文，縱九等論交到古人，此才不易。

試問夷惠誰賢，彭殤誰壽，只十載同盟有今日，後死何堪。

（唐少川）奇氣滿東南，吾道不孤，應為蒼生爭一息。

大名垂宇宙，人心未死，終教青史慰重泉。

《上海日報》載稱，東京本鄉區漫島新化町之槍炮火藥商倉地鈐吉，自十六年前，即與黃克強結有密切關係。現因黃氏忽然逝世，特製成黃氏之半身石像一座，贈其遺族，以報生前之知遇。此像為日本有名之美術學校創立者之一人、日本美術院長藤田文藏所製。參照黃氏生前之照片，並請多人批評，迭加修正，始成此音容如生之半身石像，煞費苦心也。

黃靈離滬記

黃公克強之靈櫬，於五年十二月廿三日，發引回湘。清晨九時，各界來賓陸續蒞止。除黎大總統代表李書城、馮副總統代表師景雲、陸軍總長代表曲同豐、財政部代表姚家駒、交通部代表周宗澤、參眾兩院議員林森、馬君武、王湘等五十餘人外，上海各官長，文則有滬海道尹徐元誥、外交部特派交涉員楊晟、上海縣知事沈寶昌、上海電報局長汪洋，武則有淞滬護軍使代表趙禪、淞滬防守司令官何豐林王賓、旅長陳樂三榮道一、臨時總指揮軍署副官長范毓靈、海容艦長杜錫圭、飛鷹艦長方佑生、海圻艦長湯廷光、同安艦長吳光宗、建康艦長任光宇、舞鳳艦長鄔寶祥、第一艦隊參謀饒鳴鑾等，團體則有上海策進地方自治會代表王佑之、南京黃蔡二公追悼會代表王潤身雷光華徐功鏡陳自新、自由黨本部職員王桂國等，紳界則有孫中山、唐少川、梁任公、譚石屏、胡漢民、李烈鈞、陳炯明、柏文蔚、章水天、王一亭、虞洽卿、龐青城、伍平一、林松壽等，報界則有邵仲輝、吳稚輝、徐秋澄、黃叔平等，外人則有美國海軍參謀長帥佛、軍需長柏郎、海軍上校安特生、醫官魏穗、日本青木中將、海軍少佐津田靜枝、三菱公司久我貞二郎、《大阪朝日新聞》記者神尾茂奧村正雄田中收吉、《上海日報》、《東亞日報》代表井手大喜寺尾亨今井幸加等，皆預焉。統計男女來賓，約達一千餘人。

除交涉公署派交際科長陳震東、譯員楊少堂臨場招待外賓外，其男女來賓，則由男女幹事數十人分投接待。黃宅大門前，由法捕房派有華法越各捕多名，往來巡察。門口有幹事四人，二人接收來賓名刺，二人分發徽章。進內，甬道上有荷槍越捕二十四名，分列兩旁。再進為蘆席所搭之客廳五間，各幹事即於此接待來賓。各款茶點，頗為周到。惟美國海軍一排計四十人、法國警隊一隊、與中國海陸軍警、寰球學生會童子軍、救火會軍樂隊等，均各在福開森路旁站隊歇息，未至喪所。至十點十五分，家屬致祭後，即由主喪友人孫文命各幹事按照預定舉殯行列，排定執事，指揮身穿黑色白線制帽制服之小工二十四人，徒手將靈柩抬起，放入炮車。柩用紅緞棉套，上覆國旗，以六馬拖載。由法租界福開森路黃宅啟行，經霞飛路敏體尼蔭路愛多亞路，沿黃浦灘直達招商局金利源碼頭，時已午後半鐘。因所訂裝運靈柩之鴻安公司長安商輪，其時尚未進口，故假招商局八號棧房暫行停靈。

發行時之行列，前導為法捕房馬巡四名，策馬開導。次音樂隊一班，次湖南同鄉之白旗二面，花牌四扇，花傘一頂，花亭一座，花圈二十個，次閘北惠兒院音樂一班，次松江貧兒院學生廿二人，次普益習藝所音樂十二人，次譯志中西日夜館學生、譯志女學校女生全班，次青年益算會會員全班，次商團籌備處會友一百餘人，次南洋兄弟煙草公司花素額一方曰「蓋世奇勳」，次自由黨本部職員十二人，次復旦公學民立中學浦東中學各學生、寰球學生會童子軍，次救火會音樂隊，次貧兒院學生，次啟明學校學生，次競雄女學校女生，次女子同義義務學校女生，次中國海軍軍樂隊一隊，次海容軍艦海軍一隊，次法國武裝警隊一隊約五十人，美國海軍一隊共四十人，次美國海軍各艦官長，次中國海軍各艦長，均乘馬車隨行，次陸軍軍樂隊，次武裝陸軍一營，次淞滬員警廳軍樂隊一隊，警衛隊一隊。次騎馬憲兵一隊，次花圈一隊，次遺容車，用黑馬四匹拖載，次送殯親族馬車十餘輛，次孝幃，內孝子一歐、一中、一美、一球，惟一球年僅數齡，由女傭攜抱，與孝女振華、文華、德華同行。長次兩媳，均穿黑色西裝，頭紮黑紗，垂於背後，有二尺餘長。次湖南鼓吹手一隊，次即柩車，其前後均由馬兵護衛。各界執紼者，俱在柩後，並有幹事數人，乘自由車，一路隨行，往來照料。

經過之處，法捕房加派中西探捕，沿途彈壓，碼頭上另派越捕二十四名。柩至棧房，門口由捕頭髮令舉槍，中外海陸軍警，亦各舉槍以示敬禮。碼頭上預由縣公署搭有素彩布棚，八號棧房內，用席葦分隔，裡面停柩。外置素幃，柩前設靈臺一只，上供遺像。祭菜五碟，花瓶二只，插以鮮花。中陳磁香爐一只，燭臺一對。臺前有花圈二個，其一為絹緞所製，係黎大總統所贈，懸有南木小牌一方，上書「克強先生靈右」，下題「黎元洪」三字，其一為孫文所送，大小式樣與黎大總統所送者相仿。左右有大花籃二只，為日本前首相大隈重信及伯爵寺內正毅所送。四周懸張國淦、許世英、盧永祥、李賀賓等所送輓聯。中外各界男女送喪來賓，既抵碼頭，仍由招待員引至對面該局轉載處，略為憩歇。俟靈柩停妥，布置就緒，各來賓始行禮分道而散。

蔡上將逝世記（蔣震方之通電）

（上略）松公自十月七日，食量漸減，體微腫。本月初，忽轉下痢，腫漸消，日益減。醫言病菌入腸，危象已現。然尚囑擬辦續假呈文，時精神尚佳也。四日，囑買西瓜。俟震等至，即強起，約分食之，頗饒興。震等尼之，乃飲汁少許。當談及我國現在政策，人民政府，宜同心協力，向有希望之積極方面進行。為民望者，身不道德，何以愛國？各鬥意見，實爭權利。日昨北京電詢獎勵在川戰役人員，予精神太疲，應由羅戴核實辦理。言已，復矍然曰：「予病深矣，萬一不起，即將此意電達中央與國人。身為軍人，未能死在疆埸，必薄葬減我過。」震等再三寬慰，不必計及國事，復曰：「我亦無他言也。」五六兩日，痢仍未止。七日早，醫行注射，精神猶佳。朝午均進粥一碗，燕窩一鍾，及牛乳葛湯等。與震等略說數語，甚快慰，並看窗外飛機，自以為此後將有轉機。乃傍晚氣促痰湧，至八日一時更劇，二時遂篤，延至四時長逝。竊自松公病初變時，比請章公使代電中央，應派員慰視，借商後事。不意劇變若此，當由震等謹將逝世情形，逕電中央。棺木係自長崎選購最上等者，木尚堅。衣衾里中衣，上下均用白綾，著全套黑禮服，被褥白湖縐裡，紅緞面。棺內安置生前愛用伽楠珠一串，玉鴿一隻，大晶章二個。口含金圓，靈柩發停崇福寺。（下略）

蔡靈回國記

已故四川督軍蔡公松坡靈櫬，自東回國，乘新銘商輪抵滬。滿船遍懸中日官商投贈輓聯唁辭，黃白青綠，五色飛揚，望之爛然。船傍法租界黃浦灘招商局江天碼頭，承辦喪事之蜀商公所各同人，先登輪致祭。蔡公靈柩安置在船上最大之官艙中，前後兩端，擱以條凳，恐海行動搖。左右兩傍，復以木支撐之。四周遍懸花圈花籃及唁辭輓聯，柩前設供案一，上陳蔡公遺容及燭臺香爐等具，為途中早晚上香之需。公所同人，即在供案陳列祭品，公同行禮。祭畢，由扛夫十六名，一律白衣，將柩舁出艙面，始用轆轤吊索，將柩自上徐徐下至碼頭。然後仍由扛夫等舁入砲車，安放穩妥。維時法捕房軍樂隊首先奏樂，中西各團體軍樂隊齊起和之。中西各軍警一律舉槍致敬，招待員按照預定次序，將迎柩團體逐一排定出發。

舉行時，汽車一輛首先徐行開道，次英法捕房之馬隊，英則西捕二名，印捕八名，法則法捕四名，惠兒院音樂隊全班學生，省立第一商業學校，南洋商業學校，南洋植商學校，並有素幛上書「恢復共和第一偉人」八字，復旦公學童子軍，青年會童子軍，工業專門學校童子軍，上海貧兒院智仁學校，內有學生六人，背負花圈，江蘇省立第一師範學校，市立震華小學校，普益習藝所音樂隊，浦東中學校，寰球中國學生會童子軍，私立泉漳小學校，中華女子同義義務學校，救火聯合會軍樂隊及全體會員，商團公會籌備處，並素額上書「豐功偉烈」四字，中國婦孺救濟會音樂隊，各幫商界，執香列隊迎送，約有千餘人。清音一班，像亭、遺電亭、大總統命令亭、勳章亭、服用亭，計共五亭，周圍均紮鮮花圈，並日本帶回日人所送紙花籃紙花圈輓聯，五光十色，飄揚奪目。次海軍軍樂隊、海圻艦水兵一排，由艦長自行督帶，法捕房荷槍法捕一隊、護軍使署軍樂隊步兵一營，由使署副官長范憪黔為總指揮。馬兵十二名、員警廳軍樂隊、警衛隊一隊、駐滬美國海軍艦長四人，乘坐馬車二輛。孝幃銘旌執紼者，均執帛在柩乍前步行，孫文、唐紹儀均在其內。柩車紮有花罩，駕以六馬，御行車前，車後有馬兵護衛。近柩之馬車汽車，約有一百餘輛。靈柩所過處，男女老幼，萬頭攢動。自英租界棋盤街以迄公共租界鐵大橋止，沿途一帶大小商店，一律下半旗，並有擺設路祭者。喪儀之隆，參觀之眾，實為從來所未有云。

停靈之蜀商公所，大門前紮成素彩牌樓，中以黃花綴成「靈歸衡嶽」四字，為馮副總統所題輓。牌樓上高建長方素旗一，上書「蔡公殯館」四字。其停靈之大廳，亦均紮素彩，四壁遍懸各界輓聯。靈幕上懸有黎大總統輓額一方，文曰「功在國家」。兩傍則為梁任公之輓聯，其文係集四書成語，上曰「知所惡有甚於死者」，下曰「非夫人之慟而誰為」。幕外供案一，中奉蔡公遺容。廳前戲臺，設有清音全堂。臺上懸有內閣總理段合肥輓額，文為「河嶽精英」四字。柩車莅止，其迎柩之中西海陸軍警學商務團體在公所門前，左右分列兩行，肅然佇待。迨柩車至，即由中門直達廳前，仍由十六名扛夫將柩舁入大廳。正中幕內，由軍隊鳴槍三響致敬。

奉安既定，中西來賓分班致祭。所定次序，為先西後中，由西首進，東首出，以免紛亂。其應需祭席，係上海縣公署承辦。預祭各來賓，先由招待員在來賓室分別招待，款以茶點。稍事休息，然後由招待員導致靈前，行三鞠躬禮。首為美國海軍艦長四員，次法捕房荷槍法捕，由捕頭帶至靈前舉槍致禮。次官界致祭如馮副總統代表軍署參謀長王通、齊省長代表滬海道尹徐元誥、淞滬楊護軍使代表使署參謀長趙聯黃、盧副使代表三十八團團長馬鴻烈、外交部特派員楊少川、代理上海縣知事景毓華、淞滬員警廳長徐國梁代表總務科長趙殿英，及第四第十兩師各旅團長，並海圻等軍艦長官，分別行禮。次為公私立男女各學校學生，而以紳商各界男女來賓殿其後。行禮時，均有淞滬護軍使署淞滬員警署軍樂隊在廳前天井內輪流奏樂。禮畢，即由蔡公介弟松垣，帶同孝子瑞生（居長十餘齡）永寧（居次四五齡）向來賓叩謝，禮成。

蔡靈離滬記

蔡公松坡，在日病故。靈櫬回滬，駐蜀商公所，旋由滬回湘。上海軍警官商學界及各省代表之隨櫬致送者，仍異常擁擠。茲將關於靈櫬運輸各情，分誌於後。

事前由治喪事務所各執事，將運送蔡公靈櫬各手續布置妥貼。所有載櫬炮車，經憲兵營張營長預備停妥。其餘軍樂及夫役人等，亦經齊集所前，各界送櫬人等亦先後戾止。鐘鳴七下，由送櫬者在靈前致祭訖，即由雇定夫役，將蔡公靈櫬，抬上炮車，仍用六馬駕駛。鐘鳴八下，由寶山路蜀商公所起靈，南行至美租界北河南路，轉至英租界河南路南端，轉東摯愛多亞路，至浦灘折而至法界浦灘。至新開河，金利源九號碼頭，即由夫役十六名，將靈櫬抬至利川運艦後艙停駐。

送柩時，柩前有旅滬湖南同鄉會軍樂隊十六名。次松柏牌四面，又松柏傘一頂。次花圈隊，次惠兒院軍樂隊，次員警廳游巡第三隊五十名。次護軍使署軍樂隊三十二名，次日本紙紮花一隊，次靈位亭，次遺像亭，次第十七團第一營軍士一百三十名，次軍樂十六名，次馬隊四十名，次銘旌，次孝幃，次各界執紼者，次炮車所載靈櫬。末有馬兵八名，隨後執紼者所雇馬車數十輛。

各省代表之送柩者，如段總理代表袁華選、馮副總統兼蘇督軍代表師景雲、浙江呂督軍代表吳鍾鎔、黔省劉督軍代表王文華、前四川將軍陳宧代表范熙績、晉省閻督軍代表張華輔、及上海軍警交涉各官代表等，均在其列。其餘商學自治各團體等，亦各派代表參與其間。靈櫬由華界寶山路至美租界時，即由英美捕房警衛隊六名參列，為之先導。至英法接壤處，即行撤回。迨靈櫬入法界，即由法捕房警衛隊四名為先導。招商局金利源碼頭浮橋上，則有越捕二十四名，持槍兩旁侍立。迨柩車由岸至碼頭時，該越捕即舉槍鵠立，以致敬禮。靈櫬移入利川運艦後，即解纜移泊浦中。其時軍樂大作，送柩各兵士，皆一律列隊舉槍。各界送柩人等，及外人之隨同瞻仰者，亦均鵠立碼頭，遙望利川，脫帽以致敬禮。利川亦下梢旗答禮。

利川係運送艦，吃水僅八尺，載重三百噸。後艙均用白布紮成靈幃，為安置靈櫬之所，艦邊又遍懸以各色旗章。此次沿途參觀者之擁擠，仍不亞於靈櫬由日回滬上陸之時。有於靈櫬必經地點，向各茶樓包定座位者，各茶肆以地位關係，抬價以謀利益。而來者均不以為貴，足見蔡公感人之深矣。

北京追悼黃、蔡記（輓詞難煞諸大老　祭臺哭倒沈佩貞）

北京黃、蔡追悼會，在中央公園舉行，乃國會推定專員特設籌備處，經營日多。自總統以下捐款辦者，故為極盛。公園正門，結彩坊一座，白地黃字，曰「黃蔡二公追悼大會」，下有一聯：「功蓋甫申，中原再造。魂招屈宋，南嶽無靈。」左右各有素坊樓，一顏曰「咸有一德」，一顏曰「並足千秋」。聯曰：「湘嶽之靈，華夏之傑。國民有範，歷史有光。」進正門後，又有素坊一座，顏曰「修和有夏」，係憲法討論會者。大門以內，二門以外，所有茂林修竹，滿懸輓聯，似前社會改良會所懸格言。有照壁一，極華麗，上有黃漢湘一聯：「沅湘流不盡，天地與俱生。」藍字碩大無朋。二門匾為「生榮死哀」四字，旁有輓聯甚多。惟中國公學一聯，字少而大，故最顯豁。其詞為「一雙國士偏凋謝，八個罪魁竟逍遙。」追悼者讀此，無不破涕為笑。中國公學好奇語驚人，即特定（副大總統）之名詞者也。二門內有小坊一座，有江瀚一聯，（「蒼天變化誰料得，湘水無情弔豈知」）。叔海為老名宿，此聯殊欠沉摯。正殿前方土臺（即救國儲金會及籌賑放煙火開彩處），設黃蔡二公神像。正殿靈位及後殿演說臺，又各懸二像。正殿前四周牆垣，輓聯懸滿。朱垣畫棟，望去但見一片白色，極為淒慘。

正殿設祭臺，上有匾曰「同聲一哭」，懸黎總統聯曰：「正倚濟時唐郭李，竟嗟無命漢關張。」因憶前歲黃陂卸鄂篆，居京韜匿時，人比之小園種菜之劉備，今以黃蔡比關張，頗為巧合。政界大老，下筆最苦。蓋輓聯不能不恭維死者，恭維死者，即不能不數及老袁。而此則不便處甚多，只可以空洞語恭維，如王士珍之「兩造共和身不壽」，已不可多得。蓋雖不罵袁，尚語及製造共和之功也。若吳炳湘之「抱命世奇才，溘然長逝。數先民遺跡，慨當以慷。」真不知所云，以文字論，亦可當漁陽三撾，其鼓聲酷似不通不通也。可舉一以概其餘，名士中有易老五一聯：「歷萬死一生成道，是三湘七澤鍾靈。」議員中有參議員新疆何多才聯云：「怪上帝吝壽，數莫到不惑之年。」觀者曰：好在新疆多才，雖二公不壽，中國亦不絕望云。段廷圭聯有「壬父既喪國粹，先生又作國殤」之語，壬父殆指王壬秋，玩其詞，似國粹喪於壬秋者。蔡公為一代完人，眾口一辭，而曹成功獨云：「二公為民黨中堅，畢竟功過皆居半。九原得內閣消息，彼此喜怒應反常。」殊費解。李六更之輓詞，似一段語說，有云：「死於共和已成而實未成之時，可謂不善死。」責備二公，可謂大奇。軍界朱某曾某，「回首帝業非，復我共和好大陸。龍蛇公首義，歎息斯人去。蕭條滄海空神州，遼鶴眾哭君。」出自梁任公之〈輓李文忠〉。

至民黨之罵袁，自無所用其顧忌，痛快者甚多。惟黃蔡逝後，報紙上時有諧文，謂二公在陰曹捉袁問罪。本係滑稽筆墨，不意陳丕烈之聯，竟云：「只為袁逆奸惡，泉下當興討賊師。」其實老猿只能鬧天宮，未必能鬧地府，二公似無興師之必要也。聯多而好者太少，以上舉其有趣足解頤者。惟周宗澤聯云：「平生風義兼師友，天下英雄惟使君。」老當渾成，以操比袁，含而不吐，尤饒意味。政界中既多官樣文章，惟謝遠涵輓蔡曰：「魯連仗義，不帝嬴秦。懸知東海垂槎，為逃上賞。武鄉用兵，亦在巴蜀。試按西川遺壘，同歎奇才。」用筆遒淨，有議論，亦得體，可稱佼佼。李經義常誇松坡是彼賞識引用之人，故輓聯曰：「相與有袍澤之風，真知在神識之表，彌矧果可薦乎？廣武消兵，早見中原弭患氣。公享盛名而不壽，我留愧色而徒生，牙琴自此杳矣！大荒披髮，更從何處話深心。」上加序云：松坡僕之畏友，尤僕之真友。癸丑國猶可為，而吾策不薦。丙辰事皆待定，而公遽奪年，痛心何極。不知癸丑時，九先生曾有何妙策。所謂留愧色者，又何事耳。楊度輓黃有「一身能敵萬人，霸才無命」，輓蔡有「東南民力盡，當時成敗已滄桑」之語，會中不許懸也。

中央公園為帝制罪魁朱桂莘所創始經營。開放以來，歷辦儲金會某某義賑籌捐會社會改良會帝制慶祝會，而追悼會則第一次。懸籌備所牌於門者數日，與從前懸大典籌備處牌（此牌聞為美國人作古物買去，價萬金）處密邇，令人不勝今昔之感。尤令人感慨者，去年每有會務，無不見社會花朱三小姐，綽約娉婷，點綴其間。今與乃父同在逍遙之列矣。惟余至位前行禮時，眾人抬首，看「同聲一哭」之匾，而無一哭者。突聞左側大放悲聲，哀而高，似女子。眾擁前爭看，幾將祭臺擠倒。於是招待員及員警等急行攔阻，維持秩序。哭者非他，沈佩貞女士也。自神州訟敗後，潦倒不堪，此哭之慟宜矣。後殿演說臺，有王某演說云，籌安會請願團裡人，今日亦有來追悼，不要臉不要臉。院之西偏，有人將黃、蔡小像印成之郵片一大束，用撒紙錢法（京人出殯，有人沿途撒紙錢，一揚手齊飛至空紛紛下下落稱妙技），擲散空中。四面飛落，眾爭搶之。是日各界來者，擁擠異常，官界女界軍學商警界各有定處。軍樂隊紫衣白帶，紅盔素纓，整齊好看。惟來今雨軒雙扉緊閉，冷寂無人，為不堪回首耳。

成都悼蔡記

四川追悼蔡督軍地點，在少城公園，十二月一號起至三號止。其追悼場之布置，入公園之籤子門，以白布紮牌樓。沿右而左，為紙紮「追悼邵陽蔡公大會」八字。門有員警守衛，非持參觀劵者勿許入。以故環立門外引領而望者，不下數千人，途為之塞。入門數武，又有白布紮牌樓一，橫列「民國柱石」四字。兩端有欄杆，向西夾成一道。由右而進，有二亭，一係蔡督軍所遺之戰馬，一置蔡督軍所遺之肩輿。由左而進，有二亭，一係蔡督軍所豢之獵犬，一陳蔡督軍所御之馬鞍。以上遺物，皆題有贊詞。由正中而進，則首為演說臺，南北兩向，懸有楷書之蔡督軍事略二十餘幅，又貼有各省弔唁文電，及在東病時情狀。臺之西南隅，插有杏黃色之令字旗一，大書「蔡」字，旁題「護國軍第一軍總司令官」，蓋蔡督軍北征之所遺也。由西進數十武，一六方亭，中陳紙紮之戰馬，又紮蔡督軍像，戎服佩劍，挺身騎於其上，凜然若生。入亭須拾級十數而上，周圍滿列花盆，層次井然。但有警士守衛，不得上亭。

過此左折，南進為公園商品陳列館之門，亦復紮有牌樓。第一層樓房之前，倚壁紮有一亭，木刻蔡之小像，供於其中，大書「奠」字。至其下者，皆敬禮焉。又陳有蔡公遺印，仍題有贊詞，周圍列花盆，如六萬亭式。而其左之樓房一幢，為招待室，右之樓房一幢，為辦事處。沿第一層樓房，所經夾道，懸對聯已滿。至內則廣大場地，滿布各花，紮有牌樓欄杆。及門，區場地為若干段，遍懸輓聯。正南第二層樓房之前，倚壁紮臺，為祭奠之處。中供蔡公肖像一，神位一，向北陳水果諸品，及太牢為祭。遊人至此，多脫帽三鞠躬。各軍隊整列致祭，禮成，復出外聽演蔡公事略。與蔡公神像相對，有石碑南向，懸梁任公來電，述蔡公死時情形。北向懸蔡公遺電，所以告政府及國人者。石亭之北，為奏軍樂處。軍樂隊著紫色禮服，頗為莊嚴。第一層樓房，背面置有風琴，理其事者，為高等師範音樂班生。又各招待室內，皆滿懸對聯。所紮各種亭臺，多綴花為紋，排花作字。陳列館門首，更有電燈排成之「日月重光」四大字。入夜電燈既發，內外各層，明如不夜，而此四字尤為光輝燦爛。出門北行，滿布各花。道左紮有劇臺，是日演劇四五幕，皆蔡公生平事蹟。與袁世凱相對照，感慨激昂，頗足動人悲憤也。

長沙悼黃記

湘省各界全體，假省教育會追悼黃克強先生。軍警荷槍林立，氣象極為森嚴。是日晴曦朗暢，觀者極多。省教育會在提署後面之又一村內，湯薌銘在湘，自作威福，因恐有人暗殺，遂將又一村塞斷，圈入防禦線內。平民有兩年之久，未嘗至又一村一步。湯薌銘所設之天橋（湯氏兼任民政長時，曾造一天橋，由督署以通民政長署，亦在又一村內）及柵欄等件，今日見之，實不勝今昔之感。湯薌銘之威風，今日果何在哉？入場，場內牌坊高聳，國旗飄揚，軍樂之聲與軍警彈壓聲，互相唱答。其聲悽楚，蓋心理使然也。頭門有一聯云：「赤手定神州，卒使日月重光。力毅心雄，首創華夏四千年奇局。大星沉歇浦，正值烽煙甫息。功成身死，淚隨洞庭八百里橫流。」入門約二十步之遙，有菊花山一座。再過四十步，即為軍樂臺。臺之左右，相隔各百餘步之處，各有演說臺一所。由軍樂臺再進，又有一門。門內左右，張有白布帳棚，以達會場門口。此處有一長聯，場之正中臺上，懸先生遺像，上懸額匾一方，題「革命元勳」四字。兩旁燈聯，為「大名宇宙遺像清高」八字，臺前有白布素彩，其下則為香案。左右設風琴數架，為唱歌處。臺之兩旁，以白布為幔，為來賓休息處。臺之前方，為行禮處。行禮處之左，為新聞記者席。場內輓詞極多，琅琳滿壁。記數首於下。

譚省長輓詞云：「當世失斯人，幾疑天欲亡中國。遺書猶在篋，此行吾愧負先生。」范代省長輓詞云：「千秋功業承黃帝，六轡澄清愧范滂。」省議會輓詞云：「請公治湘，曾代表三千萬父老。無人護國，竟拋棄四百兆同胞。」此聯太無味，不知省議會何以如此沒有人才。新聞記者代表聯云：「河口硝煙，珠江彈雨，漢皋血漬，金陵劫灰。把帝制推翻，只憑卻一片丹心，兩雙赤手。遼陽鼙鼓，燕塞風塵，渤海狂瀾，昆明駭浪，棟摧樑壞。正國步艱難，更誰作中流砥柱，萬里長城。」追悼會籌備處聯云：「戰武漢，守江寧，拼萬死以購共和。志決身先，鎮南關月黃崗血。逐項城，覆清室，亦一怒而安天下。功成人遠，瀟湘夜雨洞庭波。」鐘鳴八下，即行開祭，由趙代督軍范代省長主祭。而獻爵帛者，則為趙君。祭時，照上將例，鳴炮十一響。其祭文為古體，各界陪祭者，達數十人。

黃花崗上哭英雄（魂兮歸來　看取人間何世）

民國五年，為滇軍及各界人士公祭黃花崗七十二烈士。主祭者則為軍長李協和，朱省長等分立左右陪祭，狀至肅雍。各滇軍將士，且皆臂纏黑紗。計赴會男女，不下十數萬人。不特東沙馬路為之壅堵，即惠愛街一帶亦然。蓋因政軍警學報商工等界而外，並有港澳以及各埠種種團體，暨海軍全體赴會。較諸元年孫中山等公祭時，倍形鬧熱。以致花圈輓聯誄詞，如山堆積。摘錄數聯如下，以見一斑。

「死國埋名，公等爭先入地。揮戈挽日，余也何敢貪天。」（李烈鈞）「石破天驚，幾輩捐軀扶國運。風高日薄，三軍灑淚弔英魂。」（朱慶瀾）「慷慨成仁，千秋永留烈譽。共和無恙，九原應慰英雄。」（薩鎮冰）「我輩亦憂患餘生，愧乏成功，大雅今猶傷板蕩。公等具乾坤正氣，使其不死，中原當已賦澄清。」（廣東省議會）「河嶽仗生輝，死重廣州三月。英雄甘下首，塚同民國千秋。」（北洋艦隊全體）「七二士懸首屠腸，光茲青史。四億人自由平等，視此黃花。」（方聲濤）

壇場布置，亦甚壯觀。場中滿布生花盆景，均為農林試驗場之物。第一座牌樓上，有生花大橫額二，一曰「靈魂不死」，一曰「死士之隴」。旁以生花聯二，一曰：「玄黃再奠，俎豆千秋。」一曰：「故老掩涕，秋風生悲。」第二座牌樓上，懸有數丈長生花橫額，一文曰「中有碧血」，又生花聯云：「勵此晚節，鼓其雄風。」過此約進四五丈，即為祭品臺，其中供有生豬生羊花齋美饌鮮果等物。過此約二丈，即為壇場之前，高懸五色旗，並以生花圍繞豐碑墳塋，四周間以短籬，圍繞生花綠葉。墳後搭一闊約四十餘丈之棚，滿掛輓聯誄詞。滇軍各長官公祭烈士畢，又率同全軍將士，在東校場舉行戰死將士招魂禮。並於演武廳左便搭一招魂塔，高約十數丈，四周圍以白布，塔身書有「雲南護國第二軍戰死諸將士招魂塔」諸字。塔旁懸有輓聯數十對，摘錄如下。

「流自由血，復共和邦。魂兮歸來，看取人間何世。為國誅奸，為民除害。天乎未老，會招黃鶴他年。」（李烈鈞）「死有餘榮，百戰河山豪骨盡。魂歸何處，萬行涕淚朔風哀。」（朱慶瀾）一時觀者數萬人。致祭既畢，由朱省長發起，與李協和、薩鎮冰、方聲濤等六人，在場內手植石栗樹一株，以留紀念。種畢，省長命取木牌，親書某月某日廣東省長朱慶瀾手植等字樣，插於樹下。是日到者，滇軍步隊約三千餘人，馬隊數十名。陸督軍武衛軍、朱省長游擊隊、海軍練營、陸軍第十二團、陸蘭清游擊隊、薩鎮冰海軍共數千人。餘則學校社團各界，如民黨公祭團、廣東中立救傷隊、滇桂粵聯軍病院、大漢紅十字會、粵省商團、廣東公立第一學校、廣東高等師範學校、南海中學校、番禺中學校、述善中學校、公立第一小學校、大工廠全體國事同囚會、真光公司崩牙成紀念團，及憲兵員警等。人山人海，難以數計云。

追悼海珠烈士記

民國五年，共和既復，岑梁陳陸朱薩各當道及各界諸君，假坐廣州東園，開大會追悼海珠死難諸烈士。正中儀門上，懸「魂兮歸來」之生花橫額，襯以生花聯云：「名高赤縣，河嶽英靈。日落虞淵，風雲慘變。」左右兩門亦掛彩，門燈均生花構成，禮壇結構，非常壯觀。壇前除懸各種旗幟外，並掛生花橫額，文曰：「高山仰止。」又生花聯云：「風馬雲車來去跡，黃蕉丹荔送迎神。」祭臺設於正中，臺後陳列諸烈士遺像，計有湯覺頓、譚學夔、王廣齡、呂仲銘、岑伯著、左雪帆六位。由發起諸君主祭，行禮如儀。後岑西林代表王鐵珊、梁任公、陳炯明、陸督軍、朱省長、薩巡閱使等，相繼演說，詞均中肯。祭文輓聯誄詞，如山堆積。略錄如下。

黎大總統祭文云：「維中華民國五年十一月二十日，大總統特派秘書郭泰祺，致祭於湯濬、譚學夔、王廣齡三君之靈曰：嗚呼！茫茫大陸，孰若神州。蠢生蝝息，萬派同流。孰執其機，厥為豪傑。爛爛國華，孕於鐵血。亦有文壇二三學子，奮身挺出。不顧其死，高會指揮。天清日曜，倏然變作。九藪騰踔，流星四裂。血肉橫飛，黃農遺祚。蜿蜒來歸，靈兮匪遙。肸蠁相接，禋祀秘芬。昭此義烈，嗚呼哀哉！尚饗。」岑西林聯云：「來日甫艱難，何期畢命同時，正氣慘遭山鬼劫。臨風一憑弔，只剩滿腔孤憤，悲歌淒咽海珠潮。」梁任公聯云：「夫復何言，公實由我而死。豈謂不朽，民到於今稱之。」又云：「仁義豈有常，恨不與臧洪同日而死。江山不改舊，太息微管仲吾誰與歸。」陸督軍聯云：「前席借籌，公在早能平粵禍。水濱莫問，我來何處弔忠魂。」朱省長聯云：「漁父有靈，同聲一哭。蛻庵逝世，吾道益孤。」又云：「握手言歡，流連京雒。奮身赴難，慘浩風煙。」又云：「念生平排難解紛，乃遭慘變。為鄉里禦災扞患，坐失賢豪。」

記湘綺老人之喪

五年，湘綺老人仙逝。其公子代功輩，以老人在日，曾以世俗喪葬，多用鼓樂，以及種種縟節繁文。此等熱鬧，與古禮大相違背。故於前清光緒中葉，因蔡夫人之喪，特遵《禮經》手訂喪禮。茲老人逝世，自未便照世俗辦理。爰即搜集遺稿，自始死一切禮儀，均遵照老人所定辦法。老人年雖耄耋，而矍鑠康強，一如往日。以故所有後事，均未預備。今年雖患脹病，而寫字看書，未嘗間斷。一旦溘逝，所最費躊躇者，厥維葬地。茲聞長沙首富朱乾益之子，因請老人作文甚多，屢謝未受。遂以私有之麓山土地一方奉贈，因而諸多弟子遂擬聯名呈請省長，葬老人於麓山。俾百世之後，老人學說大行之時，一般文人學士，得就墓旁建廬講論云。

老人經學詞章，多有超過漢魏諸儒之處。如《詩經箋》包括百家，與毛注不啻天壤，《公羊箋》獨探微旨，迥非前儒所能。其著述三十餘種，尚有十餘種未及刊行。其他如經史批評答問，與夫手寫《十一經》、《二十二子》七十餘年日記，均稀世奇珍也。

四川人士以湘綺舊曾主講四川尊經書院，現時川中名宿，多出其門，相約追悼於尊經書院舊址。禮儀整肅，非他追悼會可比。其同院中重門庭院，咸飾素采，與祭帳輓聯相輝映。堂中奉老人遺像，目光炯炯，生氣見於鬚眉。遺像左右，懸老人生前自輓聯，文云：「春秋表未成，幸有佳兒述詩禮。縱橫計不就，空餘高詠滿江山。」中置宣德銅爐，香篆沈寂，古意盎然。四圍綴以鮮花，祭品則陳於前席。致奠者均行四叩禮，由執事者引導贊呼，進退雍容。東西兩壁懸祭文輓聯，宋育仁一聯云：「今年歲在辰，哲人云亡，不憖遺一老。本師稱曰子，先王制禮，有心喪三年。」謝盛唐一聯云：「經術文章，集何鄭馬班阮謝專長，唐之後，諸儒未有也。嘻笑怒罵，為曾左彭李丁張諍友，袁以下，自鄶無譏焉。」李明志明忠一聯云：「千秋肸蠁尊經閣，四海文章湘綺樓。」真足為湘綺寫照。自晨十一時展奠，與祭者數十人。省垣各中小學校學生多結隊而往，南城小學生，且以歌弔之，叩拜如儀。午後一時，門人合食於廳上，追述先生之嘉言懿行。至暮乃散。

縉紳傳

李軍長之榮譽（崇德報功　當然如此）

民國五年，共和再造，日月重光。滇軍第二軍軍長武寧李公烈鈞，轉戰萬里，勞苦功高。既率師入廣州，廣州市民開大歡迎會於東園門。高搭彩棚一座，方二丈許，四圍擺列盆景生花，繼以花串。棚頂高懸民國國旗，及周番旗幟。棚口則懸生花結成歡迎二字橫額，布置極為奪目。此係演臺，以便李公及各政軍官長出席。棚口復搭平臺一座，以便各界演說。臺前直沿二馬路之曠地，則四周搭以竹欄，並指定各界應駐地點。中央一處，則擺座位百餘，分為議員報界社團代表女界代表各席。兩旁另搭平臺，係為音樂隊地點，其外則男女學界普通界亦均環列。至東園之內，則以大堂正座為政界休憩室，旁座為記者休憩室。樓上洋廳，則為招待李軍長及滇軍各軍官開設茶會地點。其餘兩旁船廳，則為各社團及男女各界休憩地點，均派招待員，應接極為完備。至其場中地點，則由警廳預派游擊到場彈壓。故雖是晨各界人士，陸續到場，人山人海，而秩序仍得井然。至十二時許，則各學校各社團各界來賓，魚貫蟬聯，紛紛馳至。及一時，則薩巡閱使、陸督軍代表雷殷、王肇基、朱省長先後到場，當由各招待員迓入東茶園話。二時，李軍長協和亦已乘輿而至，隨行者則有成桄、張開儒、方聞濤等軍官，及軍隊十餘名，則軍樂隊各學校及商團均奏樂歡迎，音韻悠揚，喧聞耳鼓。李軍長向眾脫帽，鞠躬致謝禮畢，入園小憩。及至二時，正主席羅曉峰即請李軍長、朱省長、薩巡閱使、陸督軍之雷、王兩代表王員警廳長步登演壇，由羅正主席宣布開會理由，容副主席宣讀歡迎詞。幹事長陳羅生宣讀各界歡迎詞。次第演畢，李軍長起立答謝，並述其前此蓄志革命之苦心，現在中國危岌之大勢。痛快淋漓，聲淚俱下。全場感動，掌聲如雷。旋因演說未畢，而過於辛勞，特著鐘秘書長代其宣演政治問題四端，及方師長雷代表等相繼演說。直至四時許，始行散會。

是日到會人數，逾十萬人，各社團體則共十四處，而以男女學堂為最踴躍。公醫學生擔任糾察，嶺南童子軍擔任維持會場，均極得力。故能秩序井然，異常熱鬧。是日呈遞紀念品物，計共八處。嶺南學堂本有名譽旗一枝，因趕繡不及，遲日補送。茲將贈品及各團體名稱列下。計開寫真專門學校送木炭相一座，中華佛教總會廣東支部送白宣爐一座，廣東東山培正學校送繡屏一座，廣東南洋兄弟煙草公司送銀爵一座，普育學校十八街自治研究社送銀花插一座，南武中學校送圖畫一張，花地培英學校送銀爵一座，廣東公醫學校送手杖一枝。綜觀是日市民大會，鬧熱情形，實為吾粵空前未有之盛舉。而滇軍轉戰千里，李軍長勞苦功高，亦足以震古鑠今，長留紀念矣。

東施效顰

湖北王子春督軍，居常與幕僚閒談，極竊慕張南皮之為政，謂其治楚之得力，全在《勸學篇》。吾亦欲著一書，以勸世訓俗。惟吾不文，殊屬恨事。於是某秘書仰承意旨，特為代編一種解釋政令條教之白話淺說，名曰《訓俗篇》，期與《勸學篇》並傳不朽。其內容大別分十二章，名目如下：（一）尊重師道（二）公民資格（三）自治談（四）保衛團（五）勸買公債票（六）尊孔說（七）敦孝弟（八）良心解（九）釋自由（十）釋平等（十一）釋自重（十二）說服從。總共萬數千言，刊印五萬本，頒發各廳道縣局所學校軍營工廠，廣為傳播。並由省署訓令講演團各縣宣講員按書講演。

茲將其自序弁言原文，附錄於下，閱者即可窺見全書之主旨。「占元少習軍旅，未嘗學問，粗讀詩書，略知大義而已。今日以武人而治文事，若涉大水，其無津涯。顧念為治有根本，正心誠意以至治國。孔子嘗以教我，孔子之書，無人不讀，然讀之輒忘，或不明其義理。忝為一省之長，有教民之責。姑本其所知，以為淺說，文言之則所不敏也。國必有教，孔子之教，無所不包。中國以此立國，自當以孔教為國教，作尊孔說以樹人倫之準。人人能親其親，能長其長，則天下自平。故曰：敦孝弟，孝弟者，人之本也。本立則道生。傳道者師，師不尊則道不重。尊師重道，此天經地義，學者不可不深長思之也。率性之謂道，性即良心。性相近，習相遠。作良心解，道也者，不可須臾離也。孔子曰：誰能出不由戶，何莫由斯道也。可見自由者，必由於道。釋自由，使人遵道而行也。舜人也，我亦人也。人人由道，人人可為聖人。釋平等，所以重人格。自重者，為聖為賢，自為之也。聖賢之道，莫不有規矩。政令者，規矩也。說服從，使人遵政令而納之於規矩，作公民資格自治談。循乎規矩而後謂之公民，而後謂之自治，要之莫不由於道也。古者守望相助，出入相友。由身而家，由家而鄉，皆由自治以推己及人者也。作保衛團說略，明乎自治之一端，勸教子弟，勉為好人。管子所謂為人父者，慈惠以教。為人子者，孝弟以肅。為人兄者，寬裕以誨。為人弟者，比順以敬。此為自治之根本也。齊家治國，其道本一。愛國心理，人所同具。貧不能自存，買公債為救國之一策，是不可以不勸。欲救國家貧，端在實業。戎馬之暇，當分勸農勸工勸商，專著一篇。今茲所著，十二首，名其篇曰訓俗。蓋不敢高談法理，略本所知詩書大義，以共相勸勉而已。」

有清遺民（人各為其主，無可厚非也）

長沙簡純澤，前官山西，頗著政聲。民國成立，即埋名隱跡於山東勞山煙霞洞。近忽於月前蹈海，屍浮海濱。有見者謂以絲衣斂髮，身間繫以縞巾，內裹經文數卷，餅洋十枚，並有楷書絕命詞云：道德仁人，遇見屍身，即掘土穴，深埋海濱。毋用棺木，槁葬以薪。面朝北闕，志繼先臣。經文殉死，願通萬神。馬鬣封後，樹一墓珉。鐫四大字，有清遺民。所餘銀餅，謝意聊伸。海濱之人，當即稟官勘驗。諭令葬以棺木，樹以墓珉，以遂其志。其經文書籍名片等，亦均焚化於墓側云。

周公末路（男兒報國爭先逃）

帝制餘孽洪憲鉅子楊度，自從六君子之魁，變為八罪魁之一後，伏居天津德國租界，擁資以雄。

以為我國警權不及，可以長託庇於德人保護之下，而莫予毒矣。孰意歐戰影響，竟間接又間接，而及於彼之身。我國與德國絕交消息傳至天津，楊尚不覺自處之地，即日將由中國政府接收。故絕交之第一日，彼仍優遊如故。及第二日，忽恍然大悟，知德租界瞬將回復為中國地。己身為中國政府下令通緝之人，俄頃間即可捉將官裡去。遂東西奔走，思於德界外之他國租界中，擇一容身之地。孰意他國租界，偏又擁擠非常，竟無空房可住。正在情急之際，幸遇有某君舊住之房屋，在英租界內。某君前因該房年久失修，有傾圮之患，徙而他去。今楊因勢迫，亦顧不得壓斃危險，因即盡室移居。有遇之者，謂其情狀可憐，大類喪家之狗云。

狂奴故態

印鑄局副局長易順鼎氏，世所稱為龍陽才子者也。近該局局長吳笈孫氏，為易詳請給予三等嘉禾章。向例此等公事，從無干駁者。易氏自謂可以垂手而得，不料此項請獎呈文，竟未蒙照准。傳聞黎總統閱此呈後，即將易順鼎三字之旁，加以硃圈，並謂易某每天聽鮮靈芝戲，有何勞績，可得勳章，應不准云云。易氏懊喪萬狀，語人曰：「吾本不希罕這個三等嘉禾章，但黃陂不准，卻是不服。緣從前黃陂繼位時，我曾致函勸他謙辭。黃陂懷恨在心，故以此為報服。」云云。嗣易氏聞憲法會議，已打消大總統之榮典權，不禁拍掌呵呵曰：「這回也出了吾這口惡氣。」又聞喜聽梅郎戲之馮某，曾得三等嘉禾章，易氏深為不平云。

官場真是戲場（第一齣《送盒子》第二齣《打皂王》）

自帝制發生之後，全國之視線，一律傾注於《大登殿》一劇，而於社會上之奇奇怪怪，遂置諸不議不論之列。繼而為西南之風雲所阻，方演至〈老王宴駕〉一幕即止。社會上又得活劇兩齣，第一齣，好似《賣胭脂》，實是《送盒子》。第二齣好似《劉秀走南陽》，實是《打皂王》。

第一齣演於奉天。係奉省某候補道員，為河工保舉，在奉候補，將近十年。因官運大壞，並未得差，竟鬧得吃飯問題，亦無法解決。適值去冬帝制發生，該道員聞之，不禁官興大發曰：「此其終南之捷徑乎。」於是上書於十三太保中之御兒小段，極力歌功頌德。御兒大悅，當委以某局提調，並密飭其聯絡官界，上勸進表。該道員喜極，日夜奔走，為皇帝盡唇舌之義務，以為封妻蔭子在此一舉。不料御兒被逐，皇帝竟化作南柯一夢，而該道員之飯碗，亦失手墜地。兩肩一口，妻妾交謫，該道員無可如何，乃一任其妾與外人交結。孰意未及十日，妾竟席捲而去。現在該道員氣極而病，外間有知其事者，遂為之語曰：某妙計高天下，賠了夫人又折兵。

第二齣演於吉林，其正角亦道員也。該道員本一窮酸出身，既入仕途遂變其本來面目。初則運動外人，為之鑽營得一局長，竟認某外人為義父。出洋十三萬元，求外人代為運動，實任道員。印把一經到手，遂大刮地皮。刮至三年之久，地皮已刮穿二十四層，該道員居然富家翁矣。惟其所得之款，皆入一己之私囊，分文未寄至家中。恐一寄至家，其兄弟將為沾染也。故其家仍舊四壁蕭然，不蔽風雨。今春家中實不能支，有一胞弟至其任所，請解囊五百元，以為全家人之糊口計。該道員不應，且對其弟哭窮。其弟謂兄果一貧至此，何眷戀某妓，一夜之間，竟耗去五百元，豈家人反不如一妓乎？於是大觸其怒，當即大使勢力，喝令如虎似狼之惡役，將其弟押起。其幕友聞之，齊來解勸。該道員怒仍不息，憤然曰：「吾觀汝等之面，從輕懲辦。把這種混帳東西，攆諸大門之外就是了。」其弟亦不相讓，必欲求其禁押，否則立須分產，非實演《打皀王》一劇不可。眾幕友調停三日，僅予其弟羌洋一百元，使其歸家。其弟乃憤憤而去。

重婚之法官

鄂省陸軍審判處長程某，於黎總統為鄂軍二十一混成協統時，即充該協執法官，深得信任。故歷任都督將軍，以黎故，皆未將程更勸，聲勢至為顯赫。程原有一妻三妾，以妻貌陋，謫居原籍，不常在省。上年程因聞漢口著名藥店葉開泰主人有女，美而多金，竟託媒以續弦誑葉家，葉以其為起義偉人，前程遠大，果許結婚，於兩月前迎娶。嫁妝之豐，一時無兩。赤金水煙袋，亦有二支，約共費銀三萬元。緣葉姓為前清漢陽葉昆臣爵相之後裔，家財本極富厚也。此女入門後約二十日，始知其家尚有冢婦，大為憤懣，即欲以重婚圖財起訴。經人說合，以兼祧正室禮相待而止。然葉女終悶悶不樂，日前因遭其第二妾詈辱，以名門淑媛，列此下乘，羞憤無地，遂自縊斃命。現葉姓雖欲提起訴訟，無奈勢力不敵也。

運動家之如夫人

漢口徵收局長某，到差以來，違章苛罰，疊被商民控告有案。而卒能保全位置，未致撤差者，則以其手腕靈敏，運動通神。且在宦途既久，歷任差釐，於種種舞弊法門，皆已洞悉。故屢被告發，終能彌縫無事也。然定章任局長者，多只一年，即須瓜代。某在職現已年滿，其所入幾何，外人固不得而知。然既以填虧空，又復肆揮霍，其曖昧用途，尤不可問。則其以國稅收入，挪填虧累，蓋意中事。故一聞當軸有委督軍公署秘書長前來接辦之議，即惶惶然如不可終日。知非出奇計，不足以制勝於人。某有如夫人，向與財政廳長之如夫人相識，乃授意令其以接廳長如夫人觀劇為名，並具午餐焉。夫人既渡江來漢，為時尚早，戲場猶未開演。某如夫人遂恭約廳長如夫人至某珠寶店，賞鑒珠寶。該店主人接得財神，其喜可知，乃盡出其收藏之珍珠手釧十餘副，羅列案頭，任聽選擇。一時光怪陸離，耀人眼目。就中尤以某一副之珠，皆精圓而大者，廳長如夫人愛不釋手。詢其價，需八千元之巨。欲行購買，則偶爾出遊，斷不至攜帶如許鉅款。如竟割愛，又覺不捨。當此事處兩難之時，某如夫人乃云：「太太既然見愛，盡可攜歸。此間店東與敝寓向有往來，即令其暫入我帳可也。」言下，店主人諾諾維謹。廳長如夫人，亦竟不謙遜，將此價值八千元之珠釧，輕輕籠入袖中，與某夫人相偕同赴劇場，盡興而散。次日夫人渡江返廳，又逾日，某遂奉札連任矣。

知事施非刑

湖北各縣知事之貪劣橫暴事實，久矣充塞於吾人耳鼓，言之非片楮所能詳盡，茲盡述巴東縣知事馮錦文之事。該縣有鄉民許某，因財產糾葛，在縣涉訟，挽鄉老周勉之作證。周固年長而多鬚者也，其言又戇直，大觸馮怒。斥之，不服。馮曰：「常言嘴上無毛，說話不牢。爾嘴上固有毛，而且多者也，何說話不牢之甚？應將汝之毛拔去，以後說話不牢可也。」於是喚剃髮匠至，當堂剃周之鬚。鄉老甚惜于思，雙手捫嘴，伏地大呼冤屈。發音聲浪為手所遮，嗡嗡不知何語。馮則喝令速剃，以二人強制之。不刹那間，乃翁嘴上之豐髯，遂為牛山之濯濯矣。觀者皆哄堂大笑，馮甚為得意，周則痛惜欲死矣。

知事棄髮妻

湖北宜城縣承審員景曉藩，亦分發湖北之一知事。因在省賦閒，經該縣知事朱介曾保充是差，攜有產婦往宜。茲省城忽有一張氏婦在各署稟控景滅絕人倫，不認髮妻，並刊冤單云：景本江蘇一窮措大，前因乏資赴京投考，由氏變賣衣飾，以充旅費，因而取得官吏資格。詎歸途道經上海，又以術騙手段，挾得一姘婦，置伊於不顧。今聞其在宜城為官，星夜趕至。景竟阻其登岸，旋經同鄉說合，方允收留。氏由本鄉帶來僕婦一人，景深惡之，不三日即遣去。氏孤立無援，景乃加以種種苛待，甚至毒打，欲置之於死地。氏偵悉其謀，由署後逾垣逃出，匿身於棉花叢中一夕。次日以其謀殺各情，稟控於知事署。朱知事有景先入之言，不問是非，當堂斷令離婚，勒逼畫押，派差押送出境云云。噫承審亦司法官吏，而敢於非法如此。朱知事即念在同寅，難於處置，亦應善為調護。豈以弱女子為可欺，而可任意蹂躪耶？

知事討沒趣

江西永修縣知事朱希雲，因洋員會勘煙苗，業已抵省。知禁令森嚴，不容稍懈，親自輕衣小帽，下鄉暗查。日前在北鄉某村，約離城五六里，訪察該地有無種煙區域。適日光正午，口中極渴，乃往一農家乞茶。當時農夫已均赴田耕種，惟有少婦二人，在室內作女紅。朱知事走入柴扉，口稱大嫂乞茶解渴。少婦見朱知事衣裳楚楚，器宇軒昂，知係臨門貴客，忙斟一杯濃茶，遞與朱知事。朱知事作致敬之狀而言曰：「不客氣，不客氣。」少婦誤會其言，變羞成怒，立將茶杯擲之於地，口中罵曰：「你還嫌老娘不客氣嗎？」朱知事大驚失色，急欲剖白，而該婦罵不絕聲，不容知事開口。知事知不能與之剖辯，只得大呼罷了罷了，反身而出。

知事拿妖怪

吳縣知事孫少川，近因勸勘煙苗，舟行至蠡墅鎮。見有身穿灰色布奇裝異服之人，年約三旬，招搖過市，口中言語不倫。經孫知事飭鄉警拘帶警局，詢問時，視其所服之衣，似軍裝，又似西裝，遍用紅絨繡成蠅頭小字。週邊金線，其數何止千萬，目力不易辨認，且均奇體怪書，無一可識。其鞋襪褲上，更有種種似花非花之赤金紋色，另綴絲鬚，窮極奇異。比孫知事傳詢其姓，答稱百家姓上盡係我姓，名號惟天得知。詢其從何到此，答云：「自天上下來。」問其何往，竟稱遍歷天下。尤有許多不倫之言，口音類似湖廣人，聞之咄為活妖。當因觀者擁擠，合市盡臨。孫知事恐人多滋事，飭警拘押舟中，帶還蘇州縣署該辦，因其在鄉造作怪言惑眾也。

知事袒小竊

魯省齊東縣令廖某，東三省籍。前清翰林出身，舊學極富。終日以詩酒消遣，置地方事於不顧。對於人民訴訟，尤好任意戲弄之。鄉民某被竊大小牛二隻，鳴於案下，並扭獲竊賊，求為懲辦追贓。廖升堂，兩造匍匐。廖詢悉顛末，援筆立判曰：著竊賊將所竊大牛，璧還原主，以免損害權利。小牛一隻，本應充公。姑念該竊賊深夜奔波，頗不容易。將小牛賞於竊賊，以作資本營生，免致流離無業，以昭公允，仰即遵照云云。事主以所判不合，欲再伸訴。廖即呼差役執行，不容分說，擁推下堂。諸如此類之事，不勝枚舉。

知事鬧新房

山西文水縣富紳安姓，與兒完婚，該縣知事丁常恒前往道喜。安紳設盛筵款待，丁某揚揚自若，巨觥自飲，不覺大醉。口唱淫詞，不堪入耳，竟到新娘屋中，逢女人即拉，女賓急趨避之。丁某躋近新娘，將兩弓鞋握住。新娘畏其野蠻，退身炕裡。丁嫌其不遂，復就抓新娘褲襠處，來賓觀者大譁。有某少年氣憤不平，見知事如此混蛋，力牽丁出。某老羞變怒，嚇令拿人。幸安紳一再謝罪，丁始含恨乘輿而去。一時全城哄動，婦孺皆詈丁官卑鄙不置。

知事鬧笑話

無錫縣知事楊夢齡，自常熟縣調任到錫。接任以來，竭意與邑中有力之紳商接洽。其敷衍手段之工，為歷任知事所不及。近來該邑紳商，紛紛請楊知事宴會。有雇畫舫者，或有另擇清閒之處所者。凡席中陪宴之客，帶有妓女，楊知事竟能降尊與妓女猜拳行酒。有時醉眼朦朧，將妓女摟在懷中，周身摸索。旁觀者見此情狀，謂有失行政長官之尊嚴，目不堪睹。而楊知事方樂不可支，心胸大暢。一日，邑紳楊某邀請西洋人，僱畫舫往遊太湖，並宴請邑中紳商。是日楊某席中，並未請有縣知事在內。詎此日楊知事適赴某師範學校參觀紀念會，在途遇某紳，聞楊某在太湖宴客。楊知事因楊某係熟人，堅欲與某紳同去赴宴。某紳無奈，即與楊知事同舟前往。同席在座三人，以今日未請縣知事，而知事忽來赴席，莫不匿笑其能到處和調。而楊知事則心中大樂，入席後，連飲白蘭地酒十餘杯，以中國言語與西人劇談，西人對之，漠然無語，且頗厭其嘵嘵不休。惟是時楊知事已大醉，席間語多不倫。不識因何事故，忽起立奪楊某手中切大餐之刀。而楊某正在切食西餐，口舌幾為割破。席間陪客見之，莫不哄堂。

知事拍馬屁

江西臨川縣知事傅岷孫，對於應酬一道，素極講究。近因天氣炎熱，特派幹員在本縣採買大西瓜一船，另派護兵二人送省。用土車載入城內，分送各當道。計李督軍大西瓜三十個，戚省長大西瓜三十個，羅財政廳長二十四個，陳政務廳長二十四個，其餘各處或十二個、十個、八個、不等。大要以官位之大小，分西瓜之多少。午間派來之護兵，又將木盒三個，送入公署。表面裝潢，極為精緻。內中何物，不得而知。聞係送省長壽禮也。

袁公子碰碑（故宮禾黍泣殘陽）

袁項城秉政數年，積蓄之私產，不下千萬。即以新華宮之古玩器皿論之，亦在百萬左右。當項城死後，未滿百日，諸公子即因爭產問題，大起衝突。攘奪不已，繼以用武。幸有徐菊人在側，出其老前輩之面孔，力為排解，始免骨肉相殘之禍。然諸公子自項城出殯後，已將府內物件，不論公私，一律運回彰德。且將清室歷代珍藏之寶玩，亦搬回原籍。其重大之物，不易搬運者，則搗碎之，以洩其忿。內中有清室所藏之名賢真跡甚多，如三希堂之碑石，亦為某公子打碎。此碑外間不可多得，項城在日，曾刊印數十部，分送各要人。為某氏所把持，暗中扣勒，以致外間流傳頗少。遭此不幸，遂令同歸於盡。從此遺跡不復留於人間，不亦考古家之傷心事乎？黎總統曾派某某兩員至新華宮查勘，該員將此種情形，報告總統。所有從前府內之什物，已被袁家諸公子拆毀一空。惟其二公子袁豹岑所保存書籍，尚不在少，皆經豹岑親手封藏完好，置於流水軒內。並將公有、私有各種圖籍，標識分明，尚有條理。捨此而外，幾無一整齊之物。總統據報後，喟然歎息曰：「項城身後，竟致如此。幸而豹岑尚知大體。」言時，歎息不置。

省長困於群小

廣州省城為通商繁盛地點，殷富固多，而貧寒者亦屬不少。加以前年之水災、去年之兵燹，流離失所，變為乞丐者，所在多有。故沿途乞丐滿目，幾成為城中一種特別點綴品。丁巳新正六日，晚膳後，朱省長慶瀾獨自一人出署，徒步閒遊。至長堤，有一七十餘歲之老乞丐。見省長皮袍小褂，雖不識其為省長，亦知是富貴中人，遂向之求丐。省長憫其年老，惻然動念，解囊給以銀毫。各乞丐見之，以為如此闊綽，可望其大發慈悲，以求沾潤。一時群乞追隨圍繞，叩求恩施者，至二三十人。少頃，愈聚愈多。省長窘極，乃就近向街邊錢臺找換銅元，分給之，始得脫出重圍。

盛氏之闊綽

常州故紳盛宮保之妻莊太太，近為故夫營奠營齋，頗為忙碌。先在杭州之靈隱寺設水陸道場，超度亡魂，兼自慶五旬壽辰。盛氏族人因之成群結隊，連袂赴杭，車乘翩翩，湖山生色。僅僅遊資一項，竟有數千之巨，可謂窮奢極欲矣！近又在原籍東門外天寧寺大做水陸，日前為功德圓滿之期。莊太太親自到常，一時親戚故舊，逢迎恐後。即於翌日下午回滬。因滬上某寺水陸，又須開場故也。

鎮守使延師條件

江蘇某鎮守使，欲聘一老師宿儒教讀其公子。因念吾國舊社會之習慣，視教讀先生為至高無上之位置，莫不竭誠盡敬而崇奉之。該使思得一特別改良之崇奉法，大開私宅會議，規定延師待遇法四條。茲以道路所傳，得其條例大綱，亟為披露。俾四海文人學子，咸知該使禮賢下士、尊師重道之高風也。（一）月修四元。（二）每日午後步行到該宅上課，旁晚散課。不供膳宿，並不供點心。（三）居停主人不相見。（四）不用關聘。

洪憲遺臣（早應該侍先帝於地下）

籌安會發起人嚴又陵，以南方要人請辦帝制派。知大好京華，無容足地，特蕭條補被，匆匆出都。吾人追想嚴氏當壬寅癸卯之交，中國新學方始萌芽，以其早歲留學外洋，富於譯才。如《天演論》、《原富》諸書，莫不膾炙人口，稱為新學泰斗。乃晚節不終，為袁氏金錢利祿所誘，至列名籌安，遭全國之唾罵，不能存身首善之區。且彼於發起之時，非不明知帝制之違逆人心，必至失敗。不過一時為金錢所眩惑，以致錚錚令名，掃地以盡！殊可惜也。

稟牘笑柄

揚友某營官，皖人也。目不識丁，一切來往公文，皆由幕友主持。乃前月奉調，移營才畢。忽又撤任，某茫然不知其故。繼有知者，傳出內容，一時傳為笑談。蓋軍營慣例，移紮之後，應上一稟於上官，請示期點驗。此次某營官稟詞云：某自奉札移屯某處，安營築牆後，即日極力治下部。務使其精強堅卓，光明雄偉，進退呼吸，骨節靈通。於出入起伏，尤為講究。方圓轉折，無不按圖辦理。幸下部亦仰體某之訓練，一遇精力疲弱，即行振刷精神，再接再厲，健銳異常。雖未敢謂百戰百勝，亦斷不致臨陣卻退也。某自相隨麾下以來，沐恩難報。惟有極力鼓舞下部，使其精壯可用，仰酬萬一云云。此稿傳出，觀者絕倒。聞上官一見此稟，始而大怒，繼則大笑。知其於部下二字，一時顛倒誤寫。然公文至此，實屬疏忽太甚，遂下撤任之令。而某營官終不知其何解也。

勞乃宣碰釘子

當前歲袁氏帝夢沉酣之時，有自命前清遺老勞乃宣者，以不投機之復辟邪說，進之洪憲皇帝，致被趕出都門，逃回青島，一時國人無不謂其喪心病狂。及宣統壽辰，勞又潛行來京，託名祝壽。外間鮮有知其蹤跡者。據清室內廷消息，勞於清帝壽日，除恭摺叩賀外，並另上一奏摺，內容甚為離奇。大意以為方今世界各國，德勢最為強盛。如帝與德國皇室聯婚，並赴德留學，璧還青島。以德國之力，扶持清帝復掌中國，誠屬易如反掌。摺末並謂現在領班軍機總理大臣慶王業已病故，請清帝封伊為總理，以繼奕劻之後。瑾太妃閱摺後，面加申斥，原摺擲還，並飭此後不准再行妄奏。勞氏遂怏怏捧摺出宮而去。

總長宴客趣聞

陳瀾生嘗在德昌飯店，招宴財政會議全體會員。以賓客眾多之故，廚司烹調，應接不暇。自八時前後就席，至十一時左右方散。眾客悶坐多時，倦容可掬。有某客因久坐席間，闌珊已極，一時誤將吃大餐用之白布一方，揣入襟底，而布角則外露。一瞥之間，即可辨認。及酒闌客散，侍役收拾器皿，檢點白布，竟缺少一方。旋被其瞥見，即指某客為竊取。而某客於大庭廣眾之中被役所窘，一面聲明誤為自己手巾，故爾揣入；一面厲色申斥，責其不應如此無理。事為某次長所聞，即囑令某庶務送交警廳處罰。嗣經多人緩頰，令侍役向某客謝罪，始得寢事。

兔官僚

百順胡同韻秀堂遲喜者，廿年之老私坊也（即男相公堂子也），故已數年，有子名遲俊者，色藝不佳，因而庸碌無聞。遲俊生二子，長名大盒，次名二盒，在未取消私坊以前，曾在各園唱演花衫戲，藝皆平常，無足道者。惟二盒頗饒姿色，當時甚蒙士大夫之賞識。及至警廳禁止此項營業後，大盒、二盒亦不欲操此不堪之業。惟於向日舊客，仍然應酬。迨國體變更，遲家二盒因聞官民平等，無為階級之可言，乃竟異想天開，欲做民國之官吏。因無援引之人，遂憶及與伊情愛最深之樂十三者，京中有名之大腹賈，且與軍政界要人多有來往，做官捷徑，無愈於此。主意決定，乃伴樂十三於花天酒地之中，恣情縱欲，無微不至，人皆目為交頸之侶。久之，樂十三遂在某衙門為其謀得一差遣員之位置矣。

神怪談

總統府鬧鬼

總統府自由東廠胡同遷至南海後，常發現守衛兵士無故昏仆於地之情事。日前忽聞府中傳說，某夜某處燈火輝煌，照耀儼如白晝。及遣人往視，則一無所有。於是府中人相傳鬧鬼，推測此鬼，非袁世凱厲氣未散，有意作祟，即陽夏死義諸將士，在天之靈，見政治毫無進步，國家日現危機，將向總統訴其一死之冤也。

雍和宮打鬼

北京雍和宮，向例於陰曆正月晦日，有跳步札布之典（俗呼打鬼）。民國而後，該廟庶務得木奇，呈請蒙藏院屆期依例舉行，業經該院照准矣。

信江中學之鬼

江西上饒信江中學校有徐某者，一日晚間十一鐘，獨坐房內。時夜既深，校中人多入睡鄉。忽有人以指彈扉，詢以何事，對以乞火。聲音頗類某學生，啟戶視之，則一素不相識之白髮老翁。徐向有膽量，嚴詞詰問。老翁亦不之答，但手舞足蹈而已，約數分鐘之久。徐自覺魂魄都迷，顛倒不能自主，遂大聲呼救。聲音一出，老翁忽然不見，徐即嚇倒於地。後由校中人灌以薑湯，始蘇。然自此之後，惛惛懵懵，時吐鮮血。歸家三日，一命嗚呼。乃同月二十三日，教員鄭某，亦於二漏將殘時，兀坐觀書。忽有一似鴉而尾長之鳥，自窗櫺入，兀立燈前。視之一目流露，頸部如被刀刺，鮮血淋漓。以木尺撥之，不動，至天曙，命校役將鳥付烹，歷半小時之久。啟鼎視之，鳥忽自鼎中一飛而去。該教員因此邑邑成病，與徐某相同。近世科學昌明，破除迷信一語，幾於無人不道。而此等鬼怪新聞，終不免於時或一見。美國某博士且有鬼學之發明，豈鬼神迷信，一時尚未能破除耶？

鐵算盤

浦東老白渡地方民人張金和，開設豆腐店。歷有年所，營業發達，積蓄頗裕。一日上午，忽來江北難民男女老幼二千餘人，踵門求乞。中有一年屆五旬之老嫗，首先入門，向店主乞得豆腐漿一碗。乘間詳詢店主姓名年歲，糾纏不清。旋由巡警到來，將若輩驅逐出境。事後檢點箱篋，始知內儲衣飾不翼而飛。計共失去綢皮衣服三十餘件，現洋二百元，鈔票二十五元，銅元十一千，金壓髮金戒等，約值五百餘金之譜。當由店主投該管三區一分駐所報請飭緝，孟警佐據報，大為詫異。特親自前往踏勘，以便設法踧緝。而該處附近居民，僉謂該難民等實為江湖上一種鐵算盤者所喬裝。以故遠近往觀者，人山人海，咸稱奇事云。

狎邪鬼

北京王廣福斜街鳳樓茶室之排六妓女，某晚接一面貌可異之客。該妓望而生畏，不敢進前。該客慰語曰：「不必害怕，你我係前生夫妻，故來看你。」及至十一鐘餘，妓在屋與該客對坐。談笑間，忽見該客顏色慘變，轉瞬形影皆沒。該妓大駭，驚呼有鬼。茶室中人奔入屋內者，皆有不寒而慄之像。該妓遂亦神經昏亂，或哭或語，如瘋癲然。

瓦石紛飛

濟南南新街女子蠶業講習所。一日晚間學生就寢後，院內忽淅瀝有聲，已復瓦礫紛飛，窗上玻璃，為其擊碎數處。全校學生埋首屏息，不敢出聲，後有女僕開戶大呼。於黑暗中見有二人在院內東西奔馳，爭擲瓦石，大聲詰之，自應為鬼。女僕惶恐退縮，喧擾竟夜，至曙始息。晨起視之，院內瓦石，有數百斤之多，殊咄咄怪事。據一班揣測，多謂係省內無賴，覬覦女生，故深夜入校，為此惡作劇。然聞其所擲者，濟上附近並無此項瓦石，亦可怪也。

肉金剛

海陵北關外古北山寺，舊有肉佛一尊。宋代時有僧人，修煉多年，不食塵俗煙火，故後，積久屍身不壞。里人為之裝金。作一睡佛像，外衣猩紅袈裟，至今面氣如生。赫然一龕，幃幔深垂。平日卒無人輕於啟視，近有香客，匆匆前往焚香，無意牽入佛幔。不覺驚動睡被，肉佛遽爾作坐起狀。鄉愚一見，不知是人是佛，倉皇無措，心神恍惚，驚嚇僕地，已奄奄一息矣。

東嶽大帝之後

武昌有吳戴氏者，半生守節，撫二子。長曰家亮，次曰家萬，現均成立。里人皆嘉其操，呈請黎大總統表其門閭，以為矜式。近日氏忽膺疾，醫藥無效。有河南人劉某，自稱為陰無常，能於陰司設法，免其一死。家人為氏延至，劉云：「氏已為東門外東嶽大帝之妻（武昌東門外向有東嶽廟一所，每年三月香火極盛），係己為之執柯。氏子亮、萬信之不疑，乃率同眷屬赴嶽廟認親。一時傳為奇談。嗚呼！劉某固屬荒謬，而氏子之愚，亦不可及也！

宅怪

廈門禾山下八保某鄉黃姓，建築新屋，一座兩進，護房兩行。黃僅一妻兩子女暨女俾傭媼，計六七人。屋既落成，即移居後進，其前進暫作廚房及婢媼宿舍所，養牲畜亦在前進。其廳堂常於夜間聞多人行走聲、哭聲、笑聲。婢媼從房內隙中窺之，見有男婦十數人，皆著古衣冠，高約二尺許，在地上或立或坐、或哭或歌，千奇百怪。一聞人聲，即寂然而渺。又於日間常見大蛇長二丈餘，以尾懸之樑上，下垂其首，掉舌吐鬚，兇惡可畏。屋主患之，延請術士鎮壓，而擾如故。近更於夜間大烹大享，將牲畜宰殺，圍坐暢飲。天明檢視，失去雞鴨七頭，其毛骨置諸庭院中，散布滿地。次夜又失去毛豬一隻，約重百餘斤。豬肉吃盡，僅遺豬骨一把。不知為何怪。現屋主不堪其擾，挈眷移避他所，將該屋暫行鎖閉。雖許借人居住，不收租金。然聞其種種怪異，無有敢過問者。

濁水治病

武進向有所謂劉仙師者，設壇扶乩，病者爭向乞方。其因藥不對症，誤服致命者，時有所聞。而無知者，仍趨之若鶩。不謂日來在青龍橋，更有荒誕之事發生。謂有仙人指點，橋下之水，可以治百病。於是遠近爭取仙水者，踵趾相接。遠道之人，多雇舟聚隊而來，儼如天竺之香市矣。不數日，忽又傳仙人已遷至北門外某大樹鄉之井中。於是一般迷信之輩，又群往彼地取仙水。地方官取放任主義，不加禁阻，可笑亦可憐也。

舊人魂附新人體（但見新人笑，那聞舊人哭，怨氣所鬱當有此變）

江西某處長之眷屬，寓觀音巷某號門牌。近日發現一種奇事，言之令人駭異。某籍隸巴蜀，宦遊燕京。其原配某氏，在京身故。殯殮既畢，停柩於寺。未幾，琴彈一曲，復換新弦。過門之後，相安無異。及來贛寓居，亦安靜如常。新年，家人皆向某氏之遺像拜叩，獨繼室以為平等，不欲甘拜下風。孰料某氏靈魂不滅，惡其無禮於己，竟於日前附該氏之體。當發現之始，人咸疑為沾染怪疾。及某察其聲音言語，酷似元配，纖毫不爽。其所說者大都怨恨譴責之言，謂爾等在南方享受榮福，苦我於幽燕冷寺，消受許多饑寒。某不勝惶恐，遂託其生前閨友，現寓於松柏巷萊道臺之夫人，前往勸慰。彼此言語往來，合則垂頭哭泣，不合則厲言以對。某無法，只得禱祝，多請僧道燒錢誦經，希圖懺解，限期著人至京搬柩回籍。某氏云：「僧道之事，盡屬子虛，無須破費。至搬家回籍，須請擔保，不可違期。」近仍時去時來，繼室骨瘦如柴。此真咄咄怪事，怪異之事，子所不語。今所發現者，竟確切不虛，倘亦哲學家所謂靈魂不滅者乎？

活鬼

萍鄉文景卿家，其元配逝世數年，續弦未幾。元配初則在室內不時出現，隱隱約約，不即不離，致令繼室無日無時不在恐惶之中。往往夫婦兩人熟睡醒來，則見元配亦在同寢。久之司空見慣，畏懼之心，因之稍弛。其神形體態，雖儼然如在，然可望而不可即。至今日猶屬如此，不能絕跡。說者謂此係夫婦男女之間，感情團結太甚之所致。然乎？否乎？

范郎屢赴天臺約

湖北黃岡縣周山鋪地方，有范生年三十許，館於近村。前月上浣間，忽有二童子造館。衣衫甚都，口稱隨帶肩輿，迎生教讀。生初以為戲，手攜煙管，散步出門，果見扈從煊赫，侍立門外，中置四人肩輿一乘。生辭以有館，不便赴召。二童子不聽，強使登輿，風駛而去。彷彿東行，行近高山，但見山巔洋式樓房，穿心鬥角，疊疊重重，雖上海莫能及也。下輿入門，遙見二美女，笑靨嫣嫣，下榻相迎。甫就座，即有妖姬數輩，環立獻茶。移時捧肴進饌，山珍海錯，羅列席前，俱生平所未睹者。及嘗之，異味奇香，清人臟腑。食畢辭歸，二女曰：「今日迎君，非有他故，踐天臺之約耳。願君勿以葑菲見棄。」生曰：「素乏才能，家中糟糠，尚不能生活。假添卿等，何以供給？」女曰：「癡郎勿憚貧也。我等亦不以身口相累，但五日一見臨可也。」判袂時，二女各以掌擊生背。生恍然如夢初覺，已在路間，離家不遠矣。後五日，二女親詣其館，邀以同行。生不得已，就輿而去。行至中途，遇本村人語曰：「范先生何往？」范應曰：「有要事，匆遽未及下輿，勿怪也。」村人歸告其鄰曰：「范生瘋癲耶。予見其獨行，渠何言其未下轎也。」群共為笑。明日，范生歸。群共問之，范生亦隱約不言，但話前事而已。後至十四日，生又往，迄未返。

談狐一

嘉興南門外絲行街萬生醬園，某日之晚，後埭之空屋，忽而起火。紅光滿室，頗形危險。幸為時尚早，由五龍坊救火隊竭力灌救，始克撲滅。惟此室空闃無人，緣何起火，咸莫得其真相。鄰右遂訛傳為狐仙作祟，千切不可觸犯其怒。詎知翌日晚間，又突然起火。最可奇者，仍在此空屋內起火。待撲救檢視，則所焚毀者，並無貴重物品。一時眾傳狐仙顯靈，遂愈深信。園經理盛少泉本係迷信者流，早夕供燭拈香，以求懺悔，兩月以來，相安無事。一夜，四鼓時，該園又忽以火警聞。鄰右從睡中驚醒，設法救施，得免危險。但兩月三火，事出離奇，皆驚駭異常。鄰近店鋪，將箱籠物件，寄存親友，以免不測。

該園夥友朱某等以擾纏不休，決非佳兆。乃暗約同人深伏暗隅，以窺究有何種動靜。迨至三鼓時，果見有一黑影出現。始則東窺西探，繼則出火柴擦火。朱為先制計，急上前扭住。及出燈火以視之，則所謂狐仙者，乃鄰居沈義順鞋店之十五齡學徒許和尚也。鄰近亦聞聲麕集，咸大抱不平。以迭次失火，險肇巨禍，雖云童子無知，然實犯放火、行竊、詐欺三罪之嫌疑。遂聯合裕綸（絲行）陳源茂（首飾）趙公昌（提莊）同樂樓（茶室）等十餘鋪，公稟縣署，請求按律判斷，一面將該學徒解送警署。移解縣署，明日開庭詢問。一時傳出消息，謂審問活狐仙，觀者盈庭。細詢之下，該徒僅承認行竊不諱，只偷過小錢四百文，係同店夥友孫雨昌指使。至放火則無此膽量，堅稱該園確有狐仙云。

談狐二

漢口長勝街有劉宅者，主人劉星橋，為祥發源報關行執事。略有資產，自造樓房居住，向稱相安。乃六年三月二十六日，劉宅忽著人至該管員警第四署報稱，上下房屋，忽無形起火，並拋磚遺屎，係狐仙為祟，懇為驅除。署長派巡官涂伯威，率長警馳往查看。報稱劉宅起火遺屎，均皆屬實。詢據該宅婢女荷花（年十三歲），聲稱有一大仙，年七十八歲，白鬍鬚，身著皮袍，自稱廣東張國琦，帶有老婦一口，隨從男女多人，另居樓房一間。由主人備有床帳器具，每日早晚供奉飲食。自己並與大仙言語，宅內諸人則不得見聞。某晚因未進雞蛋，大仙自將房內被帳放火焚燒。適主人上樓救火，樓下被帳，又被燃燒等語。署長以鬼蜮作祟，尚無關治安，惟放火後患堪虞。除輪派警士在該宅守護外，特飛報員警廳長鑒核。警廳長以事殊詭異，當派司法科長前往查看，並無絲毫形跡。

樓上設有大仙牌位，及床鋪用物。嗣查得樓後水溜筒內，有蛋膜甚多，則知連日供奉雞蛋，盡傾於此。至晚仍令警探四名，命其家人暫出，至宅內守候一夜，亦未見有舉動。翌日，乃將婢女荷花，帶廳多方誑誘，始稱看見白髫鬚老頭，是奶奶教我說的。每日供奉大仙的魚肉，是我吃了。生雞蛋不能吃，就潑於溜筒內面。拋磚遺屎、放火等事，都是我做的。我也不知奶奶是甚麼意思。廳長以事已大明，爰將劉星橋夫婦傳案申斥，命將荷花領去。一面據情宣示，以息謠諑。但劉星橋深信其妻不致如此，謂係荷花怕官亂說。個中真相，殊難明瞭。或云劉妻之鬧妖，係欲其夫以五十兩元寶一隻，供獻大仙，而自為貼娘家之用。然荷花何不供出此言，恐亦未可信也。今劉宅已經遷徙，宅內仍有幻境。在門外聚觀者甚眾，有員警輪班駐守云。

談狐三

北京西園王某，江南籍。以典業興家，貲財頗富。去年六月，祖父劍三暴疾卒。越四日，其父庚生亦無故身亡。不久，其母韋氏又與外祖母同日去世。維時上惟祖母劉氏，中惟幼姑運貞，下惟王某。劉氏見家運如此衰敗，憤不欲生，將家堂神主拋棄溝中，自投廚中水缸自盡。幸經其女及使女桂香瞥見，挽救得蘇。復要將神主劈碎，以火焚之，怪其不保家中清吉。廚役袁姓見主母憂憤生恨，遂將神主檢在籮中，藏於樓上。不數日而禍作矣。一日，運貞失去一鞋，尋之再四，夾在樓板縫中，拔之不下。轉眼自落，鞋尖滿塞瓜子殼。自後每逢吃飯，肴菜無故不見。家中蓄一黃貓，無故夾在板壁縫內狂號。經桂香向空中請求，始癒。家中整箱衣服，面上如故，底下盡成灰燼。不得已，立一牌位於樓上，每日以荔枝、桂圓、紅棗、板栗設供。次日視之，原物未動。以手捻之，盡是空殼。家中所買皮蛋，打開均無蛋黃。每逢賓客至，桂香輒先知之。桂香說後，客果至。蓋狐常附桂香體上，為之傳語也。一日，請一道士退妖，將香燭牌位立起。道士正在書寫文疏，忽然褲襠內火起。道士窘急，將牌位收起遁去。家中水仙花盆中，忽插荷花兩朵。種種怪異，不一而足。

惟伊戚張玉田將至，桂香必先告主母，須十分優待。一日，張君謂桂香曰：「爾大姑可以見面否？」桂香曰：「不能，只能摩之。」張曰：「在何處摩？」桂香曰：「在我鋪上。」張君至桂香鋪前，忽褥子內突起。張君以手按東則走西，按西則走東，連褥揭開，空無一物。張君曰：「敝親家中無人照料，恐褻大姑。」桂香曰：「大姑要看戲七夜方去。」劉氏乃雇戲班演唱七晚，後遂無怪狀發現矣。

死而復活

前清光緒二十九年，武進懷南鄉張家村有張品大者，傭人為業。子仲華，娶懷北李姓女為媳。女性疏懶，奉事翁姑，未能盡職，以是不得翁姑歡。女以不能見愛於翁姑也，乃故肆流言，誣翁姑以種種虐待行為。未幾，女忽失蹤，四處探尋，杳無蹤跡。於是人言嘖嘖，有謂因不堪虐待去而之他者，又有謂係被逼自盡者。傳說紛紜，莫衷一是。女母聞知，向張姓索女。然事無佐證，未便相誣，遂亦置之。嗣女母因附近義塚內，發見無棺女屍，前往察看，神情酷類伊女，遂鳴諸官。時知武進縣事者為吳其昌，親詣勘驗，得屍身天靈蓋上，有水燙傷痕。探諸輿論，張某確有虐媳之傳說，乃將品大父子拘將官去，羈留獄中。尋遇恩赦，於民國元年出獄。品大以慘遭毒逆，心有不甘。出獄後又復託人探訪，仍屬音信寂然。現在仲華已故，品大夫婦尚存。近忽有人報告，謂伊媳現在江北，業已轉嫁某姓，育有二男一女。據謂當時死而復活也。

借屍還魂

借屍還魂，見於稗官野史，不一而足。惟女借男屍還魂，只以男身終，男借女屍還魂，亦只以女身終。未聞男借女屍還魂，而以女屍轉作男身者。高要鼎湖山後大石背村民聶亞祐，有女名亞於，年十五未字。今年二月，忽染痘症而死。棺斂已一日兩夜，及抬往山間埋葬。忽聞棺裡哼聲，蓋村鄉伴工，皆其親鄰，乃共開棺視之。女哼聲不歇，村人以其復生，舁歸祐家。女起視四顧曰：「我何故在此？」旋以手摸辮及乳，乃驚歎曰：「大誤事，大誤事。」父問曰：「汝得復生人世，何云大誤？」女怒曰：「我乃廣西軍人馬剛也，為國捐軀。今化作女兒身，與其生，毋寧死。又何不誤？」於是不肯飲食，臥床不起者四日，常以手摸其私處。忽呼肚餓，父喜進肴饌。食已曰：「如此方不辱。」數日行動如常人。女素勤耕織，至是不諳工作。呼亞於，則怒。呼亞剛，則應。其母或仍呼亞於，女乃自褪其褲向之，則見其私處居然偉男子矣。今已自剪去辮，日弄拳腳，女伴不敢近其身矣。

留美學校鬧鬼

開封留美預備學校，於某夜五鐘時，有某生與同室三人，均自黑甜鄉歸來，暢談甚快。忽聞有叩門者，其聲冬冬然。問叩門者為誰，以古之人對。生等聞之，猶以為同學之戲己也，乃戲應曰：「盍請入。」不答。復叩窗，聲益厲。生等懼，弗敢言。俄頃又聞女子哭聲甚悲，適有校中更夫報時聲大作，哭聲始止。近時美國文學家有鬼學之發明，該校為留美預校，豈鬼而有知，特顯靈異，為該生等預備研究鬼學之資料歟？

地藏會

去年，滬城邑廟各會首，舉行地藏勝會。旁晚時，排立次序出發。由邑廟起，繞行城廂內外，後至邑壇焚化錠帛，然後回廟。其會中前導，除尋常旗鑼傘扇外，有沖風灣號馬門槍馬對馬並馬上鼓手。繼以各式燈彩，如三十六行漁樵耕讀醫卜星相，及扮成《西遊記》、《黑籍冤魂》、《雙跑馬》、《翠屏山》、《酒色財氣》、《十八羅漢》大頭鬼小頭鬼以及各樣紙紮臺擱。餘如陰皂隸花十景大鑼班等，均皆彩烈興高，招搖過市。最可異者，其大鑼班中之各會首，身著哆囉麻長衫，腰束紅帶，足穿快靴，頭上則戴前清之紅纓大帽，昂昂然自鳴得意。會中雜以清客串，鑼鼓及逍遙傘等，則不計其數。殿後以僧道各八名，沿途誦經，並以八人抬地藏王菩薩。經過之處，觀者人海人山，員警廳亦派遊巡隊隨會保護。中華民國兩馬路之電車，無不利市三倍。一切開支，約在一二千元之譜。先期在地方上廣為勸募，方今時事多艱，商務凋敝，將公眾之錢，作媚神之用真無謂之極矣。

父入女胎

士人張某者，皖建德人也。娶同邑某氏宿儒之女為妻，生三子。長十八，次十六，俱已教讀。

未幾又生一子，年七歲，不能語，眾疑其啞。一日張擬一題，課二子。已則有事外出，二子難其題，構思不就，相與商論作法。其幼子在旁，謂二兄曰：是題扼要在某處，當如何則制勝矣。二兄互相驚叱，幼子曰：「予非妖異，特知前生耳。請賜筆楮，代為成之。」二兄如其言，文思泉湧，頗稱佳構。父歸讀其文而奇之，謂二子曰：「文筆頗銳，類爾外祖某公之作。爾輩之藍本，果從何處得來？」二子不能隱，以實對。父益奇之，乃呼其幼子，苦詰之。幼子泣曰：「予隱忍數年，茲不得不言矣。予本汝岳，素無疾病。午後倦臥，魂離於殼，自不知其死。信步到汝家看女，不圖入門而躓。即便呼人，覺肢體寒噤，自顧已成嬰兒。然心目了了，口不能言，莫解其故。及見女臨蓐，始恍然悟其轉生，不覺失聲。自思生老病死，人之常理，無足為怪。所難堪者女而母父而子也，是天作孽耶，自作孽耶？」言畢大痛。張告其妻，妻回思父沒之日，即此兒生之日，不覺亦悲。一堂為之愴然，不忍以為子，送入某寺削髮為僧云。

續情史

盧江烈婦（情之聖者）

盧江南鄉天成圩（一名張家圩）農民張永升之妻高氏，於去年絕食殉夫。初張娶高氏，夫耕妻饁，琴瑟靜好。事舅姑亦盡禮，里黨稱賢。去歲水患，圩田被淹。永升憂勞成疾，高氏潛到臂肉和藥以進。凡四次，竟不起。高氏誓以身殉，投繯遇救，投水又遇救。遂從容為夫立猶子為嗣，絕食而死。時舊曆丙辰七月十二日也。年二十許，遺言薄殮，毋奪舅姑菽水之奉，以厚死者。家人從其志。嗚呼！高氏一農家女耳，未嘗聞聖賢之訓，乃能以義殉夫，守儒者之節。遺言薄葬，得墨氏之旨。語曰：十步之內，必有芳草。不誠然乎？惟烈婦夫之兄弟皆農氓，歲歉家貧，無力報官，為請旌表。不無遺憾耳！

馬議員之豔史（名士風流）

議員馬小進，娶女伶金鑲玉為妾。金義父陳某以拐女控馬於地方廳，馬亦控陳欺詐取財。檢察廳開庭預審，馬稱兩次交洋共九百元。檢察官詢以有何憑據，馬不能答。陳則堅不承認。馬稱分兩次交，一次八百元，一次一百元，係金鑲玉所眼見。金供亦同。檢察官告以無證據，在法律上不生效力，詐欺取財罪不能成立。馬亦自認自己辦事疏忽。其時檢察官遂告之曰：「馬君現為立法機關人才，自必深通法律。似此無憑無據，控人以詐欺取財罪，似乎不合。若必深究，恐成誣告罪。公等立法人才，倘於國家重計，亦如是出之，人民何堪設想。聽我勸勸，不要再向詐欺一面說了罷。」馬為之語塞，但曰：「請公斷就是。」至金鑲玉上庭，滿口稱陳某不是伊父，實有取受馬小進九百元之事。他有心賣我，現在我嫁與馬小進，各報喧傳，盡人皆知，亦是我二人心甘意願之事。因陳某苛索不遂，我始有吞金之舉。現在馬小進告他詐財，並未誣他。至小女子唱戲營業，已不高尚，何能再配第二人，願終身從之。法庭亦不欲深究，卒成全其美事。

孝姻緣

某邑某氏女，幼孤，依母以居。性純孝，善體親心。貌娟秀，年二八，遠近爭委禽。母亦以女大須嫁，為之妙選東床，俾遂唱隨之樂。女聞耗，泣曰：「人生七十古來稀，母老矣。桑榆晚景，風燭殘年，兒鮮兄弟，兒嫁，母侍奉無人。願學北宮女嬰兒子，撤其環瑱，終養父母。母弗能強，卒從之。母死，釋服後，從叔某謂女養母已終，烏私已遂。哀彼煢獨，又欲為之議婚。女仍弗之許，詞是獨居二十餘年，里黨中稱貞孝女焉。近日邑中有黃某者，曾割臂以療親，以孝聞於世。年耳順矣，家貧鰥居無偶。慕女名，遣蹇修往聘，願賦偕老。女聞之，喜曰：「黃郎，真吾夫也。」其叔曰：「黃年老且貧，婿彼何為？」女曰：「兒年亦大衍之數矣。老女老夫，嘉偶曰配。彼家貧窶，我家獨富厚耶？」卒受其聘。歸黃後，伉儷甚篤。家人待之，咸敬禮有加云。

李郎妙計（居然入我彀中）

武城縣李生，年十八。美儀容，好修飾，翩翩佳公子也。某公之女，亦素有豔色，與生為姨姊行。生頗嚮往，因使人探於父。父素愛生，而未忍拂，竟央媒聘定焉。乙卯八月，涓吉成婚。李固是鄉之富者，於時賀客盈門，頗極一時之盛。無何，新人交拜堂前。出水芙蓉，光豔奪目，親族莫不嘖嘖稱羨。人生豔福，春鏡無雙，生方謂天上人間會相見也。及寢，啟衾入內，女竟百端相拒。在生以為稚女，未便過事強暴。次夜入寢，女之相拒如初。生誘說百端，女終弗顧。以手探之，則襦衾百結，牢不可破，且戒備甚嚴。如是者月餘，生迄未曾染指，心殊怏怏。旋以某藥暗納酒中，勸女飲，女弗知也。甫飲一尊，女即弱不勝風，朦朧睡去。生於是隨所欲為，如乍膺九錫，愉快之象，匪言可喻。生至是以為既已問津，當不至有意外虞也。次晨女醒，知為玷污，唾罵百端，幾無人理。翁姑微聞，心弗善也，然以兒女之情，不便攙言。於是女見生如寇仇，竟至冰炭不相容。雖欲同寢，亦不可得。如是者又月餘，生方窘於無術，恒出外遊蕩。不謂月前女忽翻然改容。一日，生方外出，女急遣人赴市覓歸。親設酒饌，對飲一室，竟反從前之故態。及寢，相語喁喁，狎戲畢至。自是厥後，琴瑟好合，伉儷甚敦。夫夫婦男女，人之大禮存焉。故先王本人情以為治，吾獨不解此女之初志果何似。欲保貞歟，似應誓之於不嫁。既嫁矣，拒之於前，而忽納之於後，是前後判若兩人。吾又不解此女之終志，又果何若也。或謂此女有精神病，然歟？否歟？

雀屏新例（視金蓮五字何如）

湖南某女校校長某女士，北京女子師範畢業。遊歷長江一帶，曾充浙江湖北各女校教員。麗質多才，擇婿過酷，以故年逾花信，尚賦摽梅。近在長沙，尤其戚某介紹聘長某校校務。某君隨其戚往謁，見女士秀外慧中，名不虛傳。茗談之餘，其戚偶及婚事，謂男女婚媾，均有一定，不宜過執，否則人生幾何，青春難再。女士止之曰：「欲予變清潔體為濁穢身，非其人財產在十萬元以上，官在薦任以上者，不字。」某笑曰：「先生所言濁身，不像孔子濯纓濯足之意，頗似賈寶玉口吻，蓋亦紅樓中多於情者。可見中年不嫁，並非寡情。但十萬元財產，今日鉛錦礦商，不乏此輩。薦任以上官職，丘八隊中亦大有人。然礦商惟知穿井，丘八只會放炮，未必能多情。此外政學中固有具備此項資格者，但其年齡定非英造，必在貴庚以上，性質亦未必能多情。鄙見不如改財產在十萬元以上為年齡在二十歲以下，改官階在薦任以上為資格在陳平冠玉間，似較適用也。」女士默然不言，既而曰是。其戚笑而首肯，亦曰是是。遂相別而歸。

宣南姦殺案

京師內左二區馬市住戶張姓某甲已經商為生；娶妻某氏，貌頗美，婦德尤足多。寄寓於馬市者有年矣，里巷均無間言，伉儷之情亦篤。除妻外別無親屬，偶出外，託其妻子同寓（寓前進）之邱振升。邱固與張有戚誼，以醫為業。因張妻貌美，早已垂涎。自甲去後，邱尤無忌。時以言挑之，某氏佯為不知也者。邱復以數十金購得妝飾品相贈，某氏嚴詞拒絕。邱憤甚，且聞甲將返京，情急，於日前某夕直入某氏臥室，明言來意。某氏即惡言罵之，並呼救者屢。以僻處後院，街鄰無知者。邱老羞成怒，出而覓短刀（如宰豬者然）。某氏旋即閉門，將睡。邱忽持刀斬關直入，強迫執行。某氏以徒死無益，忍辱從命，時刀仍在邱手也。事畢，邱困甚。以為某氏身已被污，必無他虞，對某氏直言商害甲及己妻之計。某氏因故作媚態，以言餂邱曰：「妾身已屬君，聽君所為。惟刻已更深，君復憊極，盍將刀交妾，而安睡乎？」邱如其言，而噯呦之聲、恨罵之聲、刺剸之聲、同時大作。邱家中人前往探視，則邱與某氏均赤身在床，邱胸腹際已成蓮蓬之式。於是又雜以號哭聲，為巡警所聞，急入查問。某氏乃徐徐穿衣，向警等歷歷陳述。並云殺人是我，我即到案，警士當即驗明死者實受傷三十二刀云。

催妝詩（都是個聽而不聞，枉為了絕妙新詞）

武昌某巨紳，生有一女，耳甚聾。現年方二九，字候補知事陳某之子。孰知陳子，耳亦重聽。民國六年某月某日，為其合巹之期。大拙山人作詩四首以戲之，詩曰：「花燭雙輝照洞房，居然一對小鴛鴦。笑他別有三癡樣（鄂諺一聾三癡），萬喚千呼始出堂。」「難煞賓筵贊禮生，大庭廣眾作牛鳴。可憐嗓子呼將破，新貴依然聽未清。」（鄂屬呼新郎新婦曰新貴人）「喧天鼓樂把妝催，笑彼如聞夢裡雷。我有一方須記取，好將社酒作交杯。」（社酒可以治聾）「今朝吉日又良辰，東閣宏開集眾賓。待到更深人靜後，便宜多少聽房人。」（鄂俗新人入房，後來客多倚壁聽之，謂之聽房，以卜利市聞。新人語者則吉，否則是年之氣運必不佳也。）

白髮紅妝（一樹梨花壓倒雙海棠）

紅顏配白髮，為婚姻中之數奇。如錢牧齋之於柳如是，千古譜為美談。今有吳江宋翁雲間楊氏結婚之事，非特老少懸殊，抑且演一重婚之趣劇也。宋氏先世固窶人子，其祖一日郊遊，忽有雌雉導之。至一穴，發之，得白鏹萬餘，遂以起家。人遂稱之曰宋野雞，再傳至翁。前年續娶沈氏，時翁之高壽已五十四，而沈則芳齡方過花信。有好事者探其閨中，則鶼鶼鰈鰈，其樂甚於畫眉。說者謂翁雖年老，而媚術不衰。沈有手帕姊妹楊女士，年亦相若，雲間人。以少小相愛，不忍離居，沈楊訂交時，本有同嫁一夫之約。今以楊母不允嫁此老翁，故而遲遲。今歲春，楊母死，沈氏乃向親屬白其同嫁之意，咸首肯。乃由沈氏之兄周莊大紳某為媒，說合於翁。於夏曆九月二十七日行結婚禮，翁於金珠衣服，一如娶沈氏時，沈氏亦作宣言書以白鄉里。當此黃華時候，婚禮將行於姑蘇臺畔，忽而天不做美，新娘嬌病。於是佳期乃展緩一月舉行，一時賀客如雲，暫時掃興。說者謂在昔民國初元，京師有偉人胡瑛重婚唱導於先。迄今共和重振，又有宋翁遙應於後。珠聯璧合，亦足以為革新後之點綴品也。宋翁字幼琴，吳江桐里人，其結婚地在蘇州十梓街彭宅云。

殺姦奇計

浙省塘棲鎮，有王某者，係前清武舉人。娶妻秦氏，年已四十，丰韻猶存。家有桑田甚富，每年收穫約有四五千元之譜。雇一家人，名小四子，甚倜儻。秦氏私與通焉，被王窺破。欲舉發，恐失面子，於是思得一暗殺法。近當收桑之際，王雇一船，率小四子同往各鄉收桑葉錢。乃囑咐秦氏曰：「我帶小四子去，要一禮拜後方歸，小心看守家中。」開船行有十餘里，忽慌張曰：「忘記帶簿來」，命小四子徒步回家取簿，船在此等，速去速來。小四子聞命飛奔而去。行到家中，秦氏曰：

「汝胡回來？」小四子以取簿告。秦氏知闊別將有一禮拜，情不自禁，乃與小四子白晝宣淫，盡情而罷。小四子交媾後，恐王久待起疑，攜簿趕急而往。奔到船舶之地，王故意手持洋五元，往河畔水中下落，命小四子脫衣入水取之。半日方全數尋獲，於是開船往各處。不二日，各桑葉錢均收齊回家。小四子因前日急跑回家，與秦氏行房，行房之後，又急跑而浸在水中半日。忽然精神疲倦，骨節酸痛。王知其必死，連忙將工錢行李，一併送其回去，不半月而小四子竟一命嗚呼。臨危之際，其父問起病之緣。小四子以實告，其父恨王心太毒，又不能尋王償命，乃遍發傳單，宣布其事。王接閱之下，隨即將岳父母接來，命秦氏在廚中殺雞為黍。王在堂中，將小四子與秦氏通姦情事，大聲疾呼，以告岳父母，使秦氏聞知，無面出來見父母。果也，秦氏悄往屋後，自縊而死。岳父母以親在面前，實係自死，未便與王興訟，於是草草掩埋。一雙姦婦姦夫，不動聲色，均被王暗殺盡淨。然而王之為人，亦太忍矣。

小學生宿娼

湖南岳陽縣立學校學生章繡、劉謨群、劉功良、廖賢芝等，因夜不歸校，該校校長出外偵察。行經汴河園地方，以該處多營皮肉生涯者，因格外注意。瞥見學生廖賢芝在娼家尋樂，將娼婦抱置膝上，互相親嘴。並由娼婦手持茶壺，該生以口就飲之。既畢，以票錢一串與之。該校長目擊情形，恨恨而歸。俟該生等回時，責問上項情事。該生等知不能隱，自認其咎，惟要求從輕懲處。該校長遂將章繡、劉謨群、劉功良等各記大過一次，以廖賢芝年甫十三四，即在外宿娼，乃笞擊其臀，免予記過。惟宿娼權利，非臀所享，臀乃盡受笞義務，或謂罰不當其罪云。

黑龍江之風流案

黑龍江省廣信公司，總握全省金融命脈，勢力之大，莫與倫比。董事中有一蘇馨遠者，其為人也，小有才，頗占權勢。養尊處優，生平無他好，除自私自利外，專事漁色。被其姦污之婦女，已難以數計。人或畏其多金，亦或利其多金，以故無過問者。近以貪得無厭，陡然發覺，雖有金錢魔力，運動無靈，終歸身敗名裂，仍不得了。自作孽，不可逭，此之謂也。按此事之遠因，係一蘇某素識之商人高某，因落拓不堪，羞噁心為饑寒戰敗，竟甘心與妾牽馬，以投蘇某所好，居然發生效力。逾三日，高某即得充某廠收費之優差（某廠係該公司之附屬機關）。高某患得患失，自知其妾已老大，姿色不佳，愛情決難持久，深以為慮。適值其兄攜妾來投（其兄前在奉省歷充優差，納妓為妾後以贓案發覺攜妾潛逃，兄弟向來不通聞問），高某本擬拒而不納，因目逆其小嫂，美而豔，以為奇貨可居，遂特別歡迎之。復將發財秘決，傳授其兄，取得同意，立即水到渠成。僅一星期內，高兄即遣其妾於其弟，經蘇某薦往呼瑪爾河充某金礦局局員。而高某之薪金，亦由每月十二元，不期年即增加至四十元矣。效力之大，為何如也。

蘇某左右逢源，尚不能飽其饞吻，仍覬覦某女工廠貌美之女生（某女工廠係蘇某組設兼充該廠協理）。該廠於去歲十一月間停辦，外來之女生，限於資斧，困守廠內者有之，流落廠外者有之。其中姿色稍佳者有二，咸為蘇某之目的物。其一為奉天人年某之妾，其一為本省呼蘭縣柳某之妾。二女生因家中皆有大婦，不願遄歸，遂同租某煤廠之房居之。蘇某即屢次相顧，著手成春。後以該院戶多人雜，甚為不便，遂商之高妾，擬將年、柳二女生接來，歸併一處，以免顧此失彼。高妾亦入工廠數月，與年、柳二女生最契。又兼正醋其嫂，借此以分寵勢，極贊成之。蘇某目的已完全達到，周旋四大金剛之間，頗稱美滿。焉知樂極悲來，不作美的柳某，突然來省。先到工廠尋妾，始知現居高家。柳亦耳有所聞，曾前往暗探數次，未得要領，遂將其妾接寓於某旅館內，詳細研訊。其妾自知愧悔，將高家祕密事，全行告知其夫，並云蘇某如何計誘，高妾如何代謀，妾始終堅拒，未被所污。柳疑信參半，遂深恨蘇某，思有以報之，故與其妾設計捉姦，以洩此忿。

一日，二人同往高家。柳則守候門外，其妾入內窺探。見蘇某正與年姓女幽會，已經入港，即向高妾云有遺失物件，匆匆而出，告知其夫。其夫遂闖然入，高妾見之，迎入西屋。柳不理，直抵東屋門外。啟簾而門堅閉，並未發言，僅輕輕敲其門（此係高家所用暗號，其妾告知者），即聞屋內細語云，西屋有人來矣。約五分鐘，將門暗暗微啟，見係外人，急闔之。彼時柳已跨入一足，推門而入，見蘇欲逃無路，面責之曰：「汝既係女工廠協理，竟敢誘姦本廠女生，罪有應得，當喚員警來捉將官裡去。」蘇某再三哀懇，求其保全名譽，言明日必到貴寓從重答謝，此情決不失信。柳竟墜其術中，縱之使去。及次日，柳在寓守候，接得蘇某一函，內云：昨日之事，子為政。今日之事，我為政。肯代守祕密固佳，否則隨便。至於汝妾，久已屬意於我。如經濟困難，可以從大多數擬一價值，將汝妾轉賣於我，豈不彼此兩全其美。汝自酌量辦理可也。柳閱之，怒不可遏。立掣其妾，馳往廣信公司，當面痛罵蘇某，並宣布其醜祕密。蘇某無言可對，窘急萬分。復經多人解勸，始去。

該公司坐辦李而齋睹此情形，不成體面，又兼蘇某不正行為，久有所聞，遂借此發表，立時商准魁總辦，即日將蘇某開除。蘇某遂運動陸軍師部吳某，轉求許師長，出為調停。許師長不知底蘊，極力維持。已經挽回，又被省議會聞知，以為風化攸關，不容緘默。次日即將種種事實報告畢軍長，請求提訊。蘇某又運動本省最占勢力之巨紳某，將柳邀至某家，誘以利害，囑其如督軍提訊時，即云與蘇某並不相識，諸事一概不知等語，並代為擬一具結完案之底稿。柳均已認可。是晚畢軍長果將柳某夫妾傳署，親自審訊。該夫妾一味支吾，事事不識不知。軍長見其形狀有異，必有別情，遂將柳妾送交夫人祕密訊問，果然盡吐實情。及軍長再三訊問柳某，將判以詐財之罪，柳始將事實供出，並呈上蘇某之函，及某紳代擬之結稿。軍長遂令柳某夫妾取保，即時釋放。彼時又有人報告，謂師部吳某，與蘇某有聯手不明之事。次早軍長派夏副官到公司查帳，吳某個人名下，虧欠公司之款一百餘萬。蘇某見事已敗露，不可收拾，即於是午赴齊站乘專車而走。

歡喜禪

湘人迷信神權，毫無宗旨。不論何種教旨，但以祈禳為唯一之目的。就中皈依佛法之婦女，尤為不倫不類。蓋婦女之崇奉佛教者，多由僧徒之誘引，僧徒則以募化為竹槓。故凡祀佛者，必先拜一僧，名曰拜皈依。僧徒之待拜皈依者，視之為乾女。其中曖昧之事，亦時有所聞。然能引誘大家婦女者，又必為某叢林之住持方丈。如上林寺之雪泉、開佛寺之慧修，其乾女多至數百，乾爹亦時臨幸其家，大施其普度一切苦厄之法術。家人以某大方丈，操行清白，不之防也。迨事情發覺，只得暗中叫苦耳。

自由結婚之稟

雲南女學生劉宇歧，數年前，尤其父主張招贅某姓為婿。後因夫婦不合，婿遂負氣他去。劉女生遂與滇軍第四連第三大隊長黃臨莊結識，且願與黃自由結婚。女父本為某處女學堂教習，人頗開通。惟對於女生此舉，以為大悖倫理，故極力反對。女生無法，日前竟至逃往黃處藏匿，且在滇督府具呈控父，痛肆醜詆，其控詞云：「都督鈞鑒。敬稟者，竊惟我同胞志士，戮力滅滿，恢復祖業，宣布共和。人人自由，天下皆知。而婚姻大事，尤應自願。我父苛待子女，使我大哥煙毒斃命。試觀文明國有此暴政乎？今歧受學有年，深明大義，謹守天分。遭此無端錮閉，如同牛馬，實一恨事。本欲自由毒斃，以報我父母無端壓制之恩而後已。適逢共和機會，文明發啟。滿奴尚未滅盡，死不瞑目。前與大國民黃君臨莊通信多次，自願結婚。至昨二十六日來一函許可。二十七日，歧恐壓制太甚，辜負終身，身自往黃君別墅，以託生死。蓋黃君熱心國事，同胞皆知。欽慕久殷，死生何計。禍福不問，如此行去，於我父母，亦有光榮，於我平生志願遂矣。我父倘施以野蠻壓制，岐誓以死報，必不生還。我二萬萬同胞，能有家庭改革及自由主權思想者，必能為伸冤。犧牲一命，千載如生。如蒙批准自由結婚，免得冤死，以維持新政而昭文明，則不勝感激之至。謹此呈明，當奉批詞云。」查各國通例，男女雖准自由結婚，然亦有須稟承祖父母或父母之條。茲該女生來稟，並未稟承父母，且醜詆其父，深惡而痛絕之，不惟貽笑外人，且為黃裔之羞，方今共和幸達目的，未有不能共和於所生之父母，而能共和四萬萬人者。該女生既一再以共和為言，著三思之。

自由結婚之函

江蘇省議員周鉞，逼女投江，經蘇州高等廳判決有期徒刑四年。女名靜娟，曾肄業於上海務本女塾。後在浦東南洲女校充當教習，與校長徐品花自由結婚。因恐遭乃父毒手，致書於伊姑丈劉子瑜，請為和解。書云：「姑丈大人尊右，久疏奉候，抱歉殊深。近維起居安燕為頌。姪女在校（浦東魯家匯鎮南洲女校），碌碌如恒，無善足告。惟去秋承南洲辦事諸君，推為校長。嫉妒者實不少，其中顧教員（曾與周同學，松江人）為最甚。顧對於教育，亦不熱心。故姪女不得其用，即行辭職。彼回松後，詭造姪女與前校長品花先生結識各節，告其群輩。近已傳入家庭父母之耳，而家父母信以為實，日內屢有信來，強逼姪女速即回家。姪女深知家父嚴酷，罪過難逃，故不敢回家。遂將終身面許徐君品花，以保全彼此名譽。徐君初不許諾，以校長與教員，應避嫌疑，再三推託。後尤其家屬親族慰勸，今方免強許諾。定月之十一號舉行自由結婚禮，請泰日橋周容夫先生為證婚人，袁達夫先生為介紹人。自是之後，家父母必發憤怒。伏乞大人極力勸慰，無任感盼之至。蓋姪女德性，我丈深知之。數年出外求學，未嘗違於禮節，此事實由造謠人釀成之也。」

閹妓離婚案

壬子冬，北京地方審判廳判決程月貞與張靜軒離婚一案。程本蘇州名妓，張係前清內監，現為東安市場會賢球房主人。太監娶妓，事本離奇。而承審推事，為林君鼎章。其判決理由書，文甚藻麗。詞云：「此案程月貞提起離婚之訴，根據三種理由，曰太監也，重婚也，虐待不堪也。但使三者有一，已與法理相背。然據邀重家族主義之立法例，配偶者知有離婚原因，逾一年者不得起訴。則前兩種之理由已不成立，至其根據第三理由，則須有其他事實上之證明，不能憑空言提訴。但張靜軒之辯訴狀及口頭陳述，均稱甘心離婚。可見雙方愛情，業已斷絕。至張請追還身價並追程所攜逃動產等情，查人身不得為所有權目的物，前清之季，已懸厲禁，況在民國？前此身價之款，豈容有要償權？張又變其主張，謂我乃代彼還債，有字據為憑，並非身價之比等語。夫程因張代還債務，故願為其使女。是時程之對張，固明明負有債務，而以勞力為辨濟。然張既娶程之後，則依中國慣習，夫婦財產，並無區別。婚姻成立之時，債權債務之主體合併，權利即已消滅。從前既無特定契約，事後豈能重新主張？至程隨身必需之衣服首飾，按諸法理，亦無褫剝一空以償債權之辦法。張又謂非將隨身銀元及拐攜錢物追繳，實難從其離婚等語。殊不知離婚乃關於公益之事項，還債僅關於私益之事項。若因錢債之故，而遂拘束其離婚之自由，與法理未免逕庭。況張蠶室餘身，只應雌伏，而鵲橋密誓，竟作雄飛。陳寶得雌，固已一之謂甚。齊人處室，乃欲二者得兼，而如程者，籍隸章臺，身非閨媛。桃花輕薄，本逐水而無常。柳絮顛狂，豈沾泥而遽定？在程既下堂求去，不甘鴛譜之虛聯。在張自覆水難收，無望鸞膠之再續。倘必作蒹葭倚玉之想，求破鏡之重圓，恐復有蒺藜據石之占，歎入宮而不見。所以聚頭萍絮，何如池水分流？並命蕙蓮，僅許花風吹散。至若玉臺下聘，雖有千金，而金屋藏嬌，倏將二載，一雙條脫，既經璧合於羊權，十萬聘錢，詎望珠還於牛女。是則程固可請從此逝，而張亦無容過事要求者也。雖然事非所天，黃鵠不妨高舉。而物各有主，青蚨何可亂飛。同衾人縱許裾分，阿堵物豈容席捲。蓋一則監守自盜，未能舉證剖明，一則人財兩空，亦應原情矜恤。用定期限，勒令償還。」

多夫之奇論

廣東西樵村張某，有女名月娥。二九妙齡，風姿豔冶。性質靈慧，頗通文翰，張某鍾愛如掌上珠。然家法素嚴，家中婦女，不許出閨門半步。月娥賦性風泣，每遇春風秋月，輒蛾眉深鎖，西子含愁，恨不能插翼長飛，一紓幽鬱也。未幾父死，遂辭母至省，肄業某女校。一吸自由空氣，即如羽化而登仙。常與姊妹花數輩，謀擴女權。所發議論，最為奇特，大意謂歐俗一婦多夫，最合天然法則。即以體力論，男子雖強，夜不能御三女。而女體之壯者，雖經三四猶餘勇可賈。恨吾中國女人，智識發達，後於男子。故一切權利，被男子占盡，而有一夫多妻之不平制度。今而後當謀反其道而行之，使二萬萬男子，盡伏於裙下。以供我輩之玩弄，方足洩我女界數千年憤氣云云。並擬將種種理由，刊發成冊，分送女友。見者莫不掩口葫蘆。

手足幾成伉儷

廣東省廣寧麥辛，與族兄在腰古開設泥水店，聘就腰古羅明福女為室。吉日，新婦於拜席時，熟視新郎，忽失聲大哭。賓客駭然良久，乃謂新郎云：「爾非我胞兄亞辛耶？」辛亦愕然，諦視新婦，確為伊妹亞冬。冬即脫去大紅服裝，宣布伊係於六歲時被拐至此，羅氏夫婦收為養女等語。眾賓以此事幸未成禮，而骨肉團圓。遂勸各破涕為笑，乃將梅酌改作慶筵云。

不嫁主義

江陰西門外某女學校，開辦迄今，頗形發達。邇來有年長之生徒八名，祕密創立一會，曰立志不嫁會。茲錄其簡章四則於後。

（一）目的　以立志不嫁，終身自主為目的。
（二）義務　凡會員均有勸人立志不嫁之義務，且有保守本會，不使洩漏祕密機關之責任。
（三）入會　凡欲入本會者，宜先申明其理由，並當會眾立誓。
（四）出會　既入本會，當不參預人之婚姻事。若私與男子往來，經察覺後，立除其名。

破天荒之立志不嫁會，創立未滿二旬，已為校長張女士偵悉。遂召集該會會員，大加誨戒，略謂男大須娶，女大當嫁，此人倫之天職也。若守不嫁主義，則蔑視己身，淪喪人權，不愛國之甚者也。於是該會頓遭取消，而此種新聞，傳諸校外，咸議論紛紛云。

懲悍術

江西撫外河，有一年約二十餘之婦人，鬢髮蓬鬆，嚎啕大哭，由一小屋中奔出，步行河坡，口中大呼曰：「我還活著做甚麼？」一望即知係抱厭世主義而欲投水者。路人甚為駭異，因停足以觀，竊計定有人追救之也。此時該少婦距水已近，忽易奔為步，步且緩，若深望有人泥其行者。無何，逼臨水畔，竟無救者至。旁觀急煞，不覺呼曰：「不得了，死矣死矣。」詎婦至此，頓止其步，席諸河濱而坐，從容去鞋，哭泣有聲。至是人皆異之，私念凡覓死者，必有萬不容生之苦處，但求速死為快，遑顧其他。觀婦於區區鞋襪，尚不能捨，其不能捨命投水也必矣。時見小屋中一中年男子，從容而來。行近婦旁，亦不施救，慢聲而言曰：「胡不死，胡不死？」言訖，驟以兩手掖婦脅，溺其頭於水中。一上一下，將婦溺個不死不活，大呼救命。其人曰：「你原來覓死，何必呼救？」婦哀之再四曰：「今後不敢矣。」時鄰人亦畢至，其人即婦之夫。婦素刁悍，動輒以死嚇人。今日因與夫口角，故又行此故技，初不料夫竟不顧也。路人聞悉後，不禁肚皮為之笑疼。特為誌之，以告世之以死嚇丈夫者。

教員戀愛自由

安慶城內省立師範二所，均以第一名之。其地點男校屬西門，女校則近於東門，女東男西，無意中若表示近日女權發達之證。有徐君履卿者，為男師範著名教員。而女師範教員之謝女士，尤為英雌中翹楚。此也求凰，彼則引鳳，嗣經身兼男女兩師範教員之羊叔子（楊姓教員），奔走撮合，成正式文明結婚禮，一時賀客盈門。目墨鏡而口金牙，窄衣短袖者，新娘之伴侶也。峨其冠而昂其首，高談闊論者，新郎之僚友也。主人飲合歡杯，來賓吸自由鐘，濟濟蹌蹌，極一時之盛。徐郎之美，謝女之才，指顧問當孕育文明種子，乃皖中學界佳話也。

懦夫快舉

奇異之事，無過於割勢。有清宮監，均罹斯苦。自國體變更，此項滅理損德之稗政，早經革除已久矣。詎知蘇州金閶繁華之地，乃發生割勢離奇之事，亦社會上所罕聞者。閶門外之三六灣，有居民陳志遠者，素為商業中人。平日有季常之懼，琴瑟之間，時有勃谿。一昨又因家庭細故，致起反目。河東獅吼，陳志遠莫之奈何，忍氣外出，暗藏利剪子袖中，即在附近空荒之地，遽將陽物剪去，裹於紙中，還家即交付與妻，以示卻懼之至意。妻見之乃大驚，察視陳之神色，毫無痛苦之狀。惟其根上血管之中，忽然紫殷之血沫。歷四小時之久，始覺痛如針刺。有好事者云，須將鵝毛管吸氣吹之，然後設法施醫，不致斃命。妻竟如法泡製，送往天賜莊博習醫院施救，已一息奄奄矣。

不良之婦

江北如皋縣人沈阿三，性素忠厚。聞在山塘街渡僧橋某糰糕店為夥，迄今已有八年。上年春間，有同鄉人季老五，帶領鄰居奚某之妻徐氏到蘇。徐氏因夫死無嗣，家計中落，隨季到來，擬幫傭度日。惟因蘇地雇工均要切實的保，方敢收用。由季老五請沈阿三代為薦保，不料徐氏心愛沈三，示意於季，商之沈三。涓吉成禮，即以季五為媒，故婚帖均全。後沈阿三經店中辭退，欲還家墾種田畝，預先與徐氏說明。徐氏迫於夫命，未便拗違，其實心所不願。適有素來認識之拖車某甲來家，沈適他往。徐氏備述心擬不去，無法可想。詎某甲言胥門雲安包車公司主李三，現正擬娶室，家中如何富有。如肯從彼，吾來設法，包管與沈脫離無事。徐心為動，垂首似允，不料一席話而發生事情矣。

一日，沈挈徐氏返如皋，行抵胥門外盛家弄口，李三早已邀約地棍流氓十餘人。比沈與妻到近身，李三即啟口向沈索欠。沈見素不相識，瞠然不解。眾流氓乃拖拖拉拉，將沈擁至得意樓茶園內，故意高聲討欠，眾口如一。自四時直至七時，臨了將沈阿三身上衣服強行剝下，腰囊中欲帶還家之洋三十一元數角，亦為眾人挖去，然後大眾一哄而散。是處並無崗警，沈只一人，難敵眾手，茶園內因李三向在胥門開雲安公司，均擁護李三方面。故沈被若輩滋意所為，其妻徐氏，早為李三派人領至小石灰橋車夫某甲茅蓬中矣。

沈阿三衣銀被搶後，見妻又不在，四處找尋。直至第三日，無意中行抵小園地方（亦在胥門外），聽得鑼鼓喧天，前往觀看。突見己妻徐氏，與搶洋之人，兩下滿身新衣，若結婚狀。心始恍然，退還閶門，將言告之友人黃學閣。黃即偕同沈阿三往小園報告崗警（該處歸水仙廟區），員警不管。黃、沈只得親往李家，正值兩新人吃飯堂中。水巡隊之員警及水仙廟之員警坐滿，一若預備打者。黃、沈入屋後，先將男女各捉一人，拖往區內。而各長警上前動手，拳足交加，黃、沈忍死不放。幸離區不遠，到後，稟報巡官。以事關搶劫衣錢婦女，即送一區，移吳縣歸司法範圍訊辦。

翌日開審，承審員訊問沈阿三時，當將婚帖呈閱，並以原媒季老五證明無訛。繼訊李三，供稱與徐氏本不認識，因伊看中我，自願嫁我。所有搶銀剝衣奪女毆打各節，絕口不提。承審員訊明後，諭徐氏仍令前夫沈阿三領去。李三亦轉行交保，候查明情形，再行判決等情。即行退堂，而一干人亦皆至。外有署警夏某，早得李三之運動，乃出外向沈言，傳爾與原媒，將爾妻徐氏，取具切實保人領去。言畢，即帶李三徐氏另至他處。旋即再至沈阿三處，言爾回去罷，徐氏為李三領去矣。沈欲問時，夏警掉頭不顧而去。沈阿三、季老五等如入五里霧中，何以堂諭著前具領，而一轉瞬間，反謂仍舊李三帶去。官署未能闖進，只得退出，與黃學閣等一番參揣，方知係李三財可通神。沈乃白白被搶三十餘元，又遭毆打一頓。堂諭判妻歸原，為署警掉弄槍花，依舊未曾到手，人財兩空，即欲尋死。經人勸住後，只得將奉諭領妻署警朦蔽，仍將徐氏私給李三領去。是否署警夏某受李之賄，私行舞弊，抑或堂諭反覆，形同兒戲之處。控訴縣長，請求立即再傳各人，俾明真相，而知內幕。控狀於四時投送，署中按收後，確聞該警立即差心腹人飛告李三，令其速備對付方法。因事關重大，並有密令將徐氏交送該警家中，私行匿藏，以視如何情形，借可謀退步之計。李三得報，即赴署中。此來如何，局外人恐難明知。大抵將控狀消滅其效力，故至今日猶未見批。沈阿三終日在署前，如癡如狂，坐待傳喚。日以繼夜，不離寸步。最可慘者，三十餘元款洋，盡為李三搶去，身上已不名一錢。又逢遇富有錢財之包車東李三，交涉自然終難抵敵。以共和時代法治之始，尚有如此黑暗之事發生，而使貧苦之小民遭此冤枉耶？嗚呼！吳縣之官吏！

經理與女工（雙雙捉將官裡去）

湖北省垣各商店，風俗最壞者。一布店對買貨之婦女，語言神色，不合規則。一茶店對摘茶之女工，眉來眼去，無所不為。甚至有輕薄之行路人，過必佇窺。近更有橫街之精益織襪公司，僱一理線紗之女工，置諸該經理之屋內。屋之樓上，則為吳德元商店之工人住處。該工人等鑽板竊窺，見經理果與女工如是云云，不無戲笑。女工惱羞成怒，信口詈罵。因是工人大憤，報由崗警到該公司詢問不諱，即將男女一併帶往第五警署，重罰而釋。

淫婦自斃

鄒復順，武昌縣屬馬鞍山人，向開設飯館。其妻姿色可人，名為飯館，暗兼提調，遠近皆知。與比鄰蔡大文之妻黎氏甚善，而大文之妻，亦係淫蕩者。前夜有豬販某，寄宿該飯館。聞該館係提調衙門，即請提一姑娘為歡。該館即將蔡黎氏提來，價錢二千文，提調錢二千文。但該市向設有團防局，各館寄宿行客，須報明團防，否則即以私藏匪類論。該飯館是夜只報四名住客，迨至團丁查館時，查出一男一女。研詰該館何不報告，該館無言答對，團丁等即要帶案處罰。嗣經設法消滅，姦夫驅逐出境，淫婦私放歸家，以全體面。不料事為該淫婦夫查知，痛加斥責。該淫婦因怒成憤，於十四夜懸樑自盡。現該淫婦娘、婆二家，共同在武昌地方檢察廳起訴，謂係團丁逼姦致命也。

劉玉鳳之哀史（始亂之終棄之，張生毋乃不情）

奉天要人某甲，於民國四年秋間，在任師長任內，為大公子完姻。一時軍政商警紳學各界重要人物，無不往賀，頗極其盛。甲興高采烈，將省城以內之著名女大鼓（即說大鼓書的）、耍藝者（即變戲法的）、說相聲者暨坤名劇角，全行召至府中，為博賀客之歡。適有女大鼓劉玉鳳者（別號老鋼錯），亦應徵至。玉鳳年華十六，雖聲音洪亮，姿色超群，在社會上初亦無大聲色。詎為甲見，即驚為國色天香。迨至下午客散，其他耍藝之人，亦皆領賞而去。甲獨留玉鳳於內庭，說書竟夕。個中滋味，不言可知。次日甲對吳鎮守使聲稱，不意玉鳳一個說書的丫頭，竟儼然一處子，殊未料及。於是眾為作撮合山，留居府中，充臨時之六姨太太。以說書的老鋼錯，竟一變而為師長之姨太太，榮耀已云極矣。玉鳳之生父劉某，亦係以說書為業者，又有阿芙蓉之癖，窮困日甚。今弱息有此佳遇，尤屬喜出意外。不索身價，但求月得養膳之資，於願已足。斯時玉鳳則文繡彰身，膏粱適口，深得甲之歡心。更有時乘坐摩托車，歸省其父，留贈金錢，為阿翁壽。鄰里欣羨，意甚相得。並經甲訂明每月給玉鳳之父優待費一百元，永遠照支。

劉亦自慶從此面團團，可以作富家翁矣。不意人事無常，命有乖舛。上年四月杪，帝制派段芝貴被逼去奉，甲一躍至掌奉天軍民兩署大權。詎甲升官之日，即鳳厄運之時。甲本愛惜名譽，以驟躋要職，而愛惜名譽尤甚。凡昔日驕上慢下，不正當之行為，悉皆摒除。當由師部遷居榮任之時，獨將玉鳳留在原住之私第（即某某師師部東院甲之私宅），派人伺候。以玉鳳係本省小家女，年齡更稚小，並未正式納娶，故未攜入當時府內。又兼甲之大小姐，人極聰敏，力為阻撓，謂吾父現為一省軍民表率，若納一說書者為妾，未免為人竊笑。不如酬以金帛，使其另嫁之為得計。此言進之甲前，已非一次。甲以事繁，與玉鳳亦形疏遠矣。嗣於上年舊曆十二月間，饋以金錢，派人將玉鳳送交伊之生父，另行擇配。詎玉鳳涕泣從事，決計不再嫁人，以為我既為將軍妾，又何屑為他人妻乎？倘將軍終無轉圜之望，亦惟有削髮為尼，以了餘生，藉以謝將軍，借以求懺悔。其父亦為慰解，終未能破其決心也。嗚呼！綜前後事實而觀之，甲負鳳耶，鳳負甲耶？願天下有情人一研究之，此亦情天哀史也。

僉事韻事

國務院秘書廳僉事濮彥圭，因瘋免職。聞濮致病之原因，有三段風流佳話。聊述之，濮字少戡，人咸呼之為小濮，浙江人。為前清江蘇藩司濮子潼之公子，素以風流自賞。前清時在江寧某藩司署中，覬覦某藩司之女，屢託友人為之撮合。某藩司嫌其輕浮，未之允。濮遂遷怒友人，幾至揮拳。經旁人勸止，然從此絕交，雖覿面亦不相識。此第一段風流佳話也。

光復後，濮僑寓滬上，無所事事，終朝作尋花問柳之計。偶在某學校門首，見一女學生，濮又為之垂涎。後探詢該女學生亦係浙人，又託人說項。詎知使君有婦，羅敷有夫，萬無撮合之理。濮因之而大慟，一病幾至不起。此第二段風流佳話也。

本京西城，有所謂某五奶奶者，向營祕密生涯，即南中所謂臺基，都中所謂轉子房是也。某五奶奶有親生女二人，次女秀外慧中，嫻雅美麗。以曾在某女學堂肄業，中西文均有門徑。而眼界一若甚高，蓋其手段然也。濮因某友之介紹，得至某五奶奶處。一見傾心，神魂為之顛倒。又以其身價甚高，不易達目的也，乃拜某五奶奶為乾娘。執子禮甚恭，以冀發生親屬關係，時相往還，便於進步，用心良苦。有他客或往五奶奶處，猝與濮遇，某五奶奶則殷勤介紹，謂客曰：「此我乾兒也。」謂濮曰：「此某乾爹也。」濮每加意周旋，若甚榮幸。而客往往承其過禮，局促不安焉。濮在某五奶奶處，往還已有數年。薪津所入及阿翁從前宦囊，多於此中支銷。某五奶奶亦常許以次女屬之終身，然雖許之不一許，究無實行之誠意。而濮則癡心敬候，故時時以愛子坦腹自居。

日月推遷，漸為某五奶奶家所厭棄，思有以斷其念頭，乃忽於去歲三、四月間，宣言次女已許與楊度之子。楊家拿錢令其入學讀書，因託辭送在某女校寄宿，原以示絕於濮也。濮忽然受此非常之激刺，而魂靈兒已隨阿寶去，神經遂種病根焉。然時時仍至某五奶奶處攪鬧，五奶奶苦之。因藉搬家為名，離其故巢，並云送女還鄉間某市之老家。濮憤無可洩，而病亦日甚。會濮赴上海養病，五奶奶遷西城，及調查得之，復帶病往嬲不已，舊臘忽令某金店送金鐲四副至某五奶奶家。濮取之，逢人分贈。人咸知其疾，不敢受。次日，濮向囊中取出洋四元賞店夥，及店夥出帳單取價，濮詫曰：「尚要錢耶？彼此有交情，即作為你送他們的可耳。」店夥至是始悟其有心疾，因索還金鐲，徒呼晦氣，白跑而去。大除日，濮復至某五奶奶處大鬧，脫去衣服，持刀弄杖，大有賈寶玉中魔鬧大觀園情景。驚動鄰右崗警，均無可如何。乃送信其家，縛之以去云。癸丑年，有新疆某議員，以在某五奶奶處因揮霍過度，迨議員取消，落魄難歸。前塵如夢，因成心疾。今濮氏竟步其後塵，誠未有之奇聞。此第三段之風流佳話也。

牡丹花下風流鬼

無錫邑馬路上登豐旅館內，日前晚間，有充地保之鄒巧泉，偕一南門外某紗廠之女工至該旅館住宿。不料至三時後，某女工忽至帳房，聲稱鄒某腹痛，急須延醫等語，即匆匆出門而去。有頃，茶房某甲，至鄒某房內看視，見鄒僵臥被中，業已氣絕斃命。時鄒身穿短衫，下身並不穿褲。茶房睹此情形，不覺驚駭。隨即報告帳房，轉報該處員警第五分所，即派人追尋某女工，已杳如黃鶴矣。經第五分所侯巡官到場視察，檢得酒瓶等各項證物，以便呈縣核辦。是時觀者紛紛咸集，謂鄒之斃命，實係脫陽。當經侯巡官將該棧茶房帶區，解送縣署核辦。後鄒之妻及母聞信，一同到棧，與該棧大起交涉。旋經某甲向屍屬再三勸說，令該旅館津貼殯葬費一百二十元，以期和平了結。論者謂該邑馬路上一班無賴少年，引誘婦女約期幽會，以旅館為臺基，禁之不可。有此風流命案發生，足為若輩之榜樣，以昭炯戒云耳。

小兒女之憨情

王某者，在湘南北門外種菜為業。妻周氏，生一子，養一童媳。尚未成婚，時年均十五歲矣。

日前因祖父陰壽，殺雞一，命媳在火爐房煮之。周氏則自往廚房煮飯。其子見父母俱不在前，興致勃發，在火爐房向其未婚妻接吻。妻拒之，乃大聲疾呼曰：「媽媽你快來瞧。」周氏以為其子偷雞吃，在廚房中大呼曰：「孩子不要吃，還未敬祖宗哩。」其子以為母已知其祕密，嚇得不敢歸家吃飯。其媳私往園中說明，其子方歸。鄰居聞之，為之大笑。

捉姦案之豔判

王得標，寶應產。向曾從戎，近乃退伍經商。娶妻屈氏，清江人。幼隨其姊金姓長成，年華花信，姿首可人。十月間，歸寧金家，（興隆巷內）不甘寂寞。與鄰居染工杜鴻和結不解緣，鶯鶯燕燕，已非一日。乃好事多磨，王忽來浦。穢聲充耳，殊覺難堪。於夜分報知警士，自任捉姦。破扉而入，一雙野鴛鴦，好夢初濃。王一時忿不可遏，持刀戳傷杜鴻和七處，並將王屈氏肺葉刺出。次日，由淮陰縣知事派員檢驗屬實，將杜鴻和暨王屈氏舁送仁慈醫院，分別療治。月餘，傷均痊癒。王乃具呈自請和解。趙知事傳訊兩造同意，爰仍斷合，並為駢體判如左。

此案王屈氏以新嫁娘作歸寧女，流連忘返，居住自由。夫王得標乍釋戈矛，初調琴瑟。因結離之愛戀，遂放舸以來尋。囊澀而小作勾留，家貧且順圖營業。雖罹坎運，六韜之略猶嫻。思振乾綱，七尺之軀無恙。彼杜鴻和者，居對門闌。業操靛染，設色並耽好色，餘資每作遊資，慕少艾則相與目成，扳閒花而競忘指摘。鴛鴦池沼，浪結萍緣。鸚鵡簾櫳，風傳花信。疑整冠於李下，睹遺襪於床頭。氏夫固屬耳於垣，怒眥欲裂矣。奈何欲海無邊，迷津不渡。仲子勿逾里，樹杞下胡妄條攀。羅敷自有夫，臥榻側豈容鼾睡。小兒女方喁喁私語，纏綿兩訴私情。彼丈夫本赳赳武夫，解決一憑武力。囊定格殺勿論之律，今頒防衛不罪之條。又何責焉，時也，月黑飛烏，宵深警犬。藏兵袖底，狹路相尋。奮足街頭，破扉直入。露出并州雪刃，燕尾雙分。銷殘倩女香魂，蠻腰幾折。杜鵑真成血染，野鴦若共霞飛。血花與淚絮齊飄，肺葉共口脂一色。興隆巷猝然興訟，清江女失此清操。是何露水前緣，結此風流惡果哉。幸焉遠來扁鵲，廣布仁慈。輸入青蚨，匀分藥裹。此則創深割臂，彼則痛切鏤肝。既續命之湯調，亦返魂之術善。前塵若夢，往事如煙。撫瘡痍而知悔，斑斑皆記事之珠。起蓬勃兮生機，歷歷比回春之草。不以一失足貽千古恨，再回頭成百年身。殆哉險矣！方數重之信牒頻催，忽兩造之誓詞上達。借得免究，標題非云蠖屈。誓杜將來和誘，鳴作鴻哀。措傾躁釋矜平，前隙似冰消霧散。先尚疑有假託，繼乃訊係實情。庭且公開，人爭旁聽。一則形容觳觫，俯首無詞。一則粉黛飄零，低眉欲泣。若必明罰敕法，包孝肅鐵面無私。轉致怨女曠夫，周文王仁心莫逮。告訴權既經放棄，姦非律何待研求。議既洽乎雙方，網合開夫三面。剪刀毀去，休管二月春風。簡帖還將，仍是百年嘉耦。修省青年私德，滌除白璧微瑕。口頭已訓誨諄諄，書面宜吉祥止止。綴以雅話，以遏鄭風。此判。

新黑幕

南海監獄之黑幕

民國六年，廣東南海監獄，忽生鬧獄事。聞因第三倉囚犯頭牛精月，勒詐新進囚徒。時值嚴寒，各囚家屬所送衣食，悉為牛精月截留，與某某均分。新囚乞還粒粟寸縷，皆不可得。鄰倉囚犯范雲佳，蓄憤已久。特於出作苦工時，檢得單髀利剪一枚，暗懷返獄，磨厲以須。是日牛復毆迫劉姓新犯，范雲佳憤不可遏。持剪奮前，連刺牛腹，洞穿多處，范亦為牛黨拳擊重傷。時周令下鄉未回，當經委員提范審訊。據供稱憤牛所為，故殺不諱。但求速將該獄內容整頓，則雖死猶生。委員以駭囚雖激於義憤，惟不應擅殺，已重責屁股二百板收押。牛旋即斃命。及周令回署，業將該獄人犯分別發押新建之東監，以便徐圖整頓。聞內中人云，獄自民國三年規則一變，腐敗之點旋生。其已定案之老囚，遂規復從前籠頭人頭二手名目，各樹黨勢。至周任則以蘇幫牛精月兩黨為極大，私設種種酷刑，有所謂江外友，吃醬饅頭（以穢布塞口）、咬蔗，又名湘子吹簫，（以繩繫圓木之兩端反縛於腦後髮際）、賣剩蔥（將囚吊起，斜置其首於穢處），貨倉監督（置囚溺桶側，使監人溲溺，頑悍者竟以溺管注射之），一心敬（暑天置囚密處，使俯其首，焚香一把，薰其口鼻），祭獄神（寒天使囚赤體，伏處凳板。以繩繫其四肢，於凳之四足，徐加針刺），同伍過引（以豬鬃毛透入尿管）。更有輕刑數種，如吃大蚊類，有所謂「西老表刺葷頭」之稱，則事涉曖昧，非人所忍言。

王局賭之黑幕

蘇垣賭風素熾，受其害者，不知凡幾，而以王局賭（即偽賭）之害人為最甚。此等賭徒之狠心毒手，甚於盜賊。靠此王局賭以騙人金錢者，城廂內外，不乏其人。近日發現一件駭人聽聞之王局賭，竟以四千無之巨，為孤注之一擲。閶門外橫馬路有某元緒公者，平日豪於賭，間亦以王局騙人。有張姓者，不知何許人，與栗子小開等數人同遊。該元緒公與之相遇，察悉張某攜有鉅資，遂誘令入局。初則五十元百無底之麻雀，張均少負，即欲輟賭。該元緒公見其鈔票疊疊，銀洋累累，垂涎加甚。乃即暗邀同儕到場，改作牌九賭局。先時僅一元二元起手，後張竟大出其資，五百元一千元脫手不吝。無如屢戰屢北，直輸至三千六百元。張憤甚，卒以四千元之鈔票，作孤注一擲。居然獲勝，反贏四百元。該元緒公等頓形懊悔，恨不及早收場。迨後少有輸贏，遂即停止。然聞張某身畔共有三萬元之多，復約於次日雇一畫舫，在舟中一決勝負。屆時該元緒公邀同著名王局妙手多人，齊在舟中先叉麻雀。各出現洋堆置桌上，八圈畢後，張仍少負。遂又易以牌九，詎桌面木板過厚，所擲骰子，不能得心應手，只得另以手術應之。當為張某窺破，以其掉牌作弊，實為王局，不願再賭。該元緒公等竟群起而搶奪張之銀洋，張亦即於此時逃去。聞當時被搶銀洋，僅百數十元。事後同伴互相責言，以如此一樁大好生意，銀洋已到手頭，竟被輕輕逃過，殊為可惜云。

和尚行醫之黑幕

洞庭西山，法華寺僧人月峰，曾受業於醫生費某，習岐黃術。出而施治，亦偶有見效者，而以婦女疾病為多。近來三指生涯，亦復不惡。惟該僧年尚少壯，頗為一般人所注目。近日忽有旅滬東海氏者，刊發《勸懲歌》十首之傳單。茲錄如下。

僧人豈可作醫生，僧俗溷淆罪不輕。
年少女人來入寺，嫌疑兩字不分明。

況且僧人年紀輕，賊頭賊腦會調情。
青年婦女時來到，一見歡心笑面迎。

僧人寂寞在山林，曲徑禪房花木深。
幸有女人來看病，引他入室起淫心。

女人生病接醫生，請個僧人年紀輕。
賊禿任看婦女面，摩他兩手盡陶情。

請來賊禿入房帷，患病婦人暗吃虧。
妄說調經能種子，全無廉恥惹相思。

眼前也算是牆門，禮法須知要自尊。
若使和尚房內坐，婦人臉面有無存。

三世醫生見識多，百般病痛俱經過。
聖人明訓從無錯，不聽良言莫奈何。

須知家教要分明，不准閨房胡亂行。
和尚如何能治病，招來禍患臭名聲。

婦女燒香古所禁，今番和尚作醫生。

好官一日來懲辦，燒殺此僧亦近情。

懲淫演戲翠屏山，石秀英雄大殺姦。

此事人人皆曉得，男人何故不防閒。

按和尚看病，別處絕無，惟西山有之。爰作《勸懲歌》十首，願望山人醒悟，禁止婦女不准和尚看病，以整風化。歌詞粗俗，以期山人男女易曉也云云。

賭徒騙錢之黑幕

寧波人邵某，係前清著名土棍木老頭之子。木死六七年，其子好賭，致家產蕩盡。貧至澈骨，無以度日。一日，為其妻臨盆產兒之期。赤手空拳，資用無著。邵某乃心生一計，逕向其姊告貸，偽稱其妻因難產傷命，無錢成殮。其姊誤信為真，允借洋三十元，並許代辦衣衾棺木等物，當即交銀洋於其弟。其弟欣然回家，姊乃向寧郡華德茂雜貨店，購備衣衾材物，親自攜帶至其弟家。甫入門，即放聲大哭。鄰人不解其故，咸來問訊。始知其弟之說謊騙錢，並非實事。眾皆為之捧腹，而其姊亦破涕為笑。旋復大罵其弟不置，遂將材物擲諸門外，用火焚毀。一時傳為趣聞云。

黃天黨之黑幕

自對德抗議以來，德人以種種陰謀，期破壞我地方秩序。受其運動，蠢然思逞者，日有所聞。如山東招遠縣境潛伏之黃天黨，有排外意旨，將兆義和團巨變。該匪黨根據地有二處，一在招遠縣赤村，一在掖縣朱橋鎮。兩處相距不過數十里，故能聲氣相通，勢益浩大。匪首李姓，名桂卿，亦曰秀卿，未知孰確。每逢三、六、九日，在該境城隍廟開會，集合已達數千人之多。凡婦女在十五歲以上四十歲以下者，亦誘其加入，其行徑恰如庚子之義和團。重要匪黨，皆聚於匪首本家某巨宅中。蓋其本家某，久在哈爾濱經商，資本雄厚，故原籍屋宇宏大，遂供匪黨之集合也。刻已為省中大吏所聞，曾飭縣查緝。奈聲勢甚張，決非區區縣官能力所能消弭。其隱禍極為足慮，當道非預為嚴防不可也。

謀財害命之黑幕

五年十二月十日，即陰曆十一月十六日，南翔鎮出有富商周晉笙之八齡獨子永暄被人暗殺之奇案。茲詳誌之。

周晉笙，名廷翼，南翔東市發茂醬園及鼎茂槽坊主人。現年六十一歲，席有先世家業，擁資數萬。髮妻陸氏，生一女，前卒。其後琴瑟不調，久與分居。而自居鼎茂內宅，迭置姬妾，均未有子。十年前，周私識一甬婦楊氏，遂生永暄（或云私識時已帶肚），乳名和官（或云名五官），周甚愛之。今春周與甬婦不睦，以八百金畀之，遣去而留其子，別囑其妾王氏名阿三（又稱三小姐）者撫養之。王先撫一陳姓女，女名蓮寶。既得永暄，一子一女，頗如己出，兄妹亦相親愛。永暄現年八歲，已入私塾讀書。性頗敏慧，有老家丁某，諳拳術。永暄喜受其教，能演開四門等術。而與婢女名阿玉者尤昵，非玉，不歡梨棗玩具之屬，吝於與他人者，見阿玉必分與之。阿玉亦常與共出入，主婢之相得可知也。阿玉年僅十三，常以竊主人物被懲。某日有一催科吏晤周久談，比行，吏所攜搭連袋中，失銀一封，計五十元。以談頃阿玉曾來，窮詰之，果玉所竊，周因惡玉。會王氏赴申戚家，令挈玉去，擬即贈之戚。戚留之，而永暄失玉，啼哭不食，必欲復得之。周溺愛其子，挈之赴申，仍攜玉歸。此出案前三日事也。

不意至十日上午十時，而永暄被殺之事出現。周素有阿芙蓉癖，宴寢宴起，習以為常。臥室均在樓上，是晨，周酣臥己室，未起。永暄臥王室大床上，晨將起。王以星期無須入塾止之，故亦未起。王及蓮寶均已起，在樓下廂房中梳洗食早膳。陡聞永暄呼姆媽聲，繼又呼阿！阿！者兩聲。王不意有變，梳洗畢，乃上樓視之（或云上樓時遇阿玉攜水煙袋自梯下，王問玉和官何故呼我，玉答不知，而逕下，王亦逕上）。則見永暄已被殺死，倒臥被窩中，鮮血淋漓。左項受一刀，深三寸許，食管已斷，駭極而暈。蓮寶在樓下聞有異聲，急上樓見此慘狀，亦駭極而暈。周亦於夢中警醒，起見狀，一慟幾絕。家人親友，聞耗麕集，均莫測其致死之由。周以阿玉實侍小主，樓中無他人，呼而嚴詰之。神色頗異，又察驗婢褲，則血痕狼藉。乃用刑窮究，阿玉竟自認實為殺死小主之兇手。詰以何人指使，詞多遊移。忽言係一穿如何如何衣服之人，忽言係其兄小金子，現住楊家弄業拉東洋車者（但訪詢當地阿玉無兄東洋車夫亦無小金子其人），出銀角一枚，銅元四枚，云係指使人之酬金，許以四元，今僅得此。詰以兇器所在，則導眾人至後門口垃圾堆中取出，乃一特製之廚刀。此刀較尋常菜刀較狹而長，周平日烹調極講究，專以此刀切葱類。八日（陰十四日）晨忽失去，遍覓不得。至是方發現，竟成殺人之兇器，刀上血跡固猶未乾也。

時已報告警所，經石分所長派長警趙福江前往查勘，帶阿玉回所拘留。當即飛報縣署，周亦赴縣報案。十二日，姚知事帶同檢驗吏赴翔蒞驗，委係被戕致死。惟僅下一刀，而傷口甚深，不似荏弱無力之幼婢所為。當即填明屍格，著即棺殮。時在場候驗者，除周晉笙及家人親戚外，有周慎餘名維新者，亦在場。周維新者，晉笙之堂侄。周未有子時，本擬嗣之為子。而維新素無賴，周又得子，遂寢此議。維新益貧窘，故此案之出，一般輿評，幾無不目維新為嫌疑犯。姚知事蒞驗畢，蒞警所傳訊阿玉，嚴詰何人教唆，阿玉供係阿連指使。問阿連何人，則云不知。乃傳維新到案，維新至，即問知事傳喚生員何事。姚知事問：「爾係周晉笙之侄否？」答是。乃諭之曰：「爾叔家出有命案，爾知蹤跡否？」答不知。問爾叔家中平日有往來之人否，答渠家中往來者甚多。又問爾時往叔家否，答時往。

問往何事，答：「我將娶親，貧不能婚。以屋質叔處，值千餘金。叔雖允而未付值，乃云無資。實則渠豈無資者，我固時往索資耳。」知事命之退，並云：「日後有事傳訊，爾不可畏避。」維新得釋，逕出，頗露欣喜輕佻之態。

知事見而疑之，遂傳阿玉再三研究。玉供適來之人，則為阿連。問渠在時，爾何不說。答渠要打我耳光，故不敢說。知事急命警蹤跡維新至猗園，得之。復傳之至，詢以婢語。維新云：「我何嘗有阿連之名，請知事察訪。」維新並當堂斥婢之妄攀。知事云：「無論是否，爾實為嫌疑人。」維新猶欲出，知事不許。復請一至家而後入城，亦不許。知事乃帶阿玉、周維新及周僕名阿大者，回署訊辦。此案後由承審員研訊數次，阿玉供詞，咬定維新所為，略謂數日前主人主母（指王氏）挈小玉到中之日，阿連曾攜我至其家中，出玩好物，問所欲，並強我同睡，而後送歸。繼而囑我竊刀，既竊得刀，即囑以殺和官。我不許，則欲以裁紙刀戳我，我乃許之。及是日晨，阿連清晨至，問主母起否。答以未起，乃去。既而又來，知主母在樓上，乃與我潛蹤上樓，開露臺門，導入臥室。囑我挾和官起，阿連即以刀斫之，倒衾中。將刀在衾上揩去漬血，阿連之臂套上，亦染血點。即拖我同下樓，自匿一暗室之櫥內。而囑我坐便桶上，偽為小便然（按此節有研究因與攜煙袋下樓說絕異也）。伺眾人盡登樓，乃囑我啟後門，取刀置垃圾中而去。臨去時，我問人問殺人者奈何。阿連云：「爾但認為己殺者，我給汝十元。」我不可，渠批我頰二下，我乃允之。云云。周維新供則絕不承認，並力言無阿連名，又謂此案與阿三（即王氏）有關云云。又訊阿大，不甚了了，惟據供維新確令婢僕輩呼彼為阿連云。又聞姚知事到翔時，曾訪問周維新之鄰右，稱是日維新清晨七時許，即出門，十二時回家，復臥。又有人言維新是夕曾燃香燭，當庭向天禱告，母子相持而哭。要之，此案情節，變幻複雜，耐人考索。必於周氏財產問題，有絕大關係。蛛絲馬跡，不無可尋。全賴檢察者之悉心偵察耳。

搶匪之黑幕

鄂人王國楨，向在淞滬警廳充當勤務督察員。其妻馮氏，賃居閘北天保里。一日，忽有衣服華麗之匪徒一人，故作倉皇之狀，來向馮氏聲稱，王先生刻因私通革黨案發，被徐廳長拘禁，移時即解軍署訊辦。特命我前來通信，望爾速進城，有要言囑付云云。馮氏女流無知，得悉之下，涕淚交流。即隨該匪而行。詎該匪將馮氏送登電車，彼又佯作慌張形狀，折回天保里王之寓所內，向二房東聲言，王姓房內有大皮箱一只，內藏手槍二枝，命我移置別處，免遭搜獲。二房東信以為真，任其從容雇車，裝載而去。迨後覺察，報警飭緝，該匪已杳如黃鶴。聞王督察員半生心血，盡在此箱。損失約計千餘金之譜。

拐犯之黑幕

蘇州胥門內西擅長巷殺豬弄二十五號，陳小昆又名沈小堃，為拐騙婦女之總機關。彼夫婦二人，各有所長。男則專長騙術，女則擅為水販。常年僱用夥友四名，分發無錫崑山兩縣，為祕密偵探。上年三月，曾在蘇拐得某庵之女尼一人，售與北京，得價三百七十元。旋為蘇警廳偵探隊長潘秀清得悉，派探偵查，始知陳小昆犯案累累。在武進縣曾經被押一年，在琴川亦遭九個月之拘禁，惟拐尼案因證佐不全，未便即行拘懲。而陳小昆則故態復萌，近又拐騙蘇城汪姓女兩名。先領至家中姦宿一宵，翌晨，乘車赴滬售入娼家，得價四百元，逍遙蘇滬。汪姓失女而後，以十五、六歲之人，斷不致迷識路途，顯係為人拐逃。汪父親趕上海各處訪尋，果在四馬路遇見失女。父女相見，備述殺豬弄陳小昆騙賣得價四百元，售逼為娼之情形。汪某以事在租界，只得稟報捕房。蘇警廳得上海捕房來電，聲請協捕拐犯陳小昆到案。崔廳即訓令潘秀清偵拿，陳犯尚未獲也。

蘇州喜娘之拐案，遠如范李氏之騙取恒孚珠花至一萬數千元之巨案，近如小顧客人之拐賣婦女。若輩處心積慮，無非在拐騙兩字著想。小顧客人住居干將坊巷，近日串通通關坊某棉花店主婦，以甘願負保險之責，哄信馬護街許姓之處女，賣與奉天人為妾。連夜即令受主動身還籍，計得身價銀洋在七百元以外。小顧客人與棉花店婦，兩股勻分，逃往上海。十里洋場為安樂窩，為逃逋藪。及失女之家訪悉，已鴻飛冥冥矣。

惡家庭之黑幕

惡姑虐媳，數見不鮮。民國律所嚴禁，立法固善，而社會之發生者如故。有司之徇縱者，且較甚於昔焉。居住蘇州觀前山門巷范姓者，係蘇城之大族也（范義莊同族）。家道富有，單生一子。娶得江寧人某姓女為媳，已將數載，育有襁褓之兒矣。平日之侍奉翁姑，類能事事順從，故親戚鄰里見之，咸嘖嘖稱道。乃姑性情桀驁，兇惡異常，終不直其媳之待養，日以鞭撻從事，致媳之身軀，總無完膚之時。其子又懼母凶，不敢攔阻，一任母之虐待。近日較前更甚，打罵無間，且威迫令死。其媳不堪再受，乃私吞洋火三匣斃命，免得日處火坑之中。當身死之後，范氏竟以病故報其家。比女家父母趕至，知係虐迫自盡。范氏知被看破，定難隱瞞，立即挽人通商於女父母，願出洋一千元，彼此私下了結。女之父母不允，必欲報官伸冤，當場不准收殮屍體，以待驗後之解決。豈知財可通神，吳縣公署竟派員警至范家，勒令將死屍立即收殮。女宅父母見聞之下，氣憤已極，以為虐迫斃命，慘無人道如此，乃縣中非但不究惡姑，反致押殮死屍。公門黑暗，乃至如此。其中諒係金錢之魔力，致冤枉之難伸。當場忍氣返家，決計提起控訴，必欲請縣長開棺相驗。如果縣中再不理會，當赴高等廳控告，務必昭雪。然范氏得某員之擔保，卒無事也。

頑民械鬥之黑幕

香山黃粱鎮，地瀕海濱。族悍民強，素為賊藪。加以壤接港澳，輸運槍械，尤為便利。因是鬥殺擄劫之案，指不勝屈。近來最慘者，莫若陳、粱、鄺、吳、林等姓與黃、張、殷、楊等姓械鬥一案。計被陳、粱等姓焚去殷、楊等姓大小村埸共六處，全村盡為灰燼，傷斃不下千人。幸而逃脫者，亦無家可歸，甚至有絕食而餒斃者。曾經該縣縣長帶隊彈壓，詎陳、林等姓恃其人眾，竟與官軍相抗。官軍以眾寡不敵，莫奈伊何。查械鬥地點，其始在南山沙崗，後移向南基及毗連澳門之網夏、馬山兩鄉。連日槍聲，綿亙不輟。澳門葡官以其逼近本界，深恐鬥匪敗逃入境，妨礙治安。特在南灣下一帶，派出葡兵大隊，荷槍巡邏。如有鬥匪竄入，即行開槍格殺，當道據報。恐因鬥禍惹起交涉，特飭江知事韋幫統等加撥大軍，馳往彈壓，限三日內將其制止。

各鄉紳耆齊集，團保局韋鎮守使翟旅長、申幫統江知事陳營長、鄭區長及各軍營委員、團保局長董均出席會議。江知事宣言，來辦械鬥案，經已四次。並將各鄉紳耆之不能約束子弟，大加申飭。隨由鄭區長將督軍省長來電宣布，韋鎮守使深知各鄉情形，又將各紳耆申飭一頓，即由各官長責令各鄉紳耆，限翌日將所有槍炮收存各族祖祠，聽候派隊點驗，歸各紳耆保管。如有各姓子弟持槍出外，定惟各該紳耆是問，並令聯具止鬥及不助鬥甘結。江知事以此等大案，實係各該紳耆不善約束子弟所致。遂在各鄉紳耆中擇出十餘名，帶縣訊辦。計殷炳緒、楊奕樵、楊朝掌、黃坤容、黃宗憲、黃保樂、張湯銘、張椿華、黃緒攔、黃茂松、殷統韶、張球容、殷潘端等，及被告陳其瀾、陳天佑、林舉恩、陳衛尊、梁渭占、梁維誠等共十九名，由江縣長交衛隊看守。

沙崗等六村前被焚燒，逃出難民一千餘人。網山約二百人，虎山約五百人，夏村約一百五十人，斗門墟約二百人，大濠湧約五百人。扶老攜幼，拖男帶女，終日饑寒。沿途痛哭，目不忍睹。鄭區長惻然傷之，即會同該鎮士紳，設法辦賑。維聞因地方貧瘠，兼以黨派甚深，頗難辦理云。

省署接香山電雲南山馬山鬥案，商由永隆到鎮會縣彈壓，葆蕃仍分赴各沙巡視。迨永隆抵鎮，又值江知事晉省未回。各鄉械鬥已久，牽動全鎮。群情惶駭，是以未敢遽離。查該鄉等爭鬥逾月，兵來鬥止，屢結屢翻。自非雙方齊下，難免顧此失彼。現與翟旅長江袁統領商議切當辦法。荔枝山一帶，由翟軍鎮懾。南山一帶，由袁軍鎮懾。葆蕃則進兵馬山陳林兩族，永隆則進兵馬山張族，均於今日由湧口拔隊馳往。陳林與張姓轟擊正劇，當即極力制止。入村勒令各將槍枝炮火，繳存本祠，旗幟炮壘一律撤毀。責令具結止鬥，聽候官廳辦結，即日遵令止鬥具結和息。適韋統領江知事亦到，與翟旅長辦理善後事宜。葆蕃等未便滯留，當經稟奉韋統領面諭，飭令黃營長率兵駐紮黃梁鎮及斗門一帶。葆蕃等即分赴各沙巡防，以重捕務。幫領中葆蕃江永隆印。

翻戲黨之黑幕

滬上翻戲黨之為害，盡人皆知。此輩神通廣大，墮其術中者，無不傾家蕩產。種種罪惡，擢髮難數。前總統袁世凱之公子某某，於上月間，在三馬路新旅社寓次，被著名翻戲黨揚州人王某、南京人笪某、鎮江人李某、江西人某某等，誘往虹口某旅館。用祕密手段，第一次翻去三萬餘元，第二次翻去五萬餘元。某公子尚不覺悟，以為局運不佳，仍欲湊集款項，再作孤注一擲。嗣經友人竭力勸阻，始寢其議。現某公子雖已他去，而此輩害人翻戲黨，分得鉅款後，終日在迎春坊一帶妓院花天酒地，日無虛夕。爰特表而出之，以免滬上人士，再墮其術中云。

博物院

訃聞大觀

前清侍郎林紹年，於上年陰曆九月初六日，死於津門。十月念六日靈柩回閩，十一月初二日在西湖公園開化寺開弔。其訃帖無微不錄，誠一至奇之訃聞也。摘錄如下。

賜進士出身，誥授光祿大夫，建威將軍。賞銀五百圓治喪，予諡文直，諭賜祭葬。恩賞頭品頂戴，賞穿戴素貂褂，賜紫禁城騎馬，西苑門內騎馬。特賞入座聽戲，坤寧宮食肉。頒賞《欽定平定粵匪撚匪方略》、《欽定平定陝西新疆回匪方略》、《欽定平定貴州苗匪方略》。疊蒙孝欽顯皇后頒賞御書福壽字，福字，眉壽直幅，壽字直幅，懋官惟德匾方，御畫條幅，三鑲如意，紗袍褂料，帽緯，石青駝色絳色大卷絲緞，石青大卷實地紗，二藍麻地紗，西番瑞草漳紗，葛紗，荷包，金銀錁，金錢，太平有象花瓶，螺填果盤，手爐，御園牡丹花，冬筍，佛豆，春橘，蘋果梨，玫瑰餅，各種暑藥。德宗景皇帝頒賞福字，龍字，永綏福履春條，三鑲如意，紗袍褂料，紫色青色實地紗，花機紗，深色牙色增成葛，石青茶青庫緞，寶藍灰色江綢各色匹頭，貂皮，荷包，金錢錁錠，大小藏香，絹方，各色春絹，大小湖筆，朱錠，百蝶花瓶，果盤，手爐，燕窩，福元膏，克食神肉，年菜節菜，春菜，攢盒，菜碟，水果，萬字河杏桃，西瓜，蘋果，大麥，高粱，麵粉，豌豆，鱘鰉魚，野雞，關東白魚，湯羊，燻肉，元宵，粽子，臘八粥，粥果，春餅，薄餅，蘋酥糖，荸薺粉，糖果，金衣祛暑丸，恩賞各色江綢，庫紗，蜜桃，元宵，粽子，月餅，臘八粥，湯羊，黃羊，暑藥。其餘尚有銜名，不及備錄。

古墓中之寶玉

距江西吉安縣城四十里許之北有劉某者，為父營葬於荒郊，掘坑三尺，遽見青石一塊，光滑可愛。劉見之，驚為奇貨，乃用力揭起。視其下有鐵棺焉，鏽壞不堪，未知歷年幾何。以鋤敲之，其聲轟然。劉某喜不自勝，預揣其中必為窖藏。乃掘土啟棺，則見死屍一具，狀貌魁偉，冠儒冠，服儒服，儼有生氣。惟晨風一吹，衣服紛碎如飛蛾狀。旁有白玉一方，中有篆文，不甚明瞭，細視之有「慶歷三年」字樣。劉某取其玉，屍具頓呈壞色，迥非本來面目矣。某古玩店見之，竟央人與劉說合，願以千金購去。劉故難之，卒得千五百金，遠近傳為奇事。

塔頂之寶

南通天寧寺內之支堤塔，係唐時所建，久已失修，勢將傾圮。寺鄰省立第七中學校，特為之呈請省署，就地撥款修葺。據模範市場監工，估計工料費用需銀五千六百餘元。除該校逐月節省，所餘二千九百九十餘元外，不敷之數，尚須籌募。惟值此金融恐慌之秋，殊難著手。適去冬狼山僧海月因姦案連累，願捐資三千元，修建寺塔以贖罪。張嗇老因款既籌集齊全，特於今春開工。將舊有之五級，改為七級。所有塔頂，亦拆下重裝。詎塔頂係磁質製成，形似葫蘆，記憶體寶物數百件，皆建塔時善男信女所捐助。相傳塔之能垂久遠者，皆賴寶物鎮定之也。寶物藏諸塔頂之內，均分別列號，詳記捐助者之姓氏。如江北狼山鎮標游擊尹震，右營游擊綏德衛，郡人顧楫馮顯祖，信女胡金氏張蔣氏，以及闔寺僧人等，皆當時捐助之一分子。茲將寶物臚列於後，諒亦為好古者研究之好資料也。

銀佛三尊，《大悲金剛咒》一卷，琥珀珠一串，玉花三朵，元佩玉瑪瑙帽結，珊瑚雪珀、沉香紅寶石、雄精各數塊。赤金如意、玉簪、玉氣簪、珊瑚、玉龍頭簪各數支。宣銅鎏金杵、伽南香各一根。巨大之珍珠四百餘粒。琥珀珠二粒。玉花鴛鴦、定心玉扣、水晶珠、綠松界、珠銀葫蘆、川玉、川密蠟雙桃、銀沙法鉤、玉沙法鉤各數個。其餘寶物甚多，不及備載。

明代鈔票

山東棲霞縣，近有僧人手持明代鈔票百餘張，到處求售。索值甚昂，謂係重裝佛像。此票得之於泥佛腹內，票紙堅厚，製造精緻。文云「大明通行寶鈔」，下鐫細字數行云，戶部奏准印造大明寶鈔，與銅錢通行使用。偽造者斬，告捕者賞銀二百五十兩，仍給犯人財產，並有洪武年月字樣，中鐫一貫二字，正面蓋戶部印二顆，反面蓋所管官司印一顆。計票長工部尺一尺，闊五寸云。

古窯

山東德縣（即德州）小西門內古二郎廟地方，近頃有人掘土，掘出古磁三彩小人。完全無缺者十數個，殘者不計其數。磁瓶十數個，銀鈴一個，約六七兩重。古錢若干，秤鉈二個，銅勺一個，經深州之王某出價三四百金收買而去。後有數十人處處挖掘，每日亦有挖出物件者，皆係漢唐宋三朝之物，多有奇形怪狀，不知為何名者。考該縣縣誌，在數百年前，原係窯廠。自宋徽宗時，被黃河水淹。至明永樂年水退，始建此城，所以舊窯遺跡在城內。細查掘出之錢，為宋徽宗崇寧政和等年號，亦有在宋徽宗以上之錢，未有宋徽宗以下者。觀此則知必是宋徽宗時所遺之物無疑矣。

金香爐

寧垣地方審判廳，本係洪楊時之駙馬府。當失敗時，曾將金器若干，窖諸花園荷花池內。有蔡綏年其人者，云其祖某曾充藏埋之工人。特具圖說，及保證金五千元，稟請軍民兩署，准其開挖。當奉督軍省長批准，限期十日竣事。期滿卒未見效，惟忽發現金質香爐一隻，重十二兩。已由監視員某送諸省庫存亦當時所藏之物也。

三十萬金之石棺

胡石生者，自流井上五當井主也。因開新井，挖至二丈七尺三寸之處，發現四方無字之石棺。棺內貯有百兩赤金七十四錠，百兩四方形之白銀二百七十六錠，五十兩四方形之銀七百八十錠，十兩廣西官銀一千六百二十四錠。

合計約值三十萬有奇。按自流井產鹽既富，火井亦多，為地球上特別地質之區，自無奇不有。窖金巨木，殆屬常事。西人每謂中國遍地皆金，然歟？否歟？

棺中小魚

奉省北寺大校場，前清時以備閱兵大臣校閱全省營兵以及考試跑馬射箭並斬決囚犯等之用。光復後，無所需用，故棄置不顧。占地號稱有五百餘畝，上年由營地局稟奉督軍署核准，得價售賣與夏明山，據聞即張鑒堂之化名。業經夏明山特雇集小工廠數十人，從事工作，將地開墾，擬遍植桑秧以溥利源。及各小工開墾至校場中心點，瞥見古柩一具。啟蓋視之，滿棺皆是清水，並有小魚數尾，游泳其中，不移時均斃。又敵樓之前，照牆旁側，亦經開出小石橋一座。所奇者，古柩中骸骨毫無，乃有清水，亦有小魚。不卜是何兆驗，還質諸素諳地理學家研究焉。

鯿魚與苔菜

黎大總統於陽曆新年，賞各京官以故鄉物品。查武昌本為產魚之區，梁于湖、金口、樊口所產魴魚（俗名鯿魚），味極肥美。省垣洪山所種芸苔菜（俗名菜苔。昔李文忠督鄂，以芸菜易地種植不佳，曾挖洪山之土數船運皖），柔滑可口，均屬鄂州特產，燕都殊不易得。由庶務司派員回鄂，採每尾二斤以上之鯿魚三千斤，芸菜四十擔運京。此二物市價遂突漲云。

獸性人

蘇鄉陸墓鎮地方，某農民有耕田雌牛一頭。被該處稱周先生者，與之通姦。周先生每日下午，必至放牛場內，將牛牽至住宅圍牆內，行不端之事。該鄉民得悉，不動聲色，偵察周之動靜。一日下午，果然見周前往，將雌牛牽去。一般好事之徒，從後跟蹤而往。概在圍牆外面，挖洞竊窺，見周先用右手，在牛屁股上連拍數下，牛尾漸向上翹。周即將褲解開，現出醜態。約有數分鐘之久，始罷。

觀者愈聚愈眾，途為之塞。鄉民入內質問，周無言可答。旋經魯仲連從中公斷，囑周出洋數十元，將牛買去，作娶牛之聘金。俟牛生產時，無論產出是牛，抑係他物，即送往上海新世界陳列，以博看資必得巨利云。

公雞生卵

枕垣薦橋路七十六號門牌，向為布業之王鶴林家。於客歲留得雄雞一隻，甚為肥大。權之，重約五斤以上。平素以其善啼，甚厭惡之。此次預備烹宰，留作清明祭祀之用。乃不料連產二卵，其形式與母雞所生無異。或謂當出雛鳳，或謂不祥之兆。瑞徵歟？惡兆歟？恐皆迷信之談也。

腹中花蛇

江西上饒縣鄭家塢地方，有劉某者。一子，名歪頭，父子務農為業。娶媳王氏，年二十餘。入門一年，腹中膨脹。家人咸疑為有孕，乃迄茲三年，腹日漸大，而仍未臨盆。但腹中屢覺蠕蠕然動，如有物出。舊歲六月間，該氏沐浴，俯首見一花蛇伸頭自產門出而飲水。頭大如拳，吸水有聲，一時驚駭莫名。該氏以事屬罕見，恐人知之，愈增羞慚，竟不聲張。自此以後，瘦骨如柴，憂悶欲絕，自分決死，亦不與夫同寢，蓋恐禍及良人也。久之，蛇在腹中攪動，痛如刀刺。必日日沐浴，令蛇伸頭出而吸水，始得稍安。其夫歪頭見妻不憚寒冷，日必沐浴，甚怪異之。上月某日，適妻關房沐浴。歪頭則自門縫中竊窺其異，即見蛇自產門出飲水，大駭。破扉而入，重責妻云，既有此等怪異，早何不言？乃商議明日沐浴時，如蛇頭伸出，即用鐵鑽釘住蛇頭拖出之。明日，蛇又出飲，如法將蛇身拖出，長可三尺許。該氏一時手足痲木，暈絕於地。約三句鐘之久，始漸有氣息。乃灌以薑湯及丸子，始甦醒。三日後，始能語言，至是始為夫詳述一切。一時鄰里傳遍，莫不詫為罕有之怪事，誠異聞也。

金匱石室

金匱石室，袁世凱所創之制，聞名久矣。過豐澤園，出石洞芳華樓之前，有石室巍然。四周圍以短石欄，此即歷史上所遺留最有趣之物。石室方廣約一丈，高約一丈二尺，室有鐵門，入門則金匱在焉。金匱之制，僅為一外國銀行所用之大保險櫃。外塗金色，內塗黃色。啟鐵門，內分三層。中層為二屜，屜各置一匣，上層置鐵匣一。所謂候補總統三人，即每匣所書之名。有人論此事，謂以候補總統之人名，置此外國保險櫃內，殊不稱制，終須廢除。殆亦一種預兆焉。

袁帝之龍袍

帝制發生後，軍人派主張從速。曾由某上將在上海製就龍袍一襲，值洋五百元，預備閱兵時仿陳橋之故事。不料袁世凱以此等辦法，太覺草率，非採用顧老二之轉彎抹角辦法不可。於是所製之龍袍，暫行收存。及大典籌備處成立，更於瑞蚨祥定製值洋四十萬元之龍袍一件。五百元之龍袍，遂相形見絀，棄置無用矣。至帝制取消，袁氏既死，瑞蚨祥之龍袍，將珍珠寶石等拆卸變賣，至龍袍則不知歸於何處。上將所製者，則由名伶王蕙芳，趁赴津演劇之機會，向上將說項。以此項龍袍，現棄置無用，殊為可惜。不如將該袍賜與劉鴻升演戲時穿用，甚足為大帥留紀念云云。上將大喜，即將該龍袍賜給劉伶矣。諺云一啄一飲，莫非前定。何況此值洋數百元之龍袍，袁世凱不能穿，劉鴻升反得穿，謂非前定而何？

洪憲家臣之墨寶

都中春藕齋，在袁世凱時代，嘗為國務重要會議之所。今尚有若干遺物，最刺目者，則為東屋之條屏數種（裱糊於壁上者）。有一屏，署款為臣鄭沅敬書。鄭沅者，袁世凱之內史也。其聯語為七絕詩一首，錄如下：「閶闔重重夜不扃，瓊樓十二敞銀屏。東風一曲升平樂，此夜都人盡可聽。」更有內史夏壽田、王壽彭二人所書之橫屏數種，署款為內史某某奉命敬書。未稱臣，想是帝制時代以前所書者。

國旗繡鞋

上海某鞋鋪所售女鞋，繡有三娘教子等字樣，見者已嗤之。乃北京隆福寺某家，專售女鞋，鞋面竟有繡國旗者，可謂愈出愈奇。以尊嚴之國旗，作婦女鞋面之新花樣，且發現於首善之區，而不以為褻，真奇之又奇矣。

大牡丹

南昌進賢門外，距城十五里許，有青雲譜者，江城之名勝也。該譜位處山麓，田畝環圍，石橋水池，開門即見。譜內植有奇花異樹，每屆春季百花開放之時，豔景宜人，清香撲鼻，洵可樂也。該譜住持道人徐雲巖，常請長官前往遊覽。茲值該譜各種牡丹開放之時，較常年更覺奇特。中有一朵，花開似錦，大如車輪。以是哄動遠近士女，前往賞玩者更多。住持等以此牡丹為民國之祥瑞，乃格外湊趣，結紅綠彩球數十，點綴其間，並備具素酌，邀請名人韻士題詠，以紀其盛。

男子之尾

上海白克路寶隆醫院頭等病房中，近到有年約二十歲左右之張姓男子。其人生有一尾，長不及一尺，形似豬尾，皮色與人身皮膚為異。經德醫克利醫生攝影後，用利剪剪去，將此尾浸入藥水中。此人剪尾後亦無他異，惟素患有神經病，與之言語，不甚明瞭。吾國人素有豚尾之號，今則實有其事矣。

人妖

廈埠有一種男人女態者，俗謂之雌形。其聲音笑貌，行動舉止，悉如婦人。禾山雙涵街黃某，晚年得一子，愛如掌上珠，故命名曰掌珠。生長十六歲，其容貌舉動，絕似懷春女子，不染一毫丈夫氣。珠性好修飾，留蓄全髮，學女子打辮。每日早起，即對鏡理髮，必一絲不亂，而後心安。又復塗脂抹粉，花插盈頭。見者皆誤為平頭美婢，而不知固係翩翩美男子也。珠少時，住居大走馬路街常與和鳳宮口賣水果某，如形影之不相離。去年秋間，珠忽謂某曰：「與君聚久，今覺腹中震動，似懷胎然。」某亦一笑置之。不意近日珠竟腹中大震，暈去復甦。由穀道生下一卵，較鵝卵加大一倍。落地時，卵固含有生氣，栩栩欲活。約半點鐘，始冷如冰。某與珠均訝為不祥，密裹以敗絮投江中。珠年已二十二矣，尚住雙涵街。過其門者，無不識其人。此亦世界人類中之絕無僅有者。

造像石幢

河南伊陽縣下堡莊，東虎頭山腰，舊有清涼寺，創建於宋熙寧初年。形勢爽峻，風景清幽。山門西開，視伊流若匹練，西巘如列屏。北足延攬龍門風月，南可收羅九皋煙雨。寺外有摩天嶺、明心泉、凝碧池、萱花溪諸勝。寺產百餘畝，已提作該莊兩等小學校常年經費。清季迭遭兵燹，寺僧散去。改革以來，凋敝甚益。寺中古跡最多，有魏正始造像，前被奸商盜去，售於某當道。該莊紳董，迭次控訴，訖未璧還。又有石幢一，亦係魏晉石刻，半為風霜剝蝕。宋元以來碑碣，多埋沒於蒼苔蔓草之中。惜哉！現時該莊紳學兩界，擬將該寺重加修葺，並建存古室數間。所有石刻一概儲藏其中，以備稽考云。

古錢銅印

安徽鳳臺縣城西，有村曰廖家村，距城三里許。昔為苗家村，苗沛霖難作，村人慮禍，更今名。村附近之灑金臺，雨後土溢，輒有碎金及銅印古錢出現。印大小不一，皆古篆。錢三角形，彷彿一元字。質非銅非錫，莫審其名。村人多拾得，甚或恃以為生。今雨後但湧錢及銅印，碎金不復多見。宰是邑者，每斂銅印古錢為長官壽。第溢金湧錢之故，頗不可解。相傳南唐都壽春，壽春距鳳臺三十里許。唐社將覆，遂捲所有藏之。數百年來，歷受雨水之沖激，泥土漸薄，故溢金而湧錢也。

篆書墓磚

嘉興東柵鎮牛埸濱，向有荒地一段，為王姓產業。近因僱工開墾，發現墓磚數塊，上有篆書大明隆慶二年道路將軍李維字樣。最奇者，磚上有當時堪輿家白鶴仙人所誌數語，大略謂若干年後此塋當被發掘云云。屈指計算，適為今年，其理殊不可解。鎮人聞之，咸囑王姓停止開墾，以存古蹟云。

洪憲皇子之真蹟

洪憲皇子袁抱存，夙以名流自稱，嘗喜與文人學士相往還。自回彰德後，即挈眷寓居上海。因慕無錫山水之勝，特由邑人錢保奇引導致錫。因嫌馬路旅館之塵囂，遂假寓西門外振新紗廠。先期由小萬柳堂主人廉泉致函邑中諸名宿，為作東道主。抵錫後，即雇乘蔣氏書舫，由汽油船拖載前往惠泉。且復選色徵歌，流連忘返。袁少負文名，其冒雨遊太湖之萬頃堂時，曾題一聯曰：「几席三山，萬頃波濤疑海上。湖天一閣，重陽風雨是江南。」吐屬名雋，書法亦勁遒有致。吾讀其詞，吾見其人，不禁有卿本佳人之歎。

雜貨店

梅郎慘死之記載（一則曰嗚呼梅郎，再則曰嗚呼梅郎）

丙辰年，名伶梅蘭芳，自京來滬。隸天蟾舞臺，座客常滿。乃十四日北京《亞細亞報》，竟誤傳死耗，謂昨晚（指十三言）得滬電，梅郎慘死於暗殺，且詳載其原因。一再嗚呼，深致悼惜。一若梅郎之死，業已千真萬確者，寧非至怪之事。考是晚梅郎正演《佳期拷紅》一劇，剛報挨棒，又傳飲彈。不知梅郎見之，將何以為情也。該報之記載曰：暗殺乃最不道德之行為。世界各國，雖時有所聞，甚為社會上所不許也。中國近年以來，此風甚熾。且均發現於滬上，如宋教仁、鄭汝成暨陳其美等各暗殺案，均屬慘無人道。然猶曰伊等為一時政客軍人，因忌生妒，尚有致死之由。若梅蘭芳者，不過一著名伶人，雖曰姿容絕世，技藝超群，尚無遭人暗殺之價值。今亦被人狙擊，慘死於滬。雖道途傳說，係由某嬡愛情不達，遂至出此無情手段。然據情度理，必出於忌者為多。以一伶人之優勝，尚足以因忌致死。則稍有能力者，安往不遭人所忌，咸將有不知死所之慼矣。此風一倡，適足為人心世道之憂。故特詳敘其事於左，非為梅郎惜，實為人道危也。

又曰：久享劇界大名之梅蘭芳，慘死於滬上。昨晚（十四號）京中已得有滬電，各園散發傳單，其死之非偽，無可疑矣。嗚呼梅郎！以絕頂之聰明，又有蓋世之丰姿。其對於舊劇，能各得其神，新劇亦能曲盡其妙。且於人情世故，莫不形容異致。雖云優伶小技，然有關於人心世故，實非鮮淺。今竟以死於非命，彼蒼者何其忌才之甚。至其致死之原因，聞係滬上某貴媛（聞不僅一人）看梅郎之劇，情往神馳，欲得一面為歡，屢以柬招梅郎。在一般輕薄者，固為極好之機緣，無上之豔福。乃梅郎均行拒絕，其潔身自好，由來久矣。不知梅郎致死之禍胎，即伏在是。蓋某貴媛等以招之不來，因愛生嫉，遂買通奸徒，用槍狙擊。而絕頂聰明蓋世丰姿之梅郎，遂吞彈而與世長辭。嗚呼！亦云慘矣。方梅郎初莅滬時，滬上劇界因競爭而生嫉忌，散布種種謠言，將予以不利，梅郎不為動，而仍演劇如故。詎如既得容於前，卒不免於後。因此而戕身，尤為可哀。雖然梅郎此死，亦足以千古。但不知素愛聆梅郎之劇者，此後到歌舞場中，應作如何之感想耶？更不知都中文人墨士，素與梅郎厚者，得梅郎之凶耗後，應費多少之心思，發諸詩歌，以達其惋惜之忱耶？

名伶之壽險費

上海天蟾舞臺，由北京聘到名伶梅蘭芳、王鳳卿，訂立合同，每月包銀一萬八千元。滿期後，補演十天。及登臺演唱，大有人滿之患。該舞臺經理許少卿，查悉有人妒忌，在市遍發傳單，大致謂諸君如往該舞臺觀看梅蘭芳、王鳳卿演戲者，務須謹防危險贈品，於十天內留意等情。雖此等舉動，不值一笑。惟既希圖謠惑，當即據情報告老閘捕房，立派包探前往保護，而資鎮靜。聞梅、王二伶，近日曾向華安保險公司保險。梅保一萬兩，王保五千兩，以備不虞云。

翰墨姻緣

丙辰冬，福州南臺大火，延燒數千家，災情極重。旅京閩省人士，思有以救濟之。乃援前次江皖籌賑辦法，邀集京師名伶，演義務劇一日。以所得劇資，匯濟災黎。即在吉祥園開演，其中主要角色，為譚鑫培、梅蘭芳。譚梅二人之藝，皆一時無兩。而蘭芳色藝雙佳，近來皈依尤眾。提調茲事之人，擬俟演劇過後，以百金為酬。先以此意婉告蘭芳，蘭芳辭而不受。惟託人言於林畏廬老人，擬乞得畫扇一柄，以為光寵。畏廬老人聞而嘉其義，立繪一團扇贈之，且題一絕云：「自寫冰紈贈畹華，盈盈比玉更無瑕。最憐寶月珠燈下，吹徹銀笙演葬花。」蘭芳得扇，異常珍愛。知者皆傳為佳話云。

圓光奇聞

錫邑縣立第二高等學校，因校中須教員在臥室失去銀洋三十餘元，四處搜尋，毫無影蹤。初疑校內聽差竊去，繼疑及寄宿之學生。遂商之該校校長辛某，於當晚即請精圓光術者到校。在該校東偏楊龜山先生祠，內取供設香案搬置校中，令寄宿生當案叩首，察其面色，以明心跡。不意圓光之術，不甚靈驗，喧嚷半夜，毫無結果。此事為學生之家屬蔣某所悉（因蔣某之子，當日亦在跪拜之中），大為憤怒。謂兒童入校肄業，為之父兄者，希望陶冶品性，開通智識，增長學問，養成完全之人格。該校竟以世俗之迷信邪妄之術，令兒童實地演習，尚復成何學校。即具函向辛校長質問，聞該校長接函後，殊覺忸怩，未敢覆蔣某也。

新舞臺之名角（一則曰板門模樣，再則曰其醜如鬼，三則曰聲如破鑼，四則曰終不開口）

江西新舞臺，近因生意冷淡，急欲添聘一二名角，以期兜攬生意。日前有一不知姓名之某甲，向充兵士。因不守軍紀，被革出營，無計謀生，遂欲於舞臺上占一席地。以鄉誼與劉鳳海、張慶和等拉攏，屢在後臺指摘要李吉才水仙花之謬誤。或戲之曰：「汝能唱否？」甲慨然曰：「吾名小珠芬，六歲拜師，實係科班出身。南北劇界，無不知名，寧只能唱而已。」事為劉鳳海所聞，即欣然問其肯幫忙否。甲曰：「固所願也。」於是訂定工價，擇吉登臺，並一面張貼斗大金字廣告，大吹特吹，謂為超等名角小珠芬，嗣又尤其自行排定第一日唱《玉堂春》，第二日演《新安驛》。

屆時座客如雲，咸欲一瞻此馳名之超等旦角。後臺向例，前劇扮演不及一半，演下劇者即須梳裝，以便賡續出臺。乃小珠芬於嘉興府出臺時，即向張慶和曰：「吾恐不能出臺。」張問故，答曰：「雖係吾拿手戲，然隔了多年，強半遺忘。」張猶恐其係謙辭，促令速裝。又以梳頭亦已忘記為辭，張遂囑李吉才為之代梳。及至嘉興府唱完，尚雲青飾王三公子，李小鈴飾布政使，劉鳳海飾按察使。

參堂既畢，解差張公道上堂報到，布按同喚將犯婦蘇三帶上堂來。時一般座客之視線，均直射臺後門簾。詎小珠芬此時竟如板門模樣，挺身直出，面目黧黑，其醜如鬼。內臺白口（苦呀）兩字，既未曾唱，而出臺幾句西皮搖板，亦全行抹煞，逕至案前跪下。觀者已大為駭怪，及至問供時，僅僅唱得大人容稟四字，則已不能賡續唱去，且聲如破鑼，臺下乃為之哄然，倒好之聲，不絕於耳。斯時劉鳳海大為發急，乃拍案喝曰：「好好供來」，蓋欲藉此引其開腔也。詎彼仍默不作聲，胡琴過板，已接四度，終不開口。張慶和見事不佳，乃從旁插嘴曰：「算了罷。」於是劉鳳海只得故作精神，向衙役道曰：「今天晚了，將犯婦帶下去，明日再審罷。」始得勉強下臺。此誠劇園中所未有之奇聞也。

議會門前新綳兒

湖北省議會前，一日清晨九時，有應山縣人李某，素充漢口劉園優伶。因其妻身懷六甲，行將分娩，帶令渡鄂，租屋居住。夫婦二人，乘車至閱馬廠。甫一登車，該婦腹胎已動。及抵省議會門首，呼痛甚慘。急令停車，就地產生一男。衣包齊下，血流如注。該婦之弟現充省議會某議員，比由議會取出被褥一床，就地盤桓，並雨傘一柄，以遮天日。一時附近男女，傳為異事，往觀者數百人。時有星士天一居士推其生庚，謂五行洽合，實出人頭地之八字。復觀該孩面相，謂其面孔亦甚奇特。觀者因附會其說，謂蛇山下乃省龍正脈，省議會又為人文萃會之區，該孩獨產於此，殆彼蒼別有用意，當為拔類超群之好男兒云。或謂此迷信語，不值一笑。使果有憑，此兒將來必為社會所輕鄙，何也？以省議會之議員卜之也。

泰伯之榮典（是豈足為泰伯榮哉）

泰伯三讓高風，肇啟三吳，立廟於無錫梅里。平墟附近之虹山，泰伯墓在焉。民國光復，祀典廢而不舉。近來有泰伯後裔贛北鎮守使吳金彪，吳請中央，令行地方官，切實保護廟墓，並由馮副總統製「端委高風」之匾，江西李督軍製「至德無稱」之匾，淞滬鎮守使盧永祥製「至德莫名」之匾，頒給泰伯廟，令無錫縣知事楊夢齡，赴廟敬謹懸掛。先期由後裔吳金彪、吳達盈，柬邀邑中軍政商紳各界人士，赴廟觀禮，並邀請吳姓同人，作招待員。茲將懸匾及致祭儀式彙誌之。

懸匾之禮節

（一）擇定四月十日上午，懸匾致祭。

（二）來賓及主人，均於先時到泰伯祠齊集。

（三）送匾官下船時，主人及來賓均至河岸恭迓匾官行一鞠躬，放炮作樂。

（四）匾額請至殿內，主人請來賓陪從送匾官入休息室。

（五）主人率同執事人等，敬謹作樂懸匾。
（六）懸匾主人，恭請送匾官及來賓入殿致祭。
（七）致祭時，升炮作樂。行三鞠躬禮。
（八）禮畢，主人向送匾官行一鞠躬，致謝。
（九）來賓向主人行一鞠躬，致賀。
（十）主人向來賓行一鞠躬禮，答謝。
（十一）禮畢，退席。
（十二）攝影。
（十三）筵宴。

聞此此種禮節係吳達盈一人擬定，並未與人商酌。且於懸匾致祭時，身掛徽章，自稱泰伯祠祠長吳。識者見之，莫不啞然失笑云。

祭員之名單

主祭官為副總統代表七十四旅旅長兼副總統府諮議官趙俊卿，陪祭官為第二師師長朱申甫。第十九師師長楊春普，副總統府諮議官方更生，第四旅旅長蘇謙，水警廳長趙會鵬，及邑中紳商各界諸君，蹌蹌蹌蹌，入泰伯殿內。贊禮員吳達盈已擬定禮節，大呼行迎神禮。三諮議官呼主祭官詣香案前三上香，行鞠躬禮。復位，又呼主祭官赴香案前。行獻禮，初獻爵，亞獻爵，三獻爵，奠帛，讀祭文，升炮，作樂，更呼行送神禮，三鞠躬，又贊禮時，不用官音，致主祭官不知所措，見者莫不笑為兒戲。禮畢後，主祭陪祭官及紳商後裔，排列在殿前攝影。忽令泰伯廟道士三人，亦同攝在影中，不識是何用意。又宴會時分官席與來賓席，明分階級，致與祭之紳士，大不滿意云。

上祭之秩序

是日天氣晴和。梅里附近，聞泰伯廟舉行懸匾典禮。赴廟觀禮者萬人空巷，人山人海。至懸匾致祭時，泰伯殿內男女嘈雜，擁擠不堪，秩序大亂。吳達盈等見秩序無法維持，即請軍隊驅逐來賓，用藤鞭亂打，有敲破頭者。來賓或謂泰伯廟有軍隊來懸副總統之匾額，莫不嘖嘖稱榮，識者則謂泰伯三讓高蹤，孔子尚以至德無名稱之。歷代帝王無以復加，是豈足為泰伯榮哉？

知事之祭文

維中華民國六年四月初十日，即夏曆歲次丁巳閏二月甲子朔，越十有九日，壬午，無錫縣知事楊夢齡，謹致祭於至德三讓王之神曰：猗歟泰伯，德紹陶唐。善承先志，遜跡遐荒。肇基梅里，歷久彌光。聞風被澤，忝宰此邦。駿奔在廟，俎豆煌煌。用循禴祭，肅展馨香。尚饗。

女生之悲劇（約指一枚，性命一條）

鄂省女子師範學校三年級乙班師範生陳毓齡，係黃岡縣人。年念歲，勤苦求學，素為同校所敬仰。日前忽在校中後園水池內溺斃，聞其致死原因，因有同班生李芳素與陳相善。某日輪李值日，例應與校監共桌飲膳。李懼見其金戒指，被責奢華。乃脫下託陳代存，戴於食指之上。嗣以洗衣不合，復取下匡於頭耳針上。迨李至夜向索，忽失所在，遍覓無蹤。李以陳有意藏匿，堅索其賠。陳家本寒，親長又不在省，無力認賠。爭吵再三，同學排解，公斂錢七串。李以不足半數，鳴之校監李稚雲，仍責令代賠。李芳日夕追索，肆意羞詈。一日晨，並奪陳之裙及衣，阻其上課，經眾排解始已。陳受辱不堪，乃萌死志。盥洗畢，遂投水自盡。迨上課後，遍覓堂室不見。幸日光映照池底，發見屍身。撈出時，已僵矣。計其投水至撈出時，不過兩小時。該校遭此變故，各生驚惶無似。當由校長石世英報請員警廳，派員前來查驗。云係染神經病所致，將與李生糾葛事，一字不題。一面專人往黃，告其親屬。嗣悉其家僅一母，年逾五旬，而素患漏腮症。兄毓英，又遊學他鄉。校長乃公同醵資一百二十串，代為棺殮。越三日，其母與叔得耗到校。以棺未釘蓋，故得撫屍大慟，並擬向法庭起訴。校長以陳李雖有失物口角，然實係伊自尋死。力勸其和平了息，書領棺掩葬切結。其叔堅執不允，校長無法，只得將棺移於城外滋善善堂暫厝，仍令其同鄉調解。李芳於事後，本在校中行若無事。嗣聞陳母將以逼斃伊女控官，自知不了，亦欲投水，幸經人趕救得免。校長懼再釀命禍，已召其親屬來，交其領歸，並與陳母磋商和息辦法，由三方議定如下：（一）李芳除名。責其出資延僧，誦經五日。（二）全校學生開追悼會，酌送賻儀。（三）由校雇船送柩回籍，此事遂得解決。惟論者以該校既有禁戴華麗飾物之規則，李生之失金戒，訴之校監，即應斥其違章。不能瞻顧物值，破壞校規。乃該校監不惟不罰其違章，反責令陳生賠償，坐視其日夕爭哄，釀此悲劇。又阻止陳之親屬起訴，誠不知其是何居心也。該校諸生之親長，見該校管理不善，多令女生退學。過其門者，有頓形冷落之歎。

長醉不醒之學生

蘇州第一師範三年級生，藉口採集標本，遠足至天平。以非正式旅行，故未有教員同往。諸生於隔日自備乾糧。有任生者，購牛肉棗子等物。遠足既回，見有酒家即飲，同飲者三人。飲至五、六家之多，而更佐以牛肉棗子，於是禍作矣。行至獅子出畔，四人皆不能行。三人跌於田中，任其一也。一人尚能支持，乃叫山轎四頂，言明每頂二元。是時任已昏迷不醒，在轎中跌出三次，既至校中，每頂轎洋僅與一元二角。鄉人敢怒而不敢言，行稍遠，大呼抬棺材抬棺材不止。當時立即招校醫，而校醫適在大太平巷猜拳飲酒，甚有醉意，至校中一視，即云不死個，不死個，死得吾償命。稍用藥即返。至明日午時，任生鼻口流血，兩眼上翻，筋肉躍動。乃又招校醫至，校醫始言中毒，不可回生。校長聞之，大起恐怖。乃開職員臨時會議，一面報告家族，一面購辦衣服，共費洋三十餘元。職員同級生一齊伴靈，家長至，無可奈何，惟有長歎一聲而已。入棺時，用得鼓手，大吹大擂。出棺時，學生一齊送行。棺既出門，校長乃將同飲之三人各記大過一次，開追悼會以誌哀云。

投海請願之異聞

近日眾議院收到請願書一件，請願人姓王，名昭箴，自稱係江西九江縣人。特將家藏之古磁屏對字畫，送請眾議院，為之掛於會場，以為紀念。並謂擬即日赴津投海，請眾院屆時為之表揚云云。其措詞錯亂無章，大似神經病之人所為。請願書並物件送到該院時，院中以請願書無人介紹，不合格式，特由號房問其由何處送來。送信人自稱住在東四牌樓明德堂古玩鋪，不待書給收條，狂奔而去。該院立即派丁役送到該處，退還原人，乃據丁役還稱，遍覓不得明德堂古玩鋪。問諸附近巡警，亦無知者。茲聞院中無法辦理，擬即日發交警區，尋覓發還。如尋覓不得，則擬在各報遍登廣告。凡有識王昭箴為誰者，可到院報告。或王之親屬，能說明送來之件形式及款識如何者，即交其代領亦可。該請願書原文如下。

文曰：眾議院執事諸公鈞鑒。竊思公民辛亥之役，供差江防，為國奔走。暗中冒險，運動共和。數年以來，破產亡家，幾番死裡逃生。隱功甚偉，歷有根據，並未邀求保獎。迨因帝制發生，公民改業為商。雖然不敢預聞國政，當是時亦曾確採輿情，痛陳利害。暗阻籌備皇室經費之進行，出力者莫過於公民之孤心苦意也。去春，公民由籍來京，帶有康熙古磁屏對字畫三件出售。當中掛屏格言曰：「泰山喬嶽以立身，青天白日以居心。流水行雲以應事，光風霽月以待人。」寫法頗佳。雖有外人許以重價，公民不願出售，而欲賤價售與本國當道，希望以此格言行事，足能救國救民也。蒙前大總統曾閱此件照片，用意之深。自知事處進退維艱，誤國殃民之罪，而愧死矣。比時此件竟被權奸託人介紹購買，拖累騙價，暴貪行為，不堪言狀。公民死裡求生，始將原物追回。而被損壞多處，黑暗之冤，難以昭雪。伏思吾國全體內外之病，久患暴弱。難醫之決症，治之不善，立見危殆。僅所恃者貴院諸公，宜同心同德。代表真正民意，化除自私自利之見。統籌全域，俯順輿情，或可轉弱為強。公民謹將此件古玩，呈送貴院，掛於議事會場，留為紀念，以遂初願。總之，公民久抱厭世之心，而存盡忠報國之志，茲決赴津登輪投海。彼時另有遺書，務乞代為表揚。以張公道，而挽人心。則使四萬萬同胞，人人猛省，救國即如救身，似此始免亡國為牛為馬之痛苦。則公民雖死猶生，餘容續詳云云。

觀右之請願書，其措詞半通不通。似其人亦曾奔走於革命者，又似夙有神經病者。記者閱之，忽起好奇心，特向各方面探訪，終無識王昭箴之人。但有某君謂當帝制時代，袁公子抱存氏喜古玩，極力羅致，而又不肯多出價金。凡業古玩商者，每受勢力之壓迫，而致虧累。其中聞有王某者，受累尤深，但不知王某是否即王昭箴其人耳。記者按請願書中有被權奸託人介紹購買拖累騙價等語，則王昭箴或即當日被迫之一人。且因被迫受累，積憂成痼，亦未可知。果爾，公子真害人不淺矣。

麻袋中之女屍

上海某晚八時許，有一身穿短衣年約三、四十歲之某甲，僱坐黃包車。車中隨帶麻袋一只，分量極重。由老北門進城，聲稱往關帝廟地方。迨行至紅欄杆橋堍，甲命停車，付給車資。當將麻袋取下，放在該處電桿木下。詎甲四顧無人，即棄之而逸。事為該處某銅作夥瞥見，留心察觀良久，不見有人來取。時交二鼓，巡更者亦至。乃報告崗巡，協同念二鋪地甲金茂，將麻袋拆開。見係用破帳子包裹，內襯破席一條，並破單被一方。被之內，乃女屍，頭旁尚有西式枕頭一個。因死後多日，屍已發變，臭氣四播。屍之手足，均用麻繩紮成，如餛飩式，不覺大駭。巡警以案關人命，立報二區第一分駐所，由杜金釗警佐諭飭該地甲投報地方廳稟請相驗。明日旁午，由林廳長委派樓檢察官沈檢驗員等前往該處屍場相驗。樓君蒞場後，當在四面參觀一周，然後升坐。由該地甲與巡警稟訴前情，樓君諭飭將該女屍取出。先命解縛，而後如法檢驗。良久，驗得該女年約十六、七歲。上身雖則露體，然有白洋紗衫，套在身上，下著黑洋紗褲。禿頭赤足，頭髮蓬鬆，足長約四、五寸。當因死後多日，屍已變為青紫色，且已腐爛，穢氣薰蒸。周身並無別故，實係受傷後因病而死，大約屍屬有意使人將屍拋棄所致。樓君親視無訛，填明屍格，判令由堂棺殮。遺下麻袋等件，一併入棺。樓君驗畢，立即返廳，據情面林君，請示辦理。

林君據報後，以其中情節大有可疑，因加派法警協同該地甲等四出偵查，務得真相。樓檢察官等未蒞屍場檢驗之前，有一婦人奔至屍場，自稱陳姓，家住南市董家渡地方，生有一女，現年十七歲，忽於四日前走失。當時四處找尋無著，曾投報警局，仍無影響。今晨得悉此處有一女屍發現，據人述及年歲相仿，為此前來認領等語。看守女屍二十二鋪地甲金茂之夥，詰其爾女之足，是大腳，抑是小腳。該婦稱我女之足是天足。甲夥曰：「照此不對。此女屍之足，為五、六寸之小腳。爾若不信，將所蓋席爿揭開一看便知。」經該婦細察之下，確非伊女，乃揚長而去。但此案現在檢察廳與員警廳各派探警分頭偵查，必須水落石出。據外間傳述，滬北雞鴨弄某花煙間，數日前曾有一年已及笄之妓女，因患病臥在披屋之中。近數日內不見該妓下落，或云該女屍即此妓也。

大風凍死新嫁娘

東海縣鄉間，風俗極陋。婚嫁不用車轎，以新嫁娘坐圍桶（農具）中，紮以竹竿，纏以紅綠，四人抬之，即為花轎。熱季則科頭於烈日之中，冬季則畏懾於寒風之下，殊屬野蠻。去歲有某村劉姓者，嫁女於嵇姓家。兩家相距約十餘里，又值歲寒風厲，行至中途，肩輿者送親者皆凍欲僵，遂小憩，向人索茶湯取暖，並送至新嫁娘前曰：「天冷甚，其需此乎？」新娘垂頭閉目，不發一言。人皆以為含羞不語也，亦不置論，仍抬向前進。迨至目的地，請新娘出桶。視之，則僵已久矣。於是咸錯諤莫知所措，有怪同行者之不小心者，有怪擇日不佳者，有怪新郎星命太惡者，有怪新娘命該如此者。若天氣之寒冷，其風俗之鄙陋，則未嘗一計及焉。殊可笑也。

聞所未聞之死法（死得好快）

有客自無錫來者，言該邑斃命案兩則。事屬罕聞，因亟錄之。

（一）無錫有許佩仙者，年四十許。體甚肥胖，向在滬教讀。去年冬因事回錫，在滬寧火車內購食茶葉蛋二枚，甫下嚥，氣忽絕。及經同鄉陳君覺察，早已長辭人世矣。

（二）又顧某者，亦無錫人，年方而立。平日精神雖不甚佳，然卻無大病。當茲歲首，乘輿與友人作葉子戲。甫半局，適一中風牌墮地，顧某即俯而拾之，歷久不起。及同人趨視，已面無人色，生息全無矣，咸謂係中風斃命云。

假瘋子飽嘗異味

安徽人王新林（又名王威之），佯作啞子，迭在上海犯攫竊等案。由捕五次獲解公堂，訊明判令逐出租界。詎王近復潛回，施其故技。在福建路九江路附近摸竊行人陳芝山身畔皮夾，被老閘捕房八十號西捕與四百八十一號華捕查獲拘押，解公堂請究。乃王又裝作瘋人模樣，以所戴之瓜皮小帽，翻作大帽，口內喃喃亂語，大聲吵鬧，手中不知何來糞穢一團，當堂大嚼。堂上惡其狡詐，喝巡捕上前阻止。詎王竟將糞渣向捕亂擲，包探姚錫卿與中西探捕身上衣服均遭污穢。旋由捕頭稟明被告歷來犯案情形，中西官以其殊屬可惡，且敢當堂裝瘋作癡，施其穢褻行動，極應嚴辦。因判王押西牢二年，期滿再驅逐出境。判畢，猶敢倔強，乃由中西探捕捽之而出，仍胡鬧不絕云。

林黛玉之劫運（以金剛不壞之身，罰羅漢滿堂之數）

金閶新舞臺聘請來蘇之著名女伶林黛玉，在人和棧私吸鴉片被獲脫身，由吳縣公署將李代桃僵到案之假林黛玉林孫氏，送還警廳。崔廳長嚴飭閶區署長劉承恩將人和棧主嚴梅峰、新舞臺主王善卿及林黛玉之妹林彩娥等拘署管押，勒令交出真林黛玉，方可脫然無累。嚴、王等乃具限十天，一准尋交，一面專人到申促駕，否則即須將住址說出，請官移提。林黛玉被逼無奈，自知醜媳婦終不免見公婆，遂親自到蘇，然猶不敢輕入重地，特函託其交好之某達官為之先容，必須隨到隨罰隨放，達官含糊應之。黛玉至此，始放心大膽，親身下降矣。舊曆（丙辰年）臘月初一晚一句鐘時，由滬開寧之夜班車，過蘇暫停。汽笛嗚嗚中，乘客紛紛上下。時正北風怒號，天寒欲裂，忽有美一人，姍姍而下，身穿狐皮緊身，項圍駱駝絨巾，外披大衣，後隨一嫗、一中年之男子，亟呼黃包車三乘，飛馳向閶門馬路而去。有識者曰：「此粲者即鼎鼎大名之林黛玉。嫗則其假母，男子不知誰何。」或云係熊文通之子，不知然否。翌日下午，縣署開庭。林黛玉果然投到，嬌的的無異一齣《玉堂春》。當據周承審員慶鎬鞫訊，詰其不應逃避。黛玉供實係因病赴滬就醫，並非私逃。現病尚未癒，請求從寬發落。問官謂私吸，照刑律須處一千元以下之罰金。黛玉一再求減，卒科定五百元之數。喝令具結，退庭取保釋放，此案遂結。說者謂林黛玉以金剛不壞之身，適罰此羅漢滿堂之數。周承審員可謂罰得其當，廣結佛緣矣。

血歷史146　PC0765

新銳文創
INDEPENDENT & UNIQUE

袁世凱的龍袍：

民初報人小說家李定夷筆下的《民國趣史》

原　　著　李定夷
主　　編　蔡登山
責任編輯　鄭夏華
圖文排版　林宛榆
封面設計　蔡瑋筠

出版策劃　新銳文創
發 行 人　宋政坤
法律顧問　毛國樑　律師
製作發行　秀威資訊科技股份有限公司
114 台北市內湖區瑞光路76巷65號1樓
電話：+886-2-2796-3638　傳真：+886-2-2796-1377
服務信箱：service@showwe.com.tw
http://www.showwe.com.tw
郵政劃撥　19563868　戶名：秀威資訊科技股份有限公司
展售門市　國家書店【松江門市】
104 台北市中山區松江路209號1樓
電話：+886-2-2518-0207　傳真：+886-2-2518-0778
網路訂購　秀威網路書店：https://store.showwe.tw
國家網路書店：https://www.govbooks.com.tw

出版日期　2019年3月　BOD一版
定　　價　410元

Printed in Taiwan

國家圖書館出版品預行編目

袁世凱的龍袍：民初報人小說家李定夷筆下的<<民國趣史>> / 李定夷原著；蔡登山主編. -- 一版. -- 臺北市：新銳文創, 2019.03

面； 公分. -- (血歷史；146)

BOD版

ISBN 978-957-8924-40-6(平裝)

857.63 108000817

讀者回函卡

感謝您購買本書，為提升服務品質，請填妥以下資料，將讀者回函卡直接寄回或傳真本公司，收到您的寶貴意見後，我們會收藏記錄及檢討，謝謝！如您需要了解本公司最新出版書目、購書優惠或企劃活動，歡迎您上網查詢或下載相關資料：http:// www.showwe.com.tw

您購買的書名：________________________________

出生日期：________年________月________日

學歷：□高中（含）以下　□大專　□研究所（含）以上

職業：□製造業　□金融業　□資訊業　□軍警　□傳播業　□自由業
　　　□服務業　□公務員　□教職　□學生　□家管　□其它_____

購書地點：□網路書店　□實體書店　□書展　□郵購　□贈閱　□其他

您從何得知本書的消息？

□網路書店　□實體書店　□網路搜尋　□電子報　□書訊　□雜誌
□傳播媒體　□親友推薦　□網站推薦　□部落格　□其他________

您對本書的評價：（請填代號　1.非常滿意　2.滿意　3.尚可　4.再改進）

封面設計____　版面編排____　內容____　文／譯筆____　價格____

讀完書後您覺得：

□很有收穫　□有收穫　□收穫不多　□沒收穫

對我們的建議：________________________________

____

____

____

請貼
郵票

11466
台北市內湖區瑞光路 76 巷 65 號 1 樓
秀威資訊科技股份有限公司 收
BOD 數位出版事業部

（請沿線對折寄回，謝謝！）

姓　　名：＿＿＿＿＿＿＿＿　年齡：＿＿＿＿　性別：□女　□男

郵遞區號：□□□□□

地　　址：＿＿＿＿＿＿＿＿＿＿＿＿＿＿＿＿＿＿＿＿

聯絡電話：(日)＿＿＿＿＿＿＿＿(夜)＿＿＿＿＿＿＿＿

E-mail：＿＿＿＿＿＿＿＿＿＿＿＿＿＿＿＿＿＿＿＿